R. FONTANARROSA

EL REY DE LA MILONGA

EDICIONES DE LA FLOR

Fontanarrosa, Roberto
El Rey de la milonga.- 3ª. ed.– Buenos Aires : Ediciones de la Flor, 2006.
272 p. ; 20x14 cm.

ISBN 950-515-197-7

1. Narrativa Argentina I. Título
CDD A863

Tercera edición: abril de 2006

Ilustración de tapa: Oscar Grillo
Foto del autor: Quicho Fenizi

© 2005 by Ediciones de la Flor S.R.L.
Gorriti 3695, C1172ACE Buenos Aires, Argentina.
www.edicionesdelaflor.com.ar

ISBN-10: 950-515-197-7
ISBN-13: 978-950-515-197-4

Para Gaby

EL DISCÍPULO

Es una selva alta. Cuando se mira hacia arriba, las copas de los árboles forman un techo irregular y tupido que casi no deja ver el cielo. Ni penetrar el agua de las lluvias.

Y llueve mucho en esa zona del Pastaza, en el Ecuador. El macizo de Corihuairazo, que habíamos visto desde la carretera Oriental antes de meternos en la espesura, forma parte del ecosistema de los bosques lluviosos. Pero el agua llega hasta la base de los árboles en forma de manantiales que discurren por los troncos y las ramas, no como gotas. La humedad es altísima. El aire, asfixiante. Se oye el griterío dispar de miles de pájaros, el chirrido de los insectos y el ulular de los monos. Y hasta el crujido de los altos árboles al balancearse.

—La palma-vaca —Lizardo nos indica una palmera que puede alcanzar los setenta metros y que, cuando se bambolea, produce con su madera porosa un lamento hondo y prolongado que parece el mugido de una vaca.

—Si se lo propone alcanza los setenta metros —aclara Lizardo— pero no se lo propone y queda en cuarenta, cincuenta... Así son las plantas ecuatoriales, dejadas, faltas de voluntad. Tal vez sea el calor el que les imprime ese carácter.

Lizardo es un descendiente de indio capayós, de un villorrio lindante con Babahoyo, y tiene unos treinta y cinco años. Posee algunas cabras y cultiva el suelo. Y se ha ofrecido a guiarnos hasta donde el río Aguasola confluye con el Curaray. Dice haber cursado la escuela primaria por correspondencia pero no sabe leer ni escribir.

Eso sí, conoce al dedillo la fauna y la flora de la zona y nos la describe meticulosamente. Aquello es un palo de balsa, éste es un jipijapa, aquel otro una tagua, lo de más acá paja toquilla. Afirma que puede reconocer una culebra de veneno mortal, sólo por su picadura.

Marito le dice que mucho más sano sería si pudiera identificarlas antes. Lizardo no entiende. Les atribuye a la flora y a la fauna connotaciones humanoides y religiosas. Ha prometido que llegaremos al lugar de la cita cuando el sol esté alto, al mediodía, para encontrarnos con la gente de "El Discípulo". Pero Marito, mi fotógrafo, duda. Se nos ha dañado el GPS, para colmo, y no sabemos muy bien dónde estamos. Una lagartija, del tamaño de un fósforo de cera, se metió dentro del orientador electrónico y lo dañó totalmente. Marito maldice. Es buen fotógrafo. Tuve que hablar horas con él para convencerlo de que me acompañara a hacer esta entrevista.

Conozco a Marito desde pequeño y ha sido fotógrafo de guerra en Haití, Irán y Afganistán. Pero su verdadera vocación es ser fotógrafo de sociales. Tiene fotos maravillosas del Ayatollah Kermanshah bailando, rodeado de sus sobrinos, y se llenó de dinero con las fotos que obtuvo en el casamiento del imán de Kuwait, Mosul Nishapur, con una rica heredera de Andorra. El imán contrató a Marito especialmente para la boda, pues había visto en *Le Monde* unas fotos suyas sobre un fusilamiento en Rezaye. Cuando la revista me aceptó la idea del reportaje fui a buscar a Marito a La Plata, donde estaba dedicado a la lombricultura, alejado ya de la fotografía. Tuve que insistir mucho para convencerlo.

—Me he apegado mucho a estos bichitos —me dijo, y a mí me costó mucho aceptar que se refería a sus lombrices—. No te confundas, Jorge —insistió— son organismos que generan sentimientos. Me extrañan si me voy por más de un día.

8

Tuve que explicarle que Gabriel Beltrame, "El Discípulo", era un argentino que había fundado un movimiento guerrillero en la selva de Morona, en Ecuador, que no se conocía su ideología ni sus móviles políticos. Se lo relacionaba con Sendero Luminoso pero también con confusos movimientos religiosos. Era considerado un admirador de Tirofijo Marulanda, el mítico combatiente colombiano y, de hecho, se había mostrado por Internet exhibiendo una foto de Tirofijo autografiada. Pero, sin duda, la relación más inmediata se establecía con Ernesto Guevara, también argentino, también rosarino, que se fue al monte y enfrentó al sistema.

—¿Por eso le dicen "El Discípulo"? —se interesa ahora Marito bajo el tufo agobiante de la jungla, con el rostro casi deformado, al igual que el mío, por las picaduras de los insectos.

—Supongo que sí —respondo, ambiguo, mirando las altísimas copas de los árboles, que producen una penumbra brumosa aquí abajo. Nada es claro respecto a este nuevo guerrillero argentino que recién ahora sale a la luz con comunicados y declaraciones. E incluso con acciones militares, tras permanecer con su gente veinticinco años escondido en la selva.

—¿Veinticinco años? —se alarma Marito. Lleva colgados bolsos con distintos tipos de cámaras y lentes. Y, en bandolera, un paraguas aluminizado, de los que ya no se usan, para dirigir la luz del flash. Tiene en la mejilla un escorpión negro y plateado que le camina lento hacia el cuello de la remera. Pero la piel se le ha curtido, perdiendo sensibilidad y no lo percibe. Ni yo le aviso, para no alarmarlo. Ya los cuerpos se nos han tornado insensibles a las picaduras de las alimañas: llevé ceñida a mi tobillo una anguila verdosa, fina como un cordel, durante dos días, pensando que era uno de los cordones de mi zapato, antes de que Lizardo me lo advirtiera.

—Beltrame y su gente han atacado tres escuelas rurales en el último mes —le cuento a Marito— lo que indica un recrudecimiento en el accionar de la guerrilla.

—¿Tres escuelas?

–Doble escolaridad –informo–. Se llevaron a dos precepto-
res, tizas, borradores y hasta un pizarrón donde se supone dia-
gramaron nuevos golpes.

Dejaron en las paredes consignas vivando a Pol Pot, el des-
piadado conductor de los Khmer rojos camboyanos. Pero "Pol"
estaba escrito "Paul" como Paul McCartney y era impensable
suponer una conjura Khmer-Beatles. La CIA cree que sólo se
trata de una maniobra de distracción, para enmascarar su verdadera ideología.

Llegamos a la confluencia del río Aguasola con el Curaray
cuando el sol estaba alto, milagrosamente puntuales para la cita. Había allí un claro en la selva y podían verse no muy lejos
las verdes y radiantes elevaciones del macizo Corihuairazo. En
dos oportunidades escuchamos ruido de helicópteros pero no
vimos ninguno. Sabíamos que la DEA controlaba la zona pero
sólo vislumbramos, luego, y con la ayuda del poderoso *zoom* de
Marito, una avioneta blanca, del tipo Cessna, arrastrando a su
cola un larguísimo cartel de tela que publicitaba un conocido
dentífrico con blanqueador y flúor.

Tres horas estuvimos allí, aguardando el contacto con "El
Discípulo". Llegué a pensar que era una broma pesada como la
que me había llevado a Nunivak, en Alaska, por una entrevista con el líder indonesio del Frente Revolucionario Macasar,
Sula Sulawesi. Cerca de las cuatro de la tarde, no obstante,
aparecieron desde la espesura dos hombres armados.

No diferían demasiado en su aspecto del resto de los integrantes de movimientos revolucionarios latinoamericanos.
Tampoco, paradójicamente, de los hombres que componían los
escuadrones gubernamentales dedicados a combatir a esos
movimientos. Sombreros de ala ancha rebatida en uno de los
lados, ropa camuflada, correaje y botas de origen ruso. Certifi-
caban su condición revolucionaria, eso sí, los fusiles Kalashni-
kov AK 47 que ambos cargaban sobre sus hombros.

Traían un burro. Casi no hablaron. Nos vendaron los ojos. A Lizardo, Marito, a mí y al burro. Comprendí que andaríamos por senderos de montaña, riscos peligrosos donde el animal podía asustarse.

Las ocho horas siguientes fueron de marcha y creo que la hicimos dando vueltas en círculo. Pude escuchar la caída de agua de una cascada, el derrumbe de unas rocas montañosas, el canto enérgico de guacamayos, tucanes y periquitos, luego el rumor de motores de una carretera, el resoplar sorpresivo de una máquina de café express, otra vez las rocas y de nuevo la caída de agua.

Cuando nos sacaron las vendas estábamos dentro de un bohío, apenas un quincho realmente, rodeados de hombres uniformados que iban y venían, perros, gallinas y chanchos por doquier. Nos hicieron sentar en unas sillas desvencijadas frente a un sillón de peluquería, que imaginé producto de algún saqueo en el pueblo vecino de Imbabura.

Pedí algo para comer. Nos trajeron mangos, plátanos, arepas, frijoles, maracuyá, guanábana, cacao, porotos de soja y jugo de lulo. Media hora después de que hubiéramos terminado con la variada merienda, ya noche cerrada, llegó Beltrame. También con ropa camuflada, correaje, botas, pistola a la cintura y la cabeza descubierta, sin boina ni sombrero.

Aparentaba alrededor de sesenta años, tenía el pelo entrecano y largo, buen porte y un atisbo de dolor y sufrimiento en su mirada.

—Nada que ver con el Che, compañero —me aclaró de entrada, apenas encendí mi grabador Geloso, previa aprobación suya—. Nada que ver. Salvo que nacimos a pocas cuadras de distancia. Él en la esquina de Urquiza y Entre Ríos y yo en San Martín entre San Lorenzo y Urquiza, a metros del Savoy.

Se interesó por saber de qué barrio de Rosario era yo, preguntó si aún seguía abierto el Sorocabana y si yo conocía, por casualidad, a un tal Ignacio Covelli, dueño de una mercería de la calle San Luis.

—Mis razones, compañero, nacen en la infancia —se ensombreció luego—, en mi más tierna infancia.

Se le notaba aún el acento argentino, pero hablaba, lógicamente tras tantos años en la zona, con giros y modismos ecuatorianos. Y también, quizás por involuntario mimetismo, aspiraba algunas letras, haciéndolas casi desaparecer. "Orje" me decía a mí, por "Jorge".

—En mi más tierna infancia, compañero... —repitió casi poético, rascándose cada tanto la nuez de Adán, cubierta por su barba blanca, perdiendo la vista en la oscuridad de la noche, mientras fumaba uno de esos enormes cigarros de hoja.

—Me los manda Fidel —me comentó, mientras me convidaba uno—. Pero no Fidel Castro, con quien no comulgo, sino Fidel de la Canaleja Ortuño, un jurista y pensador español, experto en educación, con quien mantengo una activa correspondencia.

—Algo, en mis primeros años, forjó mi espíritu revolucionario —continuó, grave— y me lanzó a este intento por cambiar el estado de cosas, por revertir un devenir histórico que tanto daño me hizo y nos hace.

Hizo un silencio.

—Sufrí mucho de niño, Jorge. Sufrí mucho.

Percibí que no debía formular preguntas, que "El Discípulo" estaba dispuesto a contar, a narrar, a sincerarse, motivado tal vez por la calma de la noche y el vaso de whisky que sostenía en su mano y que un atento edecán uniformado volvía a llenar apenas disminuía su contenido.

—Me levantaban a las seis de la mañana, Jorge. A las seis de la mañana.

Su voz se crispó y, por un momento, pensé que iba a largarse a llorar. Era, sin duda, un hombre sensible y delicado.

—En pleno invierno, Jorge —se repuso—. En pleno invierno y con un frío insoportable, cruel. Tú conoces el frío húmedo de Rosario. Tienes más o menos mi edad, entonces sabes que antes, en aquellos tiempos, hacía mucho más frío. La codicia impúdica del capitalismo salvaje no vacila en recalentar el planeta con la emanación de gases de carbono, y ahora ya no se ven esas veredas cubiertas de escarcha como cuando yo salía de la calidez de mi casa para caminar las once cuadras hasta la escuela Mariano Moreno N° 60 de la calle Paraguay, Jorge... Pero en esa época había escarcha, Jorge, escarcha había en el piso porque cuando salíamos todavía era de noche. De noche, Jorge. Niños de seis años arrancados del calor de sus camas por sus propios padres, cómplices del Sistema, y arrojados a la oscuridad y el frío hiriente y lacerante de la calle, Jorge.

Beltrame hizo estallar una palmada de furia sobre la mesa rústica. Se puso de pie, mirando al vacío. Había terminado la frase gritando y le temblaba la voz.

—¡Seis de la mañana, carajo! —aulló—. ¡Y en pantalones cortos! ¡Porque antes no nos ponían pantalones largos, no había pantalones largos, no existían, o existían pero no se usaban para los niños porque no era la moda! ¡Esa puta moda dictada desde los polos del poder, por los dictadores del *prêt-à-porter*!

Se volvió a sentar más calmo. Pero lucía infinitamente triste.

—Criaturas de seis años, Jorge. Que dormían arropadas en sus camas, retemplados los pies por la bolsa de agua caliente, despertados a empujones en el medio de la madrugada oscura, que debían levantarse muertos de sueño, atrasados de sueño y salir de la cama medio desnudos a enfrentarse con el frío helado de una habitación enorme, de techos altos, que apenas intentaba entibiarse con una estufa a kerosén. No había calefacción central, Jorge, ni losa radiante, tú lo recuerdas. Una estufa estéril, a kerosén, que tu madre o tu padre llevaban tomada por el manillar de una pieza a la otra, según adonde se movieran, intentando calentar el lugar inútilmente... Y el sueño, Jorge, ese sueño inmenso, terrible, que nos mantenía en un sopor doloroso, que nos hacía caminar bamboleantes, como zombis, hasta el baño, para lavarnos los dientes... ¿Sabes lo que dice II Chung, Señor de la Guerra, en su libro *Copad los flancos*? "El descanso es un arma", Jorge. Eso dice. El combatiente descansado cuenta con esa arma a su favor. Está lúcido, presto, atento. El niño que es arrancado de su lecho a las seis de la mañana no sirve para nada, sólo sufre y mantiene una duermevela, mezcla de sueño y lucidez que lo confunde y no entiende luego ni qué es el sustantivo ni qué es el predicado, Jorge. No entiende. Y sale a la calle y es de noche. Están las luces de la calle encendidas, Jorge. Y las de la escuela, están todas encendidas. Hay sombras en el patio y en los pasillos, los otros zombis pequeños como él y las maestras y la directora no son más que volúmenes fantasmagóricos, dramatizados por la penumbra. ¡Y los sabañones, Jorge! Los sabañones que nos enardecían los dedos de los pies, de las manos y también las orejas: ¡las orejas!

Se tomó una de las orejas con las manos y me la señaló como si aún hubiesen quedado allí secuelas del tormento.

—Nunca me rasqué tanto, Jorge. Ni cuando llegué a la jungla y me devoraron los insectos zancudos tropicales.

Beltrame cayó en otro silencio prolongado. Desde afuera llegaban, reducidos, los sonidos nocturnos. Un guardia paseaba en el perímetro de luz arrojado por una farola. Beltrame parecía agotado luego del desahogo. Yo estaba atento al clic que me indicaría el final de la cinta de mi grabador. Marito, a mi lado, permanecía sentado, su cámara en posición pero sin accionarla casi, abismado por las palabras del líder guerrillero.

Él, Marito, que había presenciado las atrocidades de Croacia, que había sido testigo presencial de la conferencia de prensa donde el jefe bandolero colombiano Isidro Pablo Cortés rebeló su arrebatadora homosexualidad y su pasión por Ricky Martin, estaba ahora transido por la confesión de Beltrame.

—A veces llovía, Jorge. A veces llovía —continuó Beltrame—. No sólo era de noche, no sólo hacía un frío realmente de cagarse, no sólo eran las seis de la mañana y afuera estaban las luces encendidas sino que también llovía. Y había veces, pocas pero las había, en que mis padres no me mandaban a la escuela si llovía mucho. En ocasiones hacían eso, me concedían esa gracia. Entonces, había noches en que a mí me despertaban los truenos, los relámpagos y el fragor del aguacero golpeando contra el patio y yo me apretujaba bajo las sábanas y las cinco o seis frazadas que me ponían para atenuar el frío. Me acurrucaba, Jorge, y sin ser creyente rezaba para que no parara la lluvia, para que siguiera, que diluviara para no tener que salir botado de esa tibieza, de ese nido acogedor y hermoso donde yo estaba para ir a la escuela. Nunca he sufrido tanto, Jorge, nunca he sentido tanta ansiedad y angustia de que me vinieran a buscar. Entredormido, temblando, calculaba. "Ya son más de las seis, y no me vienen a buscar, ya pasó la hora de levantarse, ya no vienen por mí esos bastardos, hoy me dejan quedarme en casa jugando a los soldaditos".

"Y procuraba oír, afuera, el ruido de la lluvia cómplice, comprensiva. Paraba la oreja para escuchar si pegaban las gotas en la galería o si caía el chorrito del desagüe sobre el patio. A veces pensaba que ya me había salvado, que había zafado. Entonces, aterrado, escuchaba las chancletas de mi madre por el pasillo, arrastrándose como reptiles, y la puerta que se abría, y la voz de mi madre falsa, meliflua, anunciando casi en un canto: 'Negrito... Es la hora...Vamos... arriba'. ¡Y me moría de odio, carajo! Contra el mundo, contra la humanidad entera. Y no era levantarse para ir al cine, Jorge, tú me entiendes, ni para ir al parque de diversiones, ni nada de eso. Era para ir a la escuela, con su Gramática y su Matemática y todas esas mierdas, mi viejo, todo eso. Pero lo peor era la hora, la hora para despertar a un niño de seis años que no sabe nada y piensa que ése es su destino. Nunca he sufrido tanta angustia como esas noches de lluvia cuando me ilusionaba y luego sufría el cachetazo atroz del desengaño. Nunca. Ni cuando, años después, venían a buscarme los Federales rastreándome en mis diversas casas de Chapinero o El Vedado".

El asistente gordo llenó de nuevo el vaso de whisky de Beltrame. Luego éste descartó encender un nuevo puro.

—Sólo fumo puros de no más de quince centímetros de largo —me dijo, aplastando la colilla del último—. Los detectores de calor de los helicópteros yankis tardan veinticuatro minutos en localizar el humo y el calor que produce un cigarro. Luego de eso, te cagas. Al centímetro número doce el láser te localiza y te meten un cohetazo, una de esas roquetas que ellos tienen. Es el peligro del tabaco, Augusto –dirigió esta última frase a su asistente gordo, sonriendo. Fue el único rasgo de humor que le vi durante el encuentro. Beltrame se puso de pie masajeándose el estómago abultado. Se lo veía relajado. Bostezó. Sin duda, la entrevista, la primera entrevista que "El Discípulo" concedía a un medio gráfico, estaba terminada.

–He preguntado, Jorge... –pasó amistosamente su brazo sobre mi hombro, mientras me conducía hacia afuera, donde los dos milicianos que nos habían traído estaban esperando–. He preguntado por qué los niños deben levantarse tan temprano para ir a la escuela y nadie ha sabido contestarme, te juro. No soy necio. Quise asegurarme, antes de lanzarme a la lucha armada, de que no hubiera causas justificadas para este sacrificio infantil. Supervivencia de la especie humana, preservación del medio ambiente, prevención de pestes devastadoras, algo así, que justificase el castigo.

"Nadie supo contestarme. Ni las maestras, ni los padres, ni el portero de la escuela, ni don Fidel de la Canaleja Ortuño, el agudo educador. El sacrificio por el sacrificio mismo. Me juramenté en cuarto grado, cuando quisieron comprar mi aprobación con la ridícula distinción de escolta de abanderado, en cuarto grado, te juro, me dije: 'Cuando sea grande no habrá poder humano, ni religioso, ni militar, que logre despertarme temprano'".

Nos despedimos brevemente, como amigos que saben que van a volver a verse prontamente. Los dos milicianos me ayudaron con las cámaras y los focos de Marito. Lizardo, el guía cayapó, se sumó a nosotros. El burro de los guerrilleros ya tenía los ojos vendados. La noche era profunda y fragante, crujía con los lejanos reclamos de los búhos selváticos.

–¿Lo despierto a alguna hora, mañana, Comandante? –le escuché preguntar al asistente gordo.

—Ni se te ocurra, Augusto —contestó Beltrame en tono alegre y bostezando—. Ni aunque vengan los helicópteros americanos.

Nos fuimos. A la tarde del día siguiente ya estábamos en Otavalo. Y, por la tarde, tomábamos con Mario el vuelo a Porto Alegre donde, con suerte, alcanzaríamos la combinación a Buenos Aires. Sobrevolando Iguazú, Marito, pensativo, me comentó, en voz baja: "Después nos preguntamos cómo se originan los movimientos revolucionarios latinoamericanos".

GNOMOS EN BARILOCHE

—No es verdad que Sarmiento haya traído los gnomos. Sarmiento trajo los gorriones pero no los gnomos.

La tajante afirmación parte de Evelyn Fermoselle, bióloga conductista del Instituto Harrison. Desde hace una década ella está abocada al estudio de uno de los temas más ocultos y controvertidos del Sur argentino: la existencia de colonias de gnomos en las adyacencias del Nahuel Huapi. Para cualquier simple turista que haya recorrido los negocios céntricos de la ciudad de Bariloche, en la Patagonia, será familiar toparse con reiteradas imágenes de estas mínimas criaturas, supuestamente imaginarias y habitantes de los bosques. Las figuritas —con rostros que no nos animaríamos a calificar de agradables, orejas puntiagudas, ojos saltones, bocas enormes, narices prominentes— se reproducen en muñecos y muñequitos, títeres, láminas, postales y pinturas rústicas, contribuyendo al carácter mágico de la región. Pero ahora especialistas como la señora Fermoselle, avivan la polémica en torno a su posible existencia real.

—Es factible —abunda la bióloga— que los gnomos hayan llegado con los primeros asentamientos escandinavos. Es sabido que al Sur argentino llegó una enorme cantidad de inmigrantes de muy diferentes orígenes atraídos por el cultivo de la grosella, y entre ellos se hallaban los escandinavos que llegaban huyendo de Kaskinen el Negro, en los alrededores de 1897. Se conoce que los gnomos buscan los lugares cálidos y en Finlandia procuran infiltrarse, ayudados por su pequeño tamaño, entre las ropas de abrigo de las casas de los bosques de hayas. Se los suele sorprender entre las pieles, frazadas, medias y mitones, dormidos, hibernando. No sería de extrañar, entonces, que algunos hayan llegado así a nuestro país, arropados en el vestuario de los escandinavos, dentro de los baúles que éstos traían en los barcos que los depositaron en Puerto Madryn y Caleta Olivia.

Menos técnica, algo más candorosa, Liliana Minervino, rosarina radicada en las cercanías del Llao Llao ofrece una versión encendida de la real presencia de gnomos en la zona.

—Son hermosos —trina— pero muy tímidos. Es lógico que se oculten y huyan de los seres humanos porque los seres humanos son crueles. No miden más de quince centímetros y yo los he visto en el bosque, escondidos detrás de los árboles, observándome mientras me baño desnuda en el lago. Yo finjo que no los veo porque si se saben observados huyen y se ocultan bajo las hojas caídas con una velocidad sorprendente. Pero sólo se dejan ver por la gente buena. Es imposible que los vean los leñadores, los agentes de Bolsa o los vendedores de *jet skis*. Yo los amo. Se alimentan de musgos, líquenes, bellotas y pinocha. Hay quienes dicen que se desviven por el chocolate blanco y que comen ratones, pero eso no es cierto.

La investigación financiada por el Instituto Harrison se ha visto trabada, nos consta, por la negativa a colaborar por parte del Municipio de Bariloche. Aparentemente sus funcionarios prefieren mantener la duda sobre la existencia de los gnomos, alimentando la leyenda y el atractivo del misterio que tanto atrae a los turistas.

–Son todas patrañas –afirma, sin embargo, tajante, Haakon Bornholm, pionero eslavo con cincuenta años de residencia en la privilegiada zona de los Siete Lagos–. No existen ni nunca han existido gnomos en Bariloche. Hay quienes sostienen que los hubo y que ahora no se los ve porque les asustan los ruidos de las motosierras y de los *compact discs*. Mentiras, inventos. Quienes eso dicen son los mismos que aún insisten con el Nahuelito, el presunto plesiosauro acuático que habita en el Nahuel Huapi, o con el Tronadorcito, el supuesto hombre de las nieves que mora en el cerro Tronador y sólo se alimenta de brasileños. Hace cuarenta años que soy guía turístico y nunca he visto nada de eso, lo juro. Una vez, sólo una vez, viví un hecho confuso en los bosques cerca de Puerto Pañuelo. Vi una figura pequeña, de movimientos eléctricos que se dirigía a mí con un parloteo imposible de entender, con una voz chillona, molesta y hasta podría calificarla de irrespetuosa. Era al atardecer y el bosque estaba oscuro, pero podría jurar que se trataba de una ardilla. Me ofuscó esa criatura miserable y desafiante que procuraba contactarse conmigo de mal modo y la aplasté con la pala que llevaba para trazar acequias. El bicho voló por el golpe y no pude encontrar su cuerpo. Pero era una ardilla. O un hurón. Pero gnomo no era. No existen los gnomos.

La opinión de Leonardo Parrili, investigador del INTA, arremete en una dirección absolutamente definida ya que no sólo acepta la presencia de gnomos sino que, además, alerta sobre esta realidad.

–El gnomo ya es plaga –advierte–. Llegaron al país por una gestión de Sarmiento en Boston dado que le causaron gracia en la Fiesta de la Marmota en Addirondack, cerca del lago Ontario, donde los niños los usaban como mascotas, junto a hamsters y bichos canasto, los *bugsbasket*. Fue, admitamos, otro de los estúpidos emprendimientos del Gran Sanjuanino, como el de traer gorriones que no sirven ni como distracción. Y acá los gnomos se reprodujeron geométricamente ante la falta de depredadores naturales. Los gatos solían comerse algunos, pero luego los gatos se adaptaron a la vida hogareña y dejaron de frecuentar los bosques. Los gnomos se alimentan de raíces y polen. Pero el problema es que atacan las raíces de los grandes árboles y provocan la caída de arrayanes y araucarias originando asimismo derrumbes y aludes incontrolables. Convengamos que son fundamentalmente roedores. El famoso bosque de los arrayanes petrificados no es otra cosa que el producto de la voracidad ilimitada de estas criaturas mínimas. Durante décadas comieron las raíces de esos árboles formidables, que hoy están muertos, disecados, inútiles. El gnomo, hoy por hoy, es un problema, ya que han surgido organizaciones no gubernamentales decididas a protegerlos. Yo no digo matarlos, pero al menos esterilizarlos.

El historiador riojano Severino Fuentes es más cauto, pero no deja de apuntar sus críticas, una vez más, hacia Domingo Faustino Sarmiento.

—Sarmiento trajo los gnomos —afirma— convencido de que el futuro del hombre estaba en la pequeñez física y no en la corpulencia. Según él lo sostiene en su ensayo *Small and Useful*, publicado en Santiago de Chile en 1875, un hombre de físico esmirriado solucionaría todo tipo de problemas de vestimenta y alimentación reduciendo al mínimo la amenaza de superpoblación del planeta. Paradójicamente, a Sarmiento le abismaba la realidad de una patria tan vacía de gente. Por esa misma razón trajo los loros. Porque Sarmiento trajo los loros, no los gorriones. A los gorriones los trajo el almirante Brown, en condiciones infrahumanas de esclavitud, en las sentinas de sus barcos. Nadie se explica aún para qué. Muchos dicen —Monteagudo, por ejemplo— que el almirante temía que la costumbre de la población de comer polenta con pajaritos podía terminar con las aves de la comarca. Y todos sabemos que las aves son fundamentales para la navegación. Sarmiento trae los loros porque son aves que aprenden a hablar rápidamente y él siempre vivió desvelado por el tema del aprendizaje, la escolaridad y esas cosas. El reproche a los escolares, "no repitas como un loro", viene de esa época, cuando se recriminaba a los niños que estudiaban de memoria. Por el contrario –y esto puede sorprender a los tradicionalistas–, Sarmiento sostenía la teoría de la conveniencia de estudiar de memoria, y lo prueba en sus libros de memorias como *Facundo* y *Qué lindo es Talampaya*. A los castores, en cambio –continúa, entusiasta, Fuentes–, los trae el Perito Moreno confundiéndolos con nutrias, pensando en el negocio peletero. Hoy los castores han tergiversado el equilibrio natural de los ríos con la construcción de diques. Se les ha llegado a atribuir la construcción del dique San Roque, pero ésa es una exageración de los que atacan al Perito Moreno, atribuyéndole una personalidad satánica.

Desde otro punto de vista, el jurista y odontólogo castrense Ismael García Peña acerca un enfoque sesudo sobre el tema.

–La palabra gnomo –ilustra– es acuñada por el escritor finés Mauno Paasikivi, ya que aparece al conocimiento público en su libro *Woodlife*, con ilustraciones sobre el tema, en 1438. Allí los gnomos aparecen como minúsculas entidades similares a los liliputienses pero con orejas de fauno y patas de pollo. Sin duda tomó el nombre gnomo de la expresión latina *ig nome*, sin nombre, anónimos, ignorados, parias sociales. Y ése es el *quid* del problema que sin duda estallará en no más de una década en Bariloche. En tanto la población de gnomos, como dicen, continúe creciendo, irá reclamando figuración social y peso político. Porque he aquí el problema: ¿cómo considerarlos? ¿Como seres humanos, como entes con alma, como alimañas avanzadas, como organismos pensantes? Se da un caso similar al de los hotentotes, en el sub Sahara. Hasta hace poco no era ilegal matar a miembros de esta tribu que en poco difieren de los hombres primitivos y, además, lucen una prolongación espinal que cuelga como una cola sobre sus nalgas, lo que les brinda un aspecto típicamente animal. ¿Son hombres, son monos, son lemúridos desarrollados? Si los gnomos son reconocidos por la Iglesia el problema se complica. El Papa mismo, el domingo 14 de agosto de 1987, les mandó su bendición, en una elegía que incluyó también a los vascos y a los pingüinos. Lo dijo en latín por lo que pocos feligreses captaron el significado del mensaje. Políticamente, de ser reconocidos, los gnomos reclamarían lugares en el Senado. Ya se comenta de un líder gnomo que llama a la Guerra Santa y a otro que sueña con ser conductor televisivo. No, yo le advierto: el Gobierno Nacional, si no pone manos a la obra, se las verá en figurillas.

El tema, notoriamente conflictivo, amenaza con ganar los titulares de los diarios pese al manto de silencio impuesto por los funcionarios neuquinos.

Un rumor, inquietante para las organizaciones proteccionistas, acerca más combustible al fuego.

—Lepricornios, ése será el método —murmura, oscuramente, un latifundista barilochense que no desea dar su nombre—. Los lepricornios son elfos, gnomos verdes que habitan los castillos abandonados de Alta Escocia. Son malos y agresivos. Históricamente han perseguido a los gnomos, y ésa puede ser una de las razones por las cuales los gnomos se vinieron para aquí, aun desafiando a los indios vuriloches que se los comían a la brasa, como a conejos. Sé de buena fuente que en algunos estratos del Ministerio de Agricultura, junto a especialistas de Monsanto, se estudia traer lepricornios a la Argentina para que combatan a los gnomos. Los gnomos se aterrorizan con los lepricornios, a los que consideran seres irreales. La pregunta es ésta: ¿quiénes controlarán, luego, a los lepricornios?

Sólo el tiempo tiene respuestas a todos los interrogantes que se suscitan en torno a los gnomos. En tanto, sus figuras du-

dosamente simpáticas, seguirán sonriéndonos desde los ana-
queles de los negocios turísticos de Bariloche, a través de los
consabidos muñequitos, cerámicas y terracotas pintadas de vivos colores, aparentemente inocentes. No obstante, a fines del
2004, una aldeana que vive a orillas del lago Espejo comentó
en la feria dominguera que había sido mordida en un dedo por
una pequeña criatura del bosque a la que no pudo identificar.
Y que sufrió una infección en el brazo al extremo de que estuvieron a punto de amputárselo.

Meses después, en Puerto Manzano, apareció el esqueleto
de un perro San Bernardo, devorado, quizás, por millares de
colmillos diminutos.

Ayer nomás, la semana pasada, un guante tejido, tipo mi-
tón, repleto de explosivos, estalló contra una pared lateral del
refugio Carreras, en el cerro del mismo nombre, sin que nadie
se atribuyera, hasta ahora, el atentado.

Después de siglos de silencio, marginalidad y ostracismo,
daría la impresión de que ahora una fuerza rastrera y estre-
mecedora ha decidido salir a dar batalla.

CUANDO SE LO CUENTE
A LOS MUCHACHOS

Entonces este hombre me veía a mí como si yo fuera Marco Polo. Claro, cada tanto yo viajo, viajo bastante por mi profesión usted sabe, y por ejemplo caía a lo de Luis, el café de Luis, volviendo de Londres o de Los Ángeles, o de lugares más raros. Seúl, digamos, Seúl, tres veces fui a Seúl y eso al Gerardo lo impresionaba. Yo, por ahí, lo reconozco, agrando un poco las cosas, fantaseo, inflo las anécdotas: será por el gusto de contar, trabajo de eso. Pero aun sin exagerar nada, para un tipo como Gerardo, que en su puta vida salió no digo ya de Rosario, sino de Villa Diego, cualquier cosa que yo le cuente de Seúl o de los Emiratos Árabes –estuve hace poco en Bahrein– le resulta apasionante, le fascina. Y yo me daba cuenta de eso.

Luis, el dueño del boliche, me contaba que el Gordo, Gerardo, cuando calculaba que yo estaba por volver de alguna pelea ya se instalaba en la mesa todos los días, esperando mi llegada para que le contara el viaje. Y aclaro: con real interés, con real interés de parte suya, no como el Lalo. El Lalo es otro reo que para allí, como el Keko, Mirabelli, Galarza, pero al Lalo no le importa un carajo, me escucha como quien oye llover, se caga de risa, me carga, total para él, Seúl, Niza o Río de Janeiro son lugares que pueden corresponder al espacio exterior, le resultan totalmente ajenos y le da lo mismo escucharme que ver un partido de la B Metropolitana por televisión.

En cambio Gerardo es otro tipo de tipo, un hombre de trabajo, metalúrgico, que empezó con un tallercito allá en Villa Diego, laburando con el padre, pero que después hizo una montaña de guita y hoy por hoy, no te digo que sea un potentado pero está muy bien parado para el resto del viaje. Y un tipo que dentro de sus limitaciones, considerando que no es un hombre de gran cultura, es muy curioso, muy curioso, bicho despierto, de ésos que miran y aprenden, miran y aprenden. Y no tiene maldad, eso es notorio, no tiene ningún tipo de maldad. Yo veía que él me escuchaba a mí hablando de los viajes y lo disfrutaba, le gustaba, no destilaba envidia. Como el otro burro de Lalo que, aunque yo lo disculpe diciendo que es muy elemental, primitivo, pienso que en el fondo, en el fondo, le da por las pelotas que yo viaje tanto y que él no haya salido nunca de Avellaneda y Mendoza. Porque el Lalo es peor que el Gordo. El Gordo Gerardo no había salido nunca de Villa Diego pero el Lalo jamás se movió del bar La Capilla. No sé cómo fue que se vino al de Luis. Por eso no me da bola y se caga de risa de lo que yo cuento, lo desmerece.

A propósito, a propósito, yo he hecho cosas como llamar por teléfono desde un avión al boliche, de veras lo he hecho. Un día iba volando a no sé dónde, Los Ángeles me parece, y veo en el respaldo del asiento de adelante un teléfono. Muchos aviones tienen eso, el teléfono está empotrado como en una cajita. Miré la hora y calculé que acá en Rosario era la hora en que los muchachos se reunían en el boliche. No sé qué carajo hice con la tarjeta, esos teléfonos funcionan con la tarjeta de crédito, y llamé al boliche, a lo de Luis, por joder nada más, para saludar, acrecentar la leyenda, para decirles: "Muchachos, en estos momentos estoy a quince mil metros de altura volando a Los Ángeles". Y reconozco que lo hice por dos motivos, para romperle los quinotos al envidioso, ese burro de Lalo, y para darle una alegría a Gerardo que de verdad se emocionó, se emocionó Gerardo.

Otras veces, muchas, bah, casi siempre, yo llego y les traigo llaveritos, pelotudeces, esas cosas que uno se afana en los aviones, o que te las dan, como antifaces para dormir con luz, sobrecitos de azúcar o esos mocasines para apoliyar. De eso les traigo, como para demostrarles que me acuerdo de ellos. O compro minucias que, llegado el caso, cuestan tres centavos de dólar cada una y yo compro montones, a granel. Después reparto entre los amigos, tomá esto para vos, tomá esto otro para vos y así.

Y la verdad, la verdad, nunca entendí por qué Gerardo no viajaba, no digo ya a Europa, a Estados Unidos, que hubiera podido hacerlo. Digo a Victoria, a Florianópolis, qué sé yo, a Tanti, como iban antes los rosarinos. Yo entendía que no lo hubiera hecho de joven, porque según me contaba, en esa época no tenía un mango partido por la mitad. Y ya de grande, me decía, tenía que seguir poniendo el lomo en la fábrica como un beduino, veinticuatro horas al día.

Le cuento que ahora Gerardo tiene una fábrica del carajo, ahí a la salida de Rosario, que emplea como a cien tipos. Pero un día le pregunté, le pregunté por qué, un tipo como él, curioso, que se entusiasmaba por los lugares turísticos que veía por televisión, esos documentales sobre ciudades exóticas, no se daba el gusto de viajar. Guita tenía y ya, a los casi 55 pirulos, con la empresa armada, bien que los hermanos podían cubrirlo para que él se pirara aunque fuera una semana a Mar del Plata. Creo que ni Mar del Plata conocía.

Me dijo que sonaba raro pero que era una cuestión de mentalidad, de su mentalidad: que se consideraba un tipo hecho para el laburo, que no se planteaba eso de viajar, que le parecía una fantasía de las películas, una ficción, algo fuera de su alcance. Me dijo que su mundo era la fábrica, la familia, el club Defensores de Villa Diego, los amigos y nada más. Que alguna vez le había propuesto a su mujer, la Élida, viajar a Europa y la otra, buena mujer seguramente pero con un frío en el alma, le dijo que ella se moría si se subía a un avión, que para qué quería conocer Europa y que, si él quería, que se fuera solo. Yo no la conozco a la jermu pero no me es difícil imaginármela. La primera novia, la chica buena del barrio que, pese a que el marido ha hecho muy buena guita, sigue arreglándoles la ropa a los hijos, a los nietos, regando las plantas y comentando la telenovela con las amigas. De ahí no la sacás, de esas minas que a las nueve de la noche ya están apoliyando.

Pero un día me calenté, me calenté y le dije a Gerardo. Yo tenía que viajar a Montecarlo, nada menos, a cubrir la pelea de Silvestre "Espolón" Rodó con Abd Aibak, un egipcio que también aspiraba al título. Rodó, no sé si usted se acuerda, era un *welter* de Coronel Bogado, buen boxeador, pupilo de Raúl Anémola. Me gustaba. A mí me gustaba. Entonces lo encaro y le digo a Gerardo: "Venite conmigo. Venite conmigo. Vemos la pelea y después nos tiramos unos días en algún lado, París preferentemente, Milán o Barcelona. Ya que nunca quisiste viajar solo venite conmigo".

Él me había dicho que, ante la negativa de su esposa, no quería viajar solo. Pero ahí yo lo cagué, lo cagué, lo dejé sin argumentos en contra. Podía viajar conmigo, pagándose todo él, por supuesto, pero, por ejemplo, compartir la habitación en los hoteles donde a mí me mandaban —siempre hoteles de tres o cuatro estrellas, por supuesto—, ver la pelea, conocer Montecarlo, conocer París. Para mejor —y no es que me agrande al pedo— con un tipo como yo, que ha viajado mucho y que lo podía asesorar en todos los quilombos de pasajes, cambio de moneda, papelería, que suelen atemorizar al que no está habituado. Yo, por otra parte, hablo algo de inglés, tipo Tarzán pero hablo, chapuceo francés, el italiano es fácil, así que por ese lado no íbamos a tener problemas. Le llené la cabeza, le juro: así se la dejé con el asunto del viaje.

Primero se asustó, se asustó porque realmente lo vio posible. Empezó a mañerear, a que no, a que no le gustaba el box, a que el laburo, la fábrica, el nieto, la mar en coche. Le dije: "Dejate de joder, no seas boludo". Hasta lo traté de cagón, de pollerudo. No se enojó porque hay confianza y porque el Gordo es más bueno que Lassie, pero seguía dando vueltas.

Ahora, a la luz de los acontecimientos, medio que me arrepiento porque yo fui el que lo empujó a viajar. Pero incluso considerando lo que pasó, este muchacho conoció lugares de puta madre, estoy hablando de Montecarlo, conoció París y no creo que esté arrepentido de haberlo hecho. No sé. Desde la vuelta todavía no tocamos el tema. Lo cierto es que agarró viaje. Agarró viaje y nos fuimos. A Montecarlo donde peleaba Espolón Rodó con el egipcio. Incluso viajamos con ellos, el Espolón y su manager, a quien yo ya conocía porque cubrí la pelea de Espolón con Chapinero Ospina en Cali, Colombia. Y el manager, don Raulo, es un tipo bárbaro, de verdad un tipo bárbaro, simpático, cordial, educado.

La pasamos muy bien con él en el vuelo. En el vuelo y en el hotel, porque paramos en el mismo hotel también, en Montecarlo. Con Espolón no, no tuvimos tanto contacto, porque es un tipo raro. Callado, taciturno, de ésos que te miran de reojo, como desconfiando. Y, él mismo, poco confiable, digamos. Para colmo, Jorgito Marrone, de *El Gráfico*, que también había ido a ver la pelea, me contó que Rodó andaba en cosas raras, fulerías, no me aclaró mucho pero yo pensé en la falopa por supuesto.

Pese a todo, y gracias a la cordialidad de este hombre, don Raulo, el Gordo Gerardo ya en el avión empezó a interesarse por la pelea, por el box inclusive. Preguntaba, consultaba cómo andaba Espolón físicamente, qué tal era el egipcio, todas esas cosas. Y yo advertí, tras las primeras horas después de salir durante las que lo noté medio abrumado o fuera de lugar, que fue como que el Gordo se aflojó y comenzó a disfrutar, a disfrutar la aventura, su aventura... Por fin estaba viviendo lo que siempre había soñado.

Después, ya en Montecarlo, caminando por la calle antes de la pelea, miraba los Rolls-Royce, las Ferrari, los Porsche, los cruceros amarrados en la marina —al Gordo le gusta la pesca— y movía la cabeza así, se mordía los labios y repetía: "Mirá cuando se lo cuente a los muchachos. Mirá cuando se lo cuente a los muchachos". Porque de eso hablamos también. Muchas, pero muchas de las cosas que uno hace, por no decirle casi todas, las hace para contárselas después a los amigos.

—¿Qué le vas a contar al pelotudo de Lalo —le decía yo, cagándome de risa— si Lalo no tiene idea de nada?

—No... —me decía el Gordo— a los muchachos del club de pesca te digo, los que veo todos los fines de semana, no los del café. ¡Mirá cuando les cuente que anduve caminando por Montecarlo!

Y a mí me alegraba verlo tan contento porque era macanudo Gerardo como compañero de viaje; resultó muy bueno. De ésos que no se quejan, a los que todos los programas les vienen bien, que no se hacen problemas, que colaboran... ¡Y cómo estaba antes de la pelea! Yo le había conseguido *ring-side* a través del diario y lo acompañé a su asiento antes de irme al sector de prensa. Le digo: "Mirá, aquél, en la segunda fila, es Alain Delon". No lo podía creer, casi se cae de culo. "¡Alain Delon!", decía agarrándose los mofletes. "¡Alain Delon!", como un pibe, realmente como un pibe. "Y el de atrás, a la izquierda —le señalo, para rematarlo— es Kashoggi, el multimillonario petrolero". Ahí se murió, se murió. Se le llenaron los ojos de lágrimas, le juro. "Mirá cuando se lo cuente a los muchachos", decía como para él, casi rezando.

Muy bien, terminó la pelea y ganó Espolón. Hizo una buena pelea, el egipcio me resultó medio cagón, le confieso, pero estuvo bien. Estuvo bien. Entonces el empresario francés, el que había contratado la pelea, nos invitó a todos a cenar. A Rodó, a don Raulo, a los asistentes, a un grupito chico de periodistas, yo entre ellos, y lo llevé al Gordo Gerardo. Seríamos entre once o doce. Un restaurante de la reputísima madre, elegantísimo, con vino de primera calidad, música, columnas de mármol, fuentecitas donde corría el agua, etc., etc.

Al grupo nuestro le dieron un salón aparte, casi un reservado pero desde donde podía verse el salón principal, la pista de baile. Gerardo estaba alucinado, se le salían los ojos de las órbitas.

—¿Hay que pagar esto? —me preguntó en un momento.

—No, quedate tranquilo —le dije.

El empresario francés, un flaco con pinta de ligerísimo, había ganado una carrada de guita con el triunfo de Rodó y estaba exultante. Todos, en realidad, estábamos exultantes, el menos demostrativo era, como siempre, Espolón. Apenas tenía unas marcas menores en la cara que recién le descubrí después del fin de la pelea, cuando Gerardo insistió, muy eufórico, en que fuéramos a felicitarlo por su triunfo mientras todavía estaba en el vestuario.

Fue una cena espectacular, algo tardía, porque la pelea se extendió los doce rounds y hasta yo estaba impresionado por el agasajo. No siempre nos tratan así a los periodistas. Pero disimulaba, me hacía el habituado a esos trances frente a Gerardo, para que no perdiera la confianza en mí, hombre mundano acostumbrado a los lances cosmopolitas. Y en verdad era una mesa cosmopolita, porque también se habían agregado algunos franceses, un italiano, dos chinos y un par de minas, veteranas ya, medio raras. Y algo se estaba preparando, era evidente, porque atrás nuestro había un par de mesas, más chicas, como con diez o doce minas, solas, con aspecto de facilongas. Había una negra que nos llamó la atención porque medía como dos metros y estaba rapada.

—Después de cenar —se me acercó sobre el final el francés y me habló al oído, señalando a su asistente—, Armand los va a llevar a mi casa donde tomaremos una copa.

Lo miré a Gerardo, que había escuchado, interrogándolo. Porque la cosa tomaba otro cariz, y yo no sabía si él se anotaba.

—Vamos, vamos —me azuzó el Gordo desde su asiento—. Vamos, estamos jugados, Horacio.

Noté que había chupado bastante, pero yo también había chupado y la invitación me entusiasmaba por las minas que había allí que, descontaba, nos acompañarían.

—No sé —el francés no quiso ser invasivo—. Si ustedes quieren...

—Sí, sí, vamos —le dije yo, y le guiñé el ojo a Gerardo.

En el auto en que nos llevaba el Armand —no sé qué tipo de coche era pero era un coche sport impresionante negro azabache— adelante iban el Armand este y un chino, que cada tanto se daba vuelta hacia nosotros y nos decía sonriendo cosas que no entendíamos un carajo. Y atrás, con nosotros, subió la negra altísima, pelada, impresionante, con una mini que cuando se sentó se le trepó a la cintura. En la penumbra del coche, Gerardo, que estaba en el medio, ensandwichado entre la mina y yo, me miraba de reojo y levantaba las cejas, como haciendo la seña del macho de espadas, todavía incrédulo.

Llegamos a la mansión de este tipo y no éramos demasiados, pero se habían agregado más minas, unos gatazos escalofriantes, y ya el ambiente era de joda joda, pero de joda *grossa*, tipo orgía. Un salón alfombrado, grande, muy oscuro, humo, mucho humo, whisky, champagne, música tecno, risotadas, el ruido a cristal de las copas, baranda a marihuana, el reviente digamos.

El Gordo medio que se me perdió en el tumulto. Cuando lo localicé de nuevo estaba recibiendo una copa de champagne de manos de una tetona que también repartía porros y ya otra mina lo tenía agarrado por el cuello y no lo largaba. Estaría a tres, cuatro metros de donde yo estaba, totalmente enfiestado el Gordo. Me miró, movió la cabeza, se mordió los labios y esta vez fui yo el que le dije: "Mirá cuando se lo cuentes a los muchachos", antes de que la mina lo tirara arriba de uno de los sillones.

Al poco tiempo, minutos diría, yo estaba metiendo mano con una japonesa entre unos almohadones. Por donde uno mirara veía bultos entrelazados por el piso, agarrones, parejas, tríos y hasta cuartetos franeleando como desesperados. Yo me concentré en lo mío y atendí a la japonesa, después a otra gordita y después de nuevo a la japonesa, como corresponde.

La última vez, la última vez que lo vi a Gerardo aquella noche, la tengo grabada en la retina: tal fue la impresión que me causó. En un momento logré zafarme de la tijera con que me inmovilizaba la japonesa, intentando manotear un pañuelo que tenía en mi saco para secarme la espalda porque un boludo me había tirado una copa entera de champagne en el lomo. Tuve que apoyarme con la rodilla en un cuerpo que tenía al lado, desnudo pero no identificable, para incorporarme un poco y alcanzar mi ropa. A pesar de la semipenumbra, metros más allá lo divisé al Gordo, encaramado arriba de la negra del coche. Brillaba arriba, bien arriba, el culo rosado y carnoso del Gordo. Y arriba del Gordo –y acá viene la parte terrible–, agarrándolo desde atrás, tipo perro de presa, estaba Silvestre "Espolón" Rodó empomándoselo, culeándoselo al Gordo, dándole bomba como un poseído. En ese instante, como si hubiera adivinado que yo lo miraba, el Gordo levantó la cabeza, se incorporó sobre sus dos brazos como haciendo flexiones y me miró con una expresión de sorpresa, angustia y resignación.

Recién al día siguiente volví a verlo, en la cafetería del hotel, pasado el mediodía ya, cuando empezaba a preocuparme porque teníamos el vuelo a las siete. Lo había perdido a la madrugada tras esa escena dantesca, cuando la japonesa, insaciable, junto a una petisa pelirroja me volvió a tumbar sobre la alfombra.

Después me volví solo, saltando entre cuerpos entrelazados y masas confusas, desistiendo de localizar a Gerardo. Creo que tuve miedo de encontrarlo todavía empomado por el boxeador. Por otra parte no hubiera sabido qué decirle.

Cuando el Gordo llegó al hotel, ya eran las cuatro de la tarde, me saludó apenas y subió a hacer sus valijas. Se lo veía avergonzado.

Después tuvimos tiempo de tomar un café abajo.

–Me parece que... lo de anoche... –empezó, titubeando– no sería conveniente que se lo contáramos a los muchachos –me dijo.

–Como quieras, como quieras –le contesté, tratando de transmitirle confianza.

Después nos fuimos a París, donde nos llovió los tres días. Pero la pasamos bien.

RETIRO DE AFGANISTÁN, YA

a Daniel Samper

"Siempre alguien lo escucha". Eso le dijo el astrólogo Alfredo Alegre a Ezequiel Morabito, poco antes de que éste concurriera al programa "Consultando con la almohada", de FM El Altillo, la noche del 23 de noviembre de 2001. Alegre practicaba la predicción astrológica y difundía sus logros a través de un breve micro de la misma FM, pero a las cinco de la mañana, cuando terminaba "Consultando con la almohada" y antes del comienzo de "La Linterna", el programa creado por Félix Reynoso.

Por su parte, Ezequiel Morabito, ocasional oyente, había sido favorecido por un inesperado golpe de la fortuna: se había ganado dos entradas, que FM El Altillo regalaba a las ocho personas que llegaran primero al auditorio, para asistir a la *première* de la película francesa *La Baranda*, con Philippe Rhallys y Michèle Petit.

—Yo no creo que nadie escuche radio a esta hora —comentó Morabito, por decir algo, mientras esperaba su turno para retirar el premio.

—No se crea —le dijo entonces el astrólogo Alegre, sentado casualmente en una silla cerca de él, y ordenando los papeles de su micro—. Siempre va a encontrar, mañana o pasado, a alguien que lo escuchó, usted va a ver, y que le comentará el programa.

–¿A esta hora? –desconfió Morabito. Eran las cuatro de la mañana.

–A cualquier hora. No olvide que hay camioneros, taxistas. A mí me llaman mucho los taxistas. Yo les informo a qué calles está favoreciendo Júpiter, por ejemplo, para que ellos consigan clientes. Y no se olvide de los serenos y de los que tienen insomnio.

–Mi caso –dijo Morabito.

–Entonces usted escucha este programa... –Alegre señaló vagamente la luz roja que indicaba que "Consultando con la almohada" estaba en el aire– y sabrá cuánta gente llama por teléfono.

Morabito asintió con la cabeza, distraído, muy lejos de imaginar lo acertado que había estado Alegre con su comentario acerca de que siempre habría alguien escuchando. Meditaba qué hacer con la otra entrada. Hacía tres meses que había roto con Marisa, tras cuatro días de tibia relación y repasaba ahora la lista de sus pocos amigos pensando a quién de ellos podía invitar al cine. No sabía aún que su intervención radiofónica desataría la historia que estamos a punto de relatar.

Tampoco había imaginado Morabito, mientras se sentaba procurando no hacer ruido al correr la silla frente al otro micrófono, que Abel Moyano, el conductor del programa, le brindaría tanto tiempo para el diálogo. Sólo cuando Moyano le preguntó si le gustaba el cine francés, si solía comer mucho de noche, si sentía alguna atracción por el ajedrez y cuáles eran sus otras aficiones, Morabito cayó en la cuenta de que él nunca había escuchado el programa desde su comienzo ni lo había soportado hasta el final. Por lo tanto ignoraba que duraba cuatro horas y, en consecuencia, no podía ser llenado sólo con consultas sentimentales.

–También encabezo el MBT, Movimiento Barrial Trotskysta "Santiago Pérez" –agregó Morabito decidido, como descubriendo por fin, lo que era tener delante suyo un medio de comunicación a través del cual difundir sus ideas.

—Qué interesante —lo miró fijo Abel Moyano—. ¿Y en homenaje a quién le han puesto "Santiago Pérez"?

—Es el nombre de la persona que, con enorme generosidad, nos alquila el garaje donde realiza sus actos nuestro movimiento —respondió Morabito, sintiéndose un poco tonto—. Pero nos lo alquiló con la condición de que la agrupación llevara su nombre, algo que nosotros aceptamos porque no son muchos los ciudadanos que se atreven a comprometerse con nuestra lucha.

—Muy bien, muy bien, excelente, hay que destacar esos gestos —dijo Moyano, tocándose repetidas veces los auriculares e intercambiando gestos con el operador que dormitaba tras el vidrio, en una mínima sala de controles—. Lo felicitamos, amigo Morabito, y ahora vamos a otro disquito y después la respuesta a esa consulta que nos quedó pendiente...

Morabito se puso de pie, enredándose un poco con los cables.

—Su saludo —lo invitó sin embargo Moyano, cuando ya crecía la cortina musical— y su mensaje a la audiencia, si es que desea agregar algo...

Morabito frunció el ceño, se agachó tomando la base metálica del micrófono.

—Sólo deseo agregar —dijo, decidido— que el Movimiento Barrial Trotskysta "Santiago Pérez" exige el total retiro de las tropas norteamericanas del territorio de Afganistán. Inmediatamente. Pero no mañana o pasado o la semana que viene... —pegó con la punta de su rígido dedo índice sobre la mesa, repetidas veces—... ¡sino ya, ya, ahora mismo!

—Gracias, mi amigo —Moyano viró con su silla giratoria hasta golpearse la rodilla contra la pared, reclamó con su mano en el aire que aumentara el volumen de la cortina y la luz roja del estudio se apagó.

Al día siguiente, a eso de las cuatro de la tarde, Morabito recibió un llamado telefónico. Estaba completando unas palabras cruzadas y debió interrumpir para ir a atender.

—El señor William Hammond desea hablarle —le dijo una voz femenina. Morabito no dijo nada, el bolígrafo aún en la mano.

—Mi nombre es William Hammond. ¿Con quién tengo el gusto de hablar? —escuchó pronto una voz con marcado acento inglés.

—Morabito, Ezequiel.

—Le estoy hablando desde Aricana, señor Morabito, mucho gusto.

—Ah... ¿Cómo le va?

—Muy bien. Mire, iré al grano, los americanos somos hombres prácticos. Yo soy el director de Aricana y escuché anoche sus declaraciones por la radio...

—Ah... —Morabito se puso derecho en la silla, enfrentado al aparato telefónico, volvió a fruncir el ceño y mordió la punta del bolígrafo.

—Más que sus declaraciones —siguió la voz con acento inglés—... sus exigencias. Y le soy sincero, pese al predicamento que tiene Aricana en Rosario no está en mis manos tomar decisión alguna con respecto a lo que usted pretende.

—No soy yo, señor Hammond. El Movimiento.

—De acuerdo, el Movimiento. Pero créame que estoy haciendo todo lo posible por contactarme con Edward Klockenbrink, embajador de los Estados Unidos en la Argentina para ponerlo al tanto del problema. Le ruego tenga un poco de paciencia.

Morabito cortó tras un saludo breve. Se quedó mirando la pared de la cocina. Nunca hubiera imaginado años atrás que el MBT alcanzara tanta repercusión, cuando él mismo había creado la agrupación vecinal movilizado por la necesidad de gestionar la instalación de las cloacas.

Luego los mismos vecinos habían propuesto mantener una comisión estable para exigir el fin del gas envasado y, por último, varios tomaron la costumbre de reunirse en el garaje de Pérez para debatir sobre cine y jugar a los naipes, nunca por plata. La cosa adquirió un perfil político el día en que comentaron la película soviética *Moscú no cree en lágrimas*.

El martes 26 de noviembre, dos días después del primer llamado, quien telefoneó a casa de Morabito fue el embajador norteamericano en la Argentina, Edward Klockenbrink. Había un atisbo de enojo en sus palabras.

—Su reclamo es por cierto desmesurado, señor Morabito —dijo, tras los saludos de rigor.

—En absoluto, señor Klockenbrink —Morabito optó por no amilanarse—. No sé si usted tiene bien presente lo que dije...

—Por supuesto que lo tengo presente. En realidad, el señor Hammond, de Aricana, se me adelantó, pero mi gente ya había grabado ese programa y es más, la grabación ya ha sido remitida a Washington.

—Se habrá percatado usted, entonces, de que mi reclamo no tiene nada de exagerado.

Se escuchó como un bufido desde el otro extremo de la línea.

—Imaginará usted —Klockenbrink trataba de controlarse— que no soy yo quien tiene que tomar este tipo de decisiones. De esto deberá ocuparse el general Ashcroft. Pero desde ya le digo que lo veo muy difícil, muy difícil. Hay miles y miles de nuestros muchachos en Afganistán.

—Nadie los llamó, señor Klockenbrink. Mi exigencia sigue en pie.

—Ni siquiera una superpotencia como la nuestra puede retirar tantas tropas en tan poco tiempo, señor Morabito. Sin duda usted desconoce la logística militar.

—Ni quiero conocerla, señor. ¡Si dije ya, es ya!

Morabito le colgó. Lógicamente alterado fue hasta la heladera, sacó el agua fría y bebió un poco. Luego tomó un papelito sujeto por un imán con forma de rana sobre la puerta de la heladera donde había un número anotado. Llamó a la rotisería La Juliana y habló con el dueño, secretario primero del MBT para imponerlo de los acontecimientos.

Lucho, así le decían al secretario, se mostró interesado, pero se disculpó argumentando que tenía muchos pedidos pendientes y no podía atenderlo. Morabito comprendió que no podría contar con él. Llamó entonces a Robiolo, el dueño de la bicicletería El Rayo, el otro integrante del Movimiento, pero Robiolo se había ido a una procesión por la Virgen de San Nicolás. Morabito se mordió una uña y se quedó pensando. Se sentía un tanto solo. Y no descartó que el Imperio hubiera iniciado su contraataque, desalentando con amenazas o sobornos a sus laderos más fieles.

Dos días más tarde, el 28 de noviembre, cuando ya pensaba que la cosa se había diluido, recibió un llamado desde Washington. Lo intuyó cuando al levantar el auricular, escuchó con claridad el "pip" que precedía a las llamadas de larga distancia.

Una voz femenina le dijo algo en inglés, inquietándolo. Eran muy escasos los conocimientos de ese idioma que tenía Morabito. Algo había retenido de la escuela, pero no lo suficiente como para mantener una conversación compleja en torno al conflicto de Afganistán. Por suerte la voz femenina, sin aguardar contestación, lo puso al habla con el general Ashcroft.

–Morabito... –fue al grano el hombre de armas– soy Ashcroft.

–¿Cómo le va, General? –se agitó un poco Morabito, conmocionado.

–Su petición es impracticable en un plazo corto.

–Habla usted muy bien el castellano... –Morabito procuró cambiar el ángulo de la charla. Y no sólo para ganar tiempo. Le fastidiaba esa forma tan directa de los anglosajones–. ¿Lo estudió en algún lado?

–Estuve en Nicaragua, El Salvador, Bolivia. Y ahora le digo que lo de Afganistán, así como usted lo plantea, no puede ser. Habría que charlarlo. Son miles de hombres, con vehículos blindados y helicópteros.

–Así como los pusieron allí pueden sacarlos, General.

–Lo llamo mañana. Sáqueme de una duda... ¿Usted fue el que en 1969 le arrojó una bomba de alquitrán al frente de Aricana, allí en Rosario?

Morabito hizo silencio, jugando con el cable del teléfono.

–No puedo contestarle esa pregunta, General.

—Así me lo informó la CIA.

Morabito aspiró hondo, tratando de calmarse. Lo estaban investigando. Cortó sin despedirse. Hubiera sido ingenuo suponer que esa conversación no estaba siendo grabada. Nunca había arrojado una bomba de alquitrán contra el frente de Aricana. Pero no sabía si era conveniente declararlo. Tal vez era mejor si ellos pensaban que estaban frente a un hombre dispuesto a todo.

La noche del 14 de enero de 2002, Ezequiel Morabito tomó un vuelo de línea con rumbo a Washington en la clase turista de American Airlines. El pasaje se lo había entregado en sus propias manos uno de los porteros de Aricana en el bar La Buena Medida, de Rioja y Buenos Aires. Mientras comía con apetito un trozo algo insulso de pollo con hebras de apio, calculó los peligros. Quizás todo era una trampa y volaba derecho hacia una emboscada. El capitán Adrian Calder, asistente personal de Ashcroft, le había dado el lugar, el día y la hora de su cita con el General. También le había solicitado absoluta reserva sobre el viaje, advirtiéndole que cualquier nueva declaración suya en la radio, especialmente en "Consultando con la almohada", echaría por tierra las negociaciones. Morabito, salvo su tía Adela, no tenía a quién informar nada de nada, y sólo pidió al quiosco de la plaza Alberdi que por una semana no le llevaran el diario. Si algo le pasaba —explosión del avión, accidente en una *highway*, envenenamiento en el hotel Potomac Paradise de Washington— casi nadie, salvo Adela, que era sorda, lo echaría en falta.

Tras cuatro días encerrado en la habitación 453 del hotel Potomac, hojeando diarios americanos que no entendía, buscando en el televisor los canales latinos y agotando el stock de maníes salados de la heladerita a su disposición, Morabito tuvo la clara sensación de que estaba siendo objeto de una broma pesada.

Al quinto día fue a buscarlo un helicóptero Chinook. Primero todas las ventanas vibraron como si se estuviese desatando un terremoto, luego se oyó un ruido atronador mientras las palmeras enanas se sacudían enloquecidas y, por último, el Chinook aterrizó en el jardín trasero del hotel. Cuatro hombres de negro y un *marine* con traje camuflado tomaron sin violencia pero con firmeza a Morabito de los brazos y lo condujeron al helicóptero, que ni siquiera apagó del todo sus turbinas.

—Tenemos este asunto de Kosovo, tenemos la intervención en Colombia, tenemos lo de Kuwait, que nos vuelve locos... —el general Ashcroft transitaba la enorme oficina a grandes zancadas, mientras enumeraba las tareas a realizar—. ¿Cómo pretende usted que retiremos esas tropas inmediatamente?

Morabito, hundido en un sillón profundísimo, optó por el silencio.

—34.527 *marines* tenemos allí, Morabito. 34.527. Acabo de recibir las cifras definitivas. Desde que usted empezó con lo suyo estamos contando... Eso no se saca de allí en un Hércules, créame...

Morabito no dijo nada.

—Tal vez usted reclamó lo que reclamó en un tono tan perentorio —señaló Ashcroft— porque se creyó aquello de que toda la operación militar la habían montado los mujaidines, y que nosotros sólo teníamos instructores allí. Pero no es así. Tenemos más de 30.000 soldados. Es inútil ocultarlo. Después de Vietnam ya no nos cree nadie lo de los instructores.

Morabito siguió sin pronunciarse. Sólo inflaba y desinflaba los mofletes, como un pescado. Un ordenanza se asomó por la inmensa puerta blanca.

—Perdón, General... —dijo—, el Presidente.

El General cesó sus caminatas y miró el teléfono.

—Lo mantendré informado, Morabito. Le aseguro que estamos estudiando lo suyo.

Daba por terminada la reunión. Morabito juzgó oportuno decir algo, fijar su posición.

—Todo esto me parecen torpes maniobras dilatorias, General —dijo—. Me han tenido días interminables viendo televisión ahí metido en ese hotel de cuarta. Y ahora usted me pide una nueva espera.

—Me ocuparé de lo suyo, Ezequiel. Le aseguro que nos ocuparemos. Estamos en eso.

—No es lo mío. Le repito que no es lo mío. Es del Movimiento.

No es cierto que Morabito se haya reunido con el presidente George W. Bush. Hay varias versiones que así lo afirman y hasta muestran fotos de ambos, dándose la mano, claramente trucadas. Pero lo cierto es que el jueves 12 de febrero, Morabito fue atendido, en el Salón Oval, por Isabel N. Parker, edecán privada de Bush.

—Señor Morabito —susurró la Parker, una atractiva mujer de unos 55 años—, le pido que nos dé algo más de tiempo para el retiro de nuestras tropas de Afganistán.

Morabito endureció sus mandíbulas. Ya le había caído mal que le mandaran a una mujer a hablar con él. Una mujer ante quien, por elemental respeto, no podía sostener demasiado su particular intransigencia.

—Señora Parker... —dijo al fin— nuestra paciencia tiene un límite. Ya me parece descomedido que no me reciba el Presidente como me habían prometido.

—Le ruego que no lo difunda, pero tuvo que visitar al médico por una obstrucción intestinal. Usted sabe que sufre ese tipo de problemas.

—Lo sé —mintió Morabito.

—Seis meses —dijo entonces la Parker, en otro susurro—. En seis meses no queda un solo soldado americano en Afganistán.

—Es una burla. Es muchísimo tiempo.

—Es todo lo que podemos ofrecerle —la Parker miraba a Morabito como para perforarlo, y éste comprendió que tal vez había tirado demasiado de la cuerda.

—Tres. Tres meses —probó Morabito.

—Cinco. Es lo máximo que puedo ofrecerle —ella se mostraba como una hábil negociadora.

—¿Qué seguridad tengo de que ustedes cumplirán este acuerdo?

—Mi palabra.

Allí aparecía, flagrante, la razón por la que habían enviado a una mujer a negociar. Morabito no podía desconfiar de la palabra de la Parker sin ofenderla en su condición femenina, aun conociendo la histórica tendencia de la diplomacia yanki a la patraña y a la mentira.

—Ustedes nunca han cumplido sus compromisos —masculló Morabito—. Traicionaron a sus propios indígenas. ¿Cómo murió, acaso, Caballo Loco?

—Mi palabra, señor Morabito. Nada más.

—Habrá algo firmado, me imagino.

La Parker negó morosamente con la cabeza, haciendo balancear su cabello ondulado, como en un aviso comercial de champú.

—Si usted revela públicamente algo de esta reunión —dijo luego—, la Casa Blanca negará todo, hasta su propia existencia si es preciso.

—¿Debo tomar esto como una amenaza? —se alarmó Morabito.

—Para nada —la Parker se puso de pie—, pero quédese tranquilo. Nuestra misma gente nos reclama que regresemos a los chicos. Hay muchos padres pendientes de eso.

Morabito también se puso de pie.

—Cinco meses. Ni un día más. Ni un día.

Después se fue. Un auto negro lo condujo directamente al aeropuerto Ronald Reagan. Llevaba entre sus manos una foto enmarcada y autografiada por el presidente Bush. "To Ezequiel", decía. Morabito valoró el gesto. No cualquiera se hacía tiempo para congraciarse con alguien teniendo una obstrucción intestinal. Le habían dado, también, una edición resumida de la Constitución norteamericana y una réplica pequeña, en plástico, del portaaviones atómico USS *Enterprise*, a la que se le despegó una torre aun antes de que Morabito subiera al avión que lo conduciría de regreso.

Como es bien sabido, las tropas americanas no abandonaron Afganistán ni en tres meses, ni en tres años, y se supone que miles de soldados yankis continúan allí.

Ezequiel Morabito estuvo tentado a reiterar sus reclamos a través de la radio, pero Abel Moyano —el conductor nocturno de "Consultando con la almohada"— se negó a recibirlo, con evasivas y aduciendo que pretendía ahora un espacio con más música y menos intervención de los ganadores de entradas.

Morabito hasta vio al poco tiempo cómo el MBT se disolvía, ante la imposibilidad de seguir sesionando en el garaje de Santiago Pérez, cuando éste lo reclamó para poner una verdulería.

A muy poca gente contó Morabito sus tratativas con las autoridades yankis y su corto paso por la Casa Blanca. Quizás le hirió saberse engañado por la diplomacia americana, una vez más, sumándose a la larga lista de estafados, burlados y defraudados. Quizás, como lo supone su tía Adela —quien estuvo conversando con él sobre el tema en un par de ocasiones—, Morabito sabe que no tuvo la firmeza, la dureza o la entereza necesarias en la reunión final con la edecán del Presidente. Y la constancia de su propia debilidad lo deprime.

—No les importan absolutamente nada los reclamos de la gente —le comentó a alguien hace poco con amargura y refiriéndose, sin duda, a los ocupantes de la Casa Blanca—. Nada de nada.

BAHÍA DESESPERACIÓN

a Liliana y Viti

La que me dijo que el viento le había volado el perro al mar fue la señora de lentes, la de sombrerito tipo Piluso.

—El viento lo levantó y lo tiró al mar —dijo, sin mayores signos de aflicción. Era inexpresiva. Tenía unos ojos chiquitos celestes, medio húmedos. Pero no era porque estuviera llorando, supongo: era por el viento. Y se ponía los dedos de la mano derecha sobre los labios y entonces sí parecía consternada.

—¿Era un perro grande? —yo no lo podía creer.

—No. Así —dijo—, blanco... ¡De bueno!... Luli le decíamos... Lo remontó como un barrilete.

El nene, prendido a sus polleras tal vez para protegerse de la arena, apoyaba la cabeza sobre sus muslos y se balanceaba. Señaló un par de veces, vagamente, hacia el mar.

—¿Y no lo encontraron más?

Ella negó con la cabeza.

—No sé cómo vamos a hacer —dijo en voz baja— para contarle a la más grande.

—Bueno... —dije yo, como para despedirme.

—Le decimos que lo pisó un auto —levantó la cabeza el chico hacia su madre.

La señora desestimó la propuesta con un gesto.

—Está en Buenos Aires... —siguió— la más grande. No sé...

Empezaron a irse.

—Le decimos que lo pisó un auto —insistió el chico.

—Dame la mano, vos —ordenó la madre—. A ver si te lleva el viento también.

Se alejaron por la playa.

—Le decimos que lo pisó un auto —escuché que el chico decía, ya a lo lejos.

—Qué joda... —atiné a decir. Mi hijo Juan, las manos en los bolsillos de la campera puesta sobre la malla, se me acercó. Se había mantenido lejos, mirando unas aguavivas.

—¿Qué pasó?

—El viento les remontó el perro y se lo tiró al mar.

—Joya —dijo mi hijo. Se oía el rugido del mar y el aleteo furioso de una bandera que se mantenía perfectamente extendida por el viento, como si fuera de lata.

—Y hoy no es nada —agregó Juan.

—¿Cómo que hoy no es nada?

—No. Me dijo el viejo del parador que hoy no es nada. Que otros días hay mucho más. Ese viejo que parece extranjero.

—Es extranjero.

Caminamos unos cien metros, encorvados.

—¿Llueve? —pregunté. Me había caído en la pelada una gota grande como un limón.

A Vane se le ocurrió lo de Bahía Desesperación.

—Yo no me voy a meter en esas playas llenas de gente —me había anunciado ya en octubre—. Que todos te pisotean, con miles de pendejos que van en 4x4 a caretear. La hoguera de las vanidades...

—Tom Wolfe —apunté. Me gustaba recordarle que yo también leía—. *La hoguera de las vanidades*.

—Que hay que andar produciéndose para salir a comer... Dejame de joder...

Y la Negra hablaba en serio. Siempre hablaba en serio. Era dura. Buena pero dura. Sin una pizca de sentido del humor.

—Como quieras —le dije—, total sabés que yo no me meto al mar.

—Porque sos un cagón.

—Sí. No me gusta el agua fría. Yo voy a leer. Me da lo mismo que llueva o no llueva. O que haya un viento de cagarse.

Nos habían dicho que era una playa ventosa.

—Por lo menos es un contacto directo con la naturaleza —dijo Vane—. No como esos lugares repletos de turistas, que llenan todo de plástico, de basura, contaminan todo...

El año anterior se había empecinado en que fuéramos a La Carqueja, un caserío cordobés declarado Capital Mundial del Silencio por la ONU.

Ésa es buena. Yo debería anotar esas cosas. Algún día voy a escribir un libro. Algo serio, pero con humor. Tía Lilia siempre me decía que yo debía escribir.

—Al que no sé cómo le caerá ir a un lugar así, sin Internet, sin juegos en red, sin cines, es a Juan —puse a consideración democrática—. ¿Vos qué decís?

Juan se encogió de hombros. Era su gesto favorito. No era un movimiento congénito sino adquirido, pero lo repetía cada vez que se le preguntaba algo. Tenía entonces catorce años y parecía darle todo lo mismo.

El segundo día tuvimos una lucha a muerte con una sombrilla. Al punto que Vane misma llegó a reírse. Para colmo en la playa no había a quien pedirle ayuda porque los seres humanos más próximos estaban por lo menos a mil metros, contra el viento, y se los veía como una tribu de beduinos entre las ráfagas oscuras de arena que se levantaban del suelo.

—Al menos ellos hicieron su carpa —dijo Juan, envidioso, interrumpiendo su escasa colaboración en el desplegado de la sombrilla.

Fue cuando la sombrilla se nos escapó de las manos, arrancada por la fuerza del ciclón. Rebotó cuatro o cinco veces antes de, en dos segundos, alejarse casi media cuadra.

—¡Correla, pelotudo! —gritó la Negra. Yo traté de quitarme la arena de las manos ardidas.

—Correla vos... —me atreví a decir—. Mirá si me voy a poner a correrla...

Terminamos llevando las reposeras y los bolsos hasta la plataforma de cemento del parador del viejo. Nos sentamos allí, como refugiados kurdos, algo ateridos, cuidando de que no se volaran las ojotas, más reparados del viento.

—Veinte pesos nos costó esa sombrilla.

—Para qué la querés, Vane, si no hay sol.

No había sol. El cielo era de una película blanco y negro, una continuación del mar, un telón plomizo intenso.

—Pero ya va a salir —se ilusionó Vane.

Entre las ráfagas se oía el repicar metálico de la arandela de un cable, pegando constantemente contra el mástil sin bandera que se elevaba sobre el parador.

—Este mismo sonido debía escuchar el Capitán Acab en la cubierta del *Pecquod* —dije.

—¿Quién? —frunció la cara exageradamente Juan, como siempre lo hacía cuando algo le resultaba extraño.

—No pongas esa cara —le dije—. Parecés un idiota.

—Me querés hacer quedar a mí como un idiota, como si yo hubiera dicho una burrada, y el que parece un idiota sos vos.

—¿Llueve? —Vane miró hacia arriba, alarmada.

—No. Deben ser gotas que llegan del mar.

—Pero... estamos como a dos cuadras del mar... —ella se quedó mirando el oleaje furioso—. Esto es lo que me gusta de estas playas. Lo anchas que son. Lo salvajes. Lo auténtico. Son... ásperas...

—¿Te vas a meter?

—Por ahí más tarde.

Noté que no estaba tan segura de hacerlo.

El viejo del parador, cuando quería decir Hitler, decía Hitla. Yo le saqué un poco el tema porque estaba convencido de que era un sobreviviente del *Graf Spee*.

–Un barco que hundieron los ingleses –le expliqué a Juan cuando él puso esa forzada e intencional cara de idiota de la que ya hablamos.

–¿Aquél? –señaló hacia los restos de un barco semihundido a unos mil metros de donde estábamos.

–No. Frente a las costas de Punta del Este –le aclaré.

El viejo debía tener como 80 años y era de un color amarillo rosáceo desparejo, con manchas en la cara llena de arrugas.

Tenía un gesto de abrir los labios con el filo de los dientes de arriba apoyado sobre el de los de abajo, como quien se los enseña a un dentista. Nos contó que al parador anterior lo había destruido un tsunami, una de esas olas gigantes. "Un maremoto", le aclaré a Juan, que había puesto la cara.

–¿Hay muchos maremotos acá? –le pregunté al viejo.

Negó con la cabeza.

–Habrá dos por año –tenía todavía un fuerte acento alemán, pero él decía que era austriaco.

–A este parador –señaló a su alrededor– lo hice yo de nuevo, más hundido detrás del médano, más protegido, todo de cemento, estilo Speer. Conocí a Albert, gran arquitecto.

Y el parador, o lo poco que se veía de él, asomado sobre las dunas, parecía realmente una obra del arquitecto de Hitler, o Hitla como pronunciaba el viejo, esos *búnkers* que yo había visto en las películas sobre la invasión a Normandía.

Uno de esos días, no sé si el miércoles o jueves, volvimos a lo del viejo.

Digo que no sé si era miércoles o jueves porque todos los días eran iguales, grises y ventosos. Recordábamos el lunes, por ejemplo, porque nos agarró en la playa una lluvia helada y tuvimos que volver al hotel. O el jueves, creo que fue el jueves, porque Juan se cortó un dedo del pie con el filo de una conchilla. Había toda una zona de la playa cubierta de conchillas y era como caminar sobre vidrio molido, como los fakires. El viejo alemán, "Menguele" le había puesto yo, le dio yodo a la Negra para que desinfectara el dedo de Juan.

—Antes, cuando venía más gente —contó el viejo—, había cantidad de estos accidentes. Y a veces el pie sangra mucho.

—Y el problema es que la sangre atrae los tiburones —bromeé yo. El viejo volvió a mostrar los dientes. Tardó un poco en responder.

—No son tiburones. Son orcas.

Lo miré.

—Esas aletas que se ven son orcas —insistió. Nosotros no habíamos visto ninguna.

—¿Atacan al hombre?

—Sólo si usted se mete al mar.

—¿Si usted está en la playa no lo atacan? —seguí la broma. El viejo negó. —¿Y en el hotel? —volvió a negar, serio. Ni se le pasaba por la cabeza que alguien pudiera hablar en joda.

—Con el tiempo —siguió— estos restos de caracoles se van pulverizando y se convierten en arena fina. En unos 500 años esa zona donde se cortó su hijo será arena fina.

—No sé si podremos volver para esa época —dije. El viejo no se inmutó. Ante él se podía decir cualquier barbaridad, que se la tomaba en serio. Era como hacer piruetas en bolas frente a un ciego.

—¿Hoy te vas a meter al agua? —le pregunté por enésima vez a la Negra desde la protección de la sombrilla. Habíamos conseguido otra y sólo la abríamos cuando ya el caño puntiagudo estaba clavado bien profundo en la arena, dejando la protección de lona de la sombrilla, que azotaba estrepitosa, a no más de un metro del suelo para que el viento no se embolsara tanto. Yo me metía después trabajosamente, encorvado, bajo esa suerte de iglú, tratando de sentarme, como un contorsionista, en la reposera muy bajita. Y ahí quedaba yo, con la malla, sin quitarme ni las zapatillas, cubierto por la campera de *jean* y un gorro de lana en la cabeza.

Todo el tiempo hasta que nos volvíamos al hotel. Leyendo. Del otro lado del asta de la sombrilla, a sólo cinco centímetros, casi codo a codo, se sentaba la Negra, leyendo el libro sobre Scalabrini Ortiz, tomando mate. Habíamos desistido de llevar sándwiches a la playa porque el viento nos volaba las fetas de queso. Pero la Negra tampoco quería comer en el hotel. Había desarrollado una particular fobia por la gente.

—Pero si casi no hay gente en el hotel —le remarqué: ya me había convertido en un crítico desde las sombras, en un objetor de conciencia, casi feliz de corroborar que esa playa era una mierda y que ni la Negra podía disfrutarla.

—Cómo que no. Están los de Catamarca.

Había, sí, un patético matrimonio de Catamarca que había venido a conocer el mar. Estaban un tanto azorados, porque no sabían si todos los mares eran así, tan rústicos, tan destemplados, y tenían esa sensación de quien conoce por fin a un tío sabio sobre el cual le habían hablado mucho, con admiración, y se encuentra con un tipo bastante bestia que se tira pedos.

—Si ni hablan los de Catamarca, pobres santos.

—Lo mismo —frunció la boca la Negra.

Hacía media hora que pretendía encender un cigarrillo y no había forma de lograr que el encendedor no se le apagara por el viento.

—¿Hoy no te vas a meter? —herí, nuevamente.

—Hoy no hay bañero y el mar está bravo. Soy loca pero no boluda.

Uno de los pocos tipos que cruzamos un día en la playa, un lugareño que buscaba almejas con una palita infantil, nos había dicho que el último bañero se había ahogado hacía más de ocho años.

—Se ahogó o algo así —había dicho el tipo— porque no apareció más. Ni siquiera era bañero. Se lo ordenaron como un trabajo comunitario para cumplir una pena. Creo que por violación. Decían que buceando se había enganchado en los restos de un barco hundido y no salió más.

—Joya —dijo Juan.

El penúltimo día, cuando llegamos a la playa, la Negra dijo que se iba a meter al agua.

—¿Vos venís, Juan? —le preguntó a Juan.

—Ni en pedo. Está helada.

—¿Cómo sabés?

—La toqué con el pie.

—Enseguida te acostumbrás.

—Ni en pedo —repitió Juan.

—¿Vos no te vas a meter, no? —me preguntó entonces a mí la Negra.

—Sabés que no. Me gusta el agua cálida.

—Que parezca un caldo.

—Si está caliente, mejor.

—Porque sos un maricón.

—Totalmente.

—Y lo convertís en un maricón a tu hijo, que te toma de ejemplo.

—Que él haga lo que quiera. Ya es grande.

—El agua fría es tonificante —dijo la Negra—, te activa la circulación, te activa la sangre. Es como un *shock* de vida.

—Metete vos si te gusta.

Se quedó callada. Nos golpeó una racha de lluvia que duró apenas unos minutos pero creo que la desalentó.

El último día, paradójicamente, me alegré un poco.

En el desayuno vi restos de tostadas y dulces en una mesa vecina del barcito del hotel.

Parecían haber desayunado tres o cuatro personas.

—Acá hay vestigios de vida inteligente, Juan —le comenté a

mi hijo–. En una de ésas al volver encontramos a otros seres humanos, o al menos seres vivientes, especies similares a nosotros.

–Oímos voces –se anotó Juan, extrañamente animoso, alentado, quizás, por el cercano regreso a la civilización, a Rosario.

–Seguro que hubieras preferido ir a Mar del Plata, vos –dijo la Negra, terminando su yogur descremado–. A no poder andar por la calle porque te aplastan a pisotones. A hacer cola para comer. Eso te gusta.

No contesté. La mano venía pesada.

–Lleno de discotecas, vendedores ambulantes, promotoras –siguió la Negra– y jueguitos electrónicos que pelotudizan a los chicos como tu hijo.

–Joya –murmuró Juan.

–Vamos –cortó la Negra, cuando yo todavía no había terminado mi medialuna–, aprovechemos la playa que es el último día.

Ese día la Negra, tras fumarse casi un atado de puchos, me preguntó si quería acompañarla a caminar por la playa.

–Hace bien caminar –dijo.

–Andá vos. Hay mucho viento. El otro día que te acompañé, al volver teníamos viento en contra y caminamos como media hora en el mismo lugar.

Miré a Juan para ver si le había gustado el chiste pero estaba autista, sentado en la reposerita de la Negra, con el *walkman* y simulando con las manos que tocaba una batería.

Le señalé a la Negra una gaviota que flotaba en el aire como un helicóptero, siempre en el mismo lugar, tratando de volar contra el viento.

–Por ahí, cuando entre en calor –dijo la Negra, ajustándose el gorro–, me meto.

–Que yo te vea –advertí.

–¿Por qué? Vení conmigo entonces.

–Por seguridad te digo. No estoy controlando.

–¿Pensás que no me voy a animar?

—No. Si yo sé que te gusta el agua helada, pero mirá cómo está el mar.

Las olas rompían sobre la playa casi amontonadas, salvajes, encimadas unas sobre otras, promiscuas, con estallidos que parecían salvas de artillería.

Media hora después la Negra volvió de su caminata, tiró las ojotas y el gorro bajo la sombrilla y se fue hacia el mar. La vimos cómo se metía y otro par de veces saltando primero y después flotando. Después no la vimos más.

Esperamos, recuerdo, una hora, dos horas, tres.

Después, con Juan, hicimos la denuncia en la Prefectura.

Fue duro el regreso a Rosario, solos y en silencio.

Y el año pasado nos fuimos con Juan a Florianópolis. Debo confesar que tampoco allí me bañé en el mar. Pero un día me metí en el agua hasta las rodillas y estaba cálida. Juan sí, se metió bastante con unos chicos de Mendoza que encontró y unas pibas brasileñas de lo más quilomberas. Yo, más que nada, me la pasé en el parador de Dirceu, tomando *caipirinha* y comiendo *camarao* palito. No voy a decir que la pasé de puta madre pero la pasé bien. Por ejemplo me leí entero *El código Da Vinci*, que no había leído. Y me aburrió un poco, más que nada la parte final. Pero es interesante.

EL SUEÑO DEL GENERAL CORNEJO

Es la siesta salteña y el General dormita. Tal vez sueña. Y con
certeza, ronca. Su ronquido es, en el principio, apenas un tem-
blequeo leve del aire espeso de la tarde, un aleteo mínimo de la
brisa, una vibración apenas perceptible por el oído agudo de algunos animales. Un rumor sosegado, el gorgoteo de un arroyo
subterráneo como los que discurren en el corazón rocoso de las
sierras de Huaco. Pero luego, el sonido crece, y crece y crece. Se
hace un bramido bravo, un estruendo áspero de aserradero, un
rugido, el estertor incontenible del agua que se viene, el maremoto. Luego, disminuye, se apacigua. Y cuando parece que el
ronquido ya se agota, cuando se piensa que ese mugido casi
bárbaro no puede alcanzar una magnitud mayor, el General re-
sopla, y en un último resuello eleva al infinito el estallido como la ola furiosa revienta en la rompiente. Después se hace el
silencio. Por un instante la Puna se ilusiona con la quietud re-
cuperada. De la garganta gruesa del general Cornejo escapa,
fino, un silbido agudo, diminuto, pacífico. Son instantes. Luego,
otra vez el rugido feroz, exagerado, que trepa, trepa y trepa
hasta que la tela de la carpa de campaña se agita como azota-
da por una tempestad. Los animales silvestres escapan, huyen:
especies enteras se dispersan. Ha pasado con los severos tor-
dos de Ranchada, con los teros de la Pampa de Achala, con los
curiosos coatíes de Resistencia.

El capitán Héctor Ramón Zamudio, por su parte, hace cuatro años que no duerme. Su rostro percudido por los tierrales de Portezuelo en las campañas del 14 y el 16 muestra el gris demacrado de la fatiga. Sus ojeras son dos bolsas negras bajo los ojos. Los ojos, otrora dos tizones encendidos, hoy son dos charcos delicuescentes, amarillos y opacos bajo una maraña de venitas rojas, ardidos por la falta de sueño.

–¿Probó con algodón en los oídos? –le ha preguntado más de una vez otro sanjuanino, Domingo Faustino Sarmiento, preocupado por su suerte, cuando lo visita en la improvisada enfermería después de la derrota de El Amorcillado.

–Hasta barro me puse, maestro –gimotea el soldado.

No llora, porque las lágrimas no están incluidas en su bagaje militar, pero su voz ha perdido resonancia y don de mando. Sarmiento teme ciertamente por su cordura.

–Usted debe dormir, Zamudio –le dice–. El descanso es imprescindible para un militar. El agotamiento puede precipitarlo en la locura, la sinrazón, la demencia.

–Lo intentaré –promete Zamudio, pero sabe que la empresa es difícil. Desde hace veinte años sigue al general Cornejo cuando aún Cornejo era un joven oficial petulante recién salido de la Escuela de Guerra. Después de la batalla de Las Pavotas, Cornejo eligió a Zamudio como asistente personal, dispensándole la extrema confianza que un cargo así requiere.

Los primeros años junto al general Cornejo fueron buenos. En noches de ginebra y asado, Zamudio se convirtió en su confidente. Supo que Cornejo ya no amaba a su esposa, Teresita, y que aún le faltaba aprobar un par de materias en la Escuela de Guerra.

–Logística y Recarga –le confió Cornejo–. Y Artillería Química. La química nunca fue mi fuerte.

Pero hace ya cinco años que la historia ha cambiado. Las siestas y las noches comenzaron a convertirse en una pesadilla. El pecho de Cornejo, ese mismo pecho que ha expuesto una y mil veces a las balas españolas, comenzó a emitir, durante el sueño, un ronquido animal y alevoso que nada contiene. Y el capitán Zamudio sabe que sus cartas están echadas. Nada ni nadie podrá alejarlo de su deber: permanecer cercano al General mañana, tarde y noche por si algo necesita. Aunque haga cuatro años que no puede conciliar el sueño y tenga los nervios destrozados por la falta de descanso.

La tropa observa a Zamudio, entre cómplice y acusadora. Ellos tampoco pueden dormir. Son siete mil quinientos hombres, la flor y nata de la fusilería santiagueña, casi todos de las termas de Río Hondo, acostumbrados a dormir a pata suelta bajo los mistoles tras los ejercicios de combate o los trabajos pesadísimos del ejército. Hay un pacto de silencio en torno al caso. El general Cornejo no sabe que ronca. Se levanta por la mañana como si nada, fresco y reconfortado dispuesto a iniciar sus tareas con el mate amargo del amanecer y no repara en las caras estragadas y lívidas de los que lo rodean, ni en las mulas lagañosas, ni en las lágrimas de su edecán.

Piensa a lo sumo que los desvela el rigor de la campaña, la tensión de los días previos al combate. Porque el Cuatro de Línea se dispone a combatir. Allí cerca, en los llanos de Nilogasta, aguardan las tropas españolas del general Alfonso Figueras y Figueras.

Cornelio Saavedra se muerde los labios finos y grisáceos y mira profundamente a los hombres que tiene enfrente.

—Debemos reemplazar a Cornejo —dice, sin flaquearle la voz. Ezequiel Zeballos, uno de sus interlocutores, tarda en responder.

—No será fácil —dice al fin, consternado—. Es un héroe de la Independencia.

—Vencedor en Baldío Grande, La Bandurria y Vaca Overa —agrega Eleuterio Arredondo, Alguacil Mayor de Buenos Aires, el otro de los convocados.

—Lo sé —asiente Saavedra—. Pero los informes son lapidarios. Su tropa no puede conciliar el sueño y están al filo de una batalla definitiva.

—Dele otra oportunidad, Cornelio —ruega Zeballos—. Es un magnífico estratega, excelente cartógrafo, bravo militar y mejor persona. Sólo que tiene ese molesto mal respiratorio.

—Pero no es poco, Zeballos —insistirá Saavedra—. Recuerde lo que pasó en Tartagal la noche aquella.

Zeballos asiente con la cabeza, desolado.

—¿Qué ocurrió? —pregunta Arredondo, contrayendo sus frondosas cejas.

—Las tropas de Cornejo acamparon en las laderas del Cabezudo —explica Saavedra—. Por la noche los salvajes ronquidos de Cornejo provocaron un desprendimiento de rocas en la montaña. Cayeron piedras sobre las primeras carpas. Los soldados pensaron que estaban siendo atacados por los realistas y se desató un tiroteo. En la oscuridad todo fue confusión y desorden. Por la mañana ciento once patriotas habían muerto por el fuego propio y otros tantos habían resultado heridos. Todo por el alud provocado por Cornejo...

—No lo hizo intencionalmente, sin duda —arguye Zeballos.

—Ciento once patriotas, Zeballos —repite Saavedra, y su mirada tiene la dureza del cuarzo.

Es la hora de la oración en Oltra y el capitán Zamudio se acerca, demudado, a la sombra del aguaray donde su general estudia las cartas militares. Atrás de Zamudio camina un personaje oscuro, envuelto en un capote largo pese a que aún no ha llegado el frío de la noche.

—Un enviado del Buenos Aires —anuncia Zamudio, en tanto hace sonar los talones en el saludo habitual. Ya no puede dominar su dicción entrecortada y reiterativa por el estado de agotamiento que le crispa los nervios, dada su vigilia ininterrumpida. Lo enerva más la convicción de que nada bueno se trae este enviado del gobierno, llegado en cabriolé desde la gran ciudad tras veinticinco jornadas reventando caballos.

La entrevista del mensajero con Cornejo no es larga. Poco

más de cuarto de hora a lo sumo. Luego de la reunión, el General llama a Zamudio a su carpa de campaña y brama de odio.

—¡Quieren reemplazarme, Zamudio! —grita, desencajado—. ¡Quieren sacarme el mando de mi ejército!

—¿Por qué? —simula no saber el asistente, parpadeando casi en forma constante, como lo hace desde hace tiempo.

—¡Dicen que ronco! —el General gira abriendo los brazos dentro del escaso lugar de la tienda. Finalmente se enfrenta a Zamudio, lo toma de los hombros como aquella vez que lo condecoró con la Cruz del Talero y, perforándolo con la mirada, pregunta—. ¿Yo ronco, Zamudio? ¿Yo ronco?

Zamudio no contesta. Baja la mirada.

—¿Yo ronco, Zamudio? ¿Yo ronco? —se desgañita el vencedor de Torcacitas, Villa del Carancho y Las Toninas. Zamudio calla.

—Es una traición —se aparta entonces el General—. Es una traición urdida por estos impertinentes de Buenos Aires para quitarme del medio. Una maniobra urdida por Saavedra y Urquijo para quitarme del medio y poner en mi lugar a uno de ellos, ese insoportable teniente Dámaso Larrazábal o al mequetrefe de Iselín Pérez Cuajada. Han inventado esta patraña para reemplazarme. Mienten, inventan, fabulan. Este infame mensajero adujo que la caballada clama por el sueño. Que mis ronquidos no la dejan dormir.

El General detiene su frenético girar dentro de la carpa. Vuelve a mirar con fijeza a su asistente. El germen inquietante de la duda ha comenzado a instalarse en él.

—¿Yo ronco, Zamudio? ¿Yo ronco? —ahora su voz suena despojada de las aristas de la furia. Encierra, en cambio, la inflexión opaca del temor y del espanto. Zamudio, nuevamente, calla. El General lo desnuda con la mirada. Una duda aun más dolorosa lo traspasa: tal vez Zamudio mismo integra el complot porteño para desplazarlo, quizás el más fiel y cercano de sus asistentes conspira en las sombras contra su suerte.

El sargento, ahora sí, baja la mirada y asiente con la cabeza.

—Ronco —certifica Cornejo. Y Zamudio vuelve a decir que sí

con la cabeza. Hacerlo le duele más que una herida de lanza.

El General quita las manos de los hombros de su asistente y con la vista perdida se sienta en su sillita plegadiza. Parece a punto de llorar. Zamudio nunca lo ha visto lagrimear, ni siquiera aquella vez que se quemó las verijas con el agua hirviente de una pava y durante diez días orinó humo.

—¿Es curable, Zamudio? —se atreve a preguntar el General.

Zamudio sólo atina a encogerse de hombros, mostrando su ignorancia.

—No puede ser —murmura Cornejo—. No puede ser.

De pronto se pone de pie y golpea la mesa.

—¡No puede ser! —ruge. Ha vuelto a ser el soldado de mil combates que se agiganta ante la adversidad.

—Zamudio —llama, como si el sargento estuviera a leguas. Zamudio se cuadra—. Vas a despertarme —ordena—. Me vas a despertar. Cuando me oigas roncar quiero que me despiertes, en ese momento, en ese preciso momento así me escucho, así me oigo y compruebo que estoy roncando. Quiero pruebas, Zamudio, evidencias, constancias. No puedo llevarme sólo por habladurías, infundios, rumores...

—No son habladurías, General —parece ofenderse el asistente.

—De acuerdo, pero un General en funciones debe cerciorarse por sí mismo. El ejercicio del mando es solitario, sargento.

Y Zamudio comprende que algo se ha quebrado entre él y su superior.

La zarza de la duda se ha instalado, voraz, entre ambos hombres.

Seis veces despierta esa noche Zamudio al general Cornejo. Seis veces lo sacude, le pega palmadas en la cara y le grita: "¡General, General, está roncando!". Seis veces se despierta el General y en todas parpadea, primero confuso, luego frunciendo el ceño, fijando finalmente la mirada en un punto vago, aguzando el oído, escuchando.

–¿Y dónde están los ronquidos, Zamudio? –desafía.

–Roncaba, General, lo juro.

Sólo el silencio de la noche los rodea. Ni grillos ni ranas se hacen oír, espantados hace meses por los ronquidos de aquel hombre.

–Ni el eco, Zamudio, ni el eco –apunta Cornejo, fortalecido, la última vez que lo despiertan–. Estamos rodeados de montañas. Ellas deberían devolverme el sonido de los ronquidos.

Zamudio calla, se encoge de hombros. No quiere insistir.

Los días siguientes el general Cornejo estudia la batalla.

Ha decidido adelantarla para evitar ser reemplazado antes de que se libre. Aunque no le convenga militarmente, aunque hubiera sido más propicio esperar el otoño y que los ocres de la arboleda se confundieran con el uniforme de sus soldados engañando a los españoles, está decidido a embestir apenas pueda. Después que lo echen, que le quiten el mando de su tropa, que lo empujen al ostracismo de Río Hondo donde las aguas brotan de la tierra ya listas para el mate. Pero, por primera vez en su campaña, no está seguro. La duda carcome su entendimiento. Se lo ve serio y reconcentrado mientras camina entre las carpas de campaña de su ejército. Estudia a sus soldados. Percibe en los rostros de sus hombres el cuchillo del desvelo, la sombra del sueño, la palidez cenicienta de la fatiga.

–Tal vez sea cierto –concluye, desolado. Tal vez sea cierto lo de su extraño mal, lo de su monstruosa anomalía pulmonar, tal vez sea cierto que su plácido sueño reparador y pleno sea a costa del sueño de la tropa. Y nadie nunca quiso decirle nada simplemente porque lo quieren, porque lo respetan, porque lo admiran. O quizás porque nadie se atreve a confesarle la amarga verdad. Ni Zamudio. Ahora entiende por qué lo dejó su mujer, sin una carta. Ahora entiende por qué lo abandonaron tantos perros con la cola entre las patas. Por qué se alejó su familia. Por qué desertó el Quinto de Talabartería, aquella mañana en Los Mochuelos.

El doctor Oyola entra a la tienda. Pero no viste como doctor sino como sacerdote porque ahora es cura. Durante ocho años ejerció como médico entre las tropas de Cornejo, hasta que se dio cuenta de que, quizás por su propia impericia, sería más útil oficiando de cura, ya que sus pacientes morían como moscas.

—¿Escuchó decir que yo ronco, doctor? —le pregunta angustiado Cornejo, que aún lo llama doctor.

—Escuché.

—¿Escuchó lo que dicen?

—No. Lo escuché roncar.

Cornejo aprieta los dientes.

—¿Y no me lo dijo? —ladra. El cura calla—. ¿Y no me lo dijo? —repite Cornejo. Se hace un silencio—. ¿Qué provoca este extraño mal, doctor?

—Puede ser hereditario. Son oclusiones respiratorias, vegetaciones nasales, alteraciones pulmonares. ¿Ha escuchado usted una gaita?

Cornejo lo mira fijamente.

—¿Por qué yo no me oigo? —pregunta, desestimando la curiosidad de Oyola.

—Ningún roncador se oye. Pero también es posible que esté incubando una sordera en el oído medio. Por otra parte, el ronquido es un caso similar al del feo vicio del tabaco. No sólo lo sufre el que fuma, sino quienes lo rodean. Siempre en torno al roncador hay "desvelados pasivos".

Cornejo tensa las mandíbulas.

—¿Es curable? —dispara, como un pistoletazo.

—Difícil... —masculla Oyola—, pero se puede tornar crónico —se apresura a tranquilizar—. Controlarlo. Hay técnicas. Ejercicios faciales. Máscaras acústicas que se aplican al paciente. Morrales de felpa, como los que se adosan a la boca de los caballos para que coman, que amortiguan el ruido...

—Gracias, doctor —la voz de Cornejo, dando por terminado el encuentro, es gélida.

—La ciencia ha avanzado poco sobre esto.

—Gracias, doctor —repite el General.

El padre Oyola se marcha. Antes de llegar a la salida de la carpa, lo detiene otra vez la voz de Cornejo.

—La bendición, doctor.

Oyola dibuja una cruz en el aire y luego se retira.

Los últimos tres días previos a la batalla, con sus noches, el General no duerme. Aduce sufrir la vigilia del combate, tener que estudiar posiciones y ángulos de tiro, además de taludes defensivos. Sus oficiales se asombran pero no dicen nada. Zamudio sabe que lo que argumenta su superior es mentira. Antes de la batalla de Pisingallo, Cornejo, teniente primero en esa época, dormitó una siesta interminable pese al fragor de las primeras salvas de artillería. Y tuvieron que venir a buscarlo con Melchor, su caballo, ya ensillado, para participar en la carga sobre las líneas enemigas.

Pero ahora, el renunciamiento patriótico de Cornejo a sus siestas y a sus noches es aprovechado gozosamente por la tropa. Soldados y oficiales se arrojan en los catres, se arropan en sus capotes o se envuelven en sus benditos para disfrutar del sueño tantas veces postergado. Hasta los guardias nocturnos se toman la libertad de dormir despatarrados en el suelo, abrazados a sus armas, después de tanto tiempo de forzada vigilia. Mulas, caballos y perros también duermen. Podría decirse que la mano mágica de un hada ha tocado al ejército patriota para sumirlo en un sopor profundo y reparador, único. En esas noches el oscurecimiento es total, como provocado ex profeso para desconcertar a un espía enemigo. Sólo una pequeña fogata se avizora, iluminando a gatas las aristas duras del rostro del General que permanece despierto, afuera, a la intemperie. Y aguzando la vista también se advierte la brasa roja de su cigarro mientras cavila.

Es la mañana del 23 de febrero de 1818 y el ejército del general Cornejo se despliega sobre los llanos de Oltra frente a las líneas enemigas. El General, que observa todo desde una lomada, ha dispuesto al Quinto de Fusileros sobre la ribera del Río Yaraví, a la izquierda del camino que conduce a Los Camotes. El Tercer Cuerpo de Guardamontes hace destellar sus aceros detrás de la chacra de Sebastián Coria, un vecino que nunca ha visto tanto movimiento en torno suyo y se desvive por servir bifes a la portuguesa, café negro y chocolate espeso entre la tropa. El cuerpo de Lanceros Santiagueños, el preferido del general Cornejo, disfruta de la sombra de un bosque de lengas, a la izquierda, mientras los Macheteros de Talco soportan temperaturas de 48 grados bajo el sol implacable del mediodía, sobre un campo pelado, allá en el centro. Pero todos, hombres y cabalgaduras, lucen vivos y animosos, elásticos y recompuestos tras el sueño reparador. Desde donde atisba Cornejo se oyen, desleídos por la distancia, sordos ruidos de aceros entrechocando, relinchos nerviosos, algunas voces de mando, retumbos cortos de galopes de batallones que buscan su posición. También le llegan los acordes de "Lunita tucumana", la zamba que ha ordenado a la banda tocar para insuflar patriotismo a sus soldados. La banda luego atacará con "Viva Jujuy", "Guitarra trasnochada" y otra vez "Lunita tucumana", ya que su repertorio es reducido. Entre el crispado clima de tensión y nervios, sobre la crepitante lucidez que da el peligro, sólo el General bosteza. Lo hace varias veces y se restriega los ojos, pero no deja de consultar la posición del sol para medir el momento del ataque.

Sobre el mediodía talonea los flancos de Melchor y comienza el descenso de la lomada entre el vitoreo ansioso de sus hombres que intuyen el comienzo de la batalla. Como en Cerro Curcuncho, en Camoatí, en Pollo Tuerto, Cornejo toma su puesto en la formación de combate: penúltimo a la derecha. "Me gusta correr de atrás", ha dicho más de una vez en rueda de amigos, tertulias o danzas de pericón.

El clarín triza el aire enfervorizado y caliente de los llanos de Oltra, y la caballería patriota, rompiendo en un rugido salvaje, se abalanza sobre el enemigo. El estruendo es ensordecedor porque a los gritos con que los valientes se animan, el piafar anhelante de los corceles, el pororó de la fusilería, el retumbo ominoso de los cascos equinos sobre la tierra, se suma el estallido, repentino, de la artillería enemiga. Y al General le ocurre lo que nunca le ha ocurrido: se duerme. Increíblemente, en medio del fragor de la batalla, envuelto por los mil ruidos tremendos del combate, el General, vencido por el sueño acumulado en cuatro jornadas sin dormir, se duerme. Así, profundamente dormido, cabalga hacia el enemigo y se mezcla en el entrevero. Nadie vuelve a verlo. Nadie puede decir, hoy por hoy, qué fue de la suerte del General durante la lucha. Ni sus soldados, ni sus oficiales, ni el sargento Zamudio, ni los mismos infantes españoles consultados luego del combate saben dar razones de la suerte corrida por Cornejo. Se ha hecho humo. Se ha esfumado como un fantasma ecuestre entre el tierral levantado por las cargas, la humareda de los disparos, el espíritu de la pólvora que aún flota en el aire.

Al día siguiente alguien descubre al General.

—Está en su casa —relata casi avergonzado un joven tambor, poco más que un chico, que se ha acercado a una casa solariega del pueblo de Oltra buscando un poco de agua colonia, acetona, queso de cabra y dulce de cayote—. Desde la cocina, adonde me hizo pasar su propia madre, pude verlo durmiendo en su catre. Duerme profundamente.

Un silencio incómodo gana a la tropa ante la noticia regada por el pequeño tambor a su vuelta al campamento, repleto de heridos quejumbrosos. El sargento Zamudio no puede creerlo. Ya es grave que el General no esté allí después de la batalla, en su campamento, alentando a los suyos, tomando la mano de los heridos, retemplando el ánimo de los sobrevivientes. Pero más grave es que no haya participado del combate. Nadie lo vio trenzado en lucha al general Cornejo. Nadie lo observó revoleando su sable, cubierto de sangre, polvo y gloria, como siempre. Pese a eso, el propio Zamudio –cuando se acalló el bramido de las armas y el campo de batalla quedó expedito– durante cuatro horas había buscado a su superior entre los muertos. Él mismo dio vuelta cuerpos con el regatón de la lanza y apartó caballos despanzurrados buscando a su General, misteriosamente desaparecido. Ahora, Zamudio ensilla su malacara y, a paso lento, marcha hacia Oltra. "¿Cómo pudo ser?", se pregunta. Y vuelve a preguntarse.

En la casa lo atiende doña Paya, madre de Cornejo. Le dice que el General todavía duerme, algo que el sargento ya intuía ocho leguas antes de llegar, viendo cómo se estremecían de a ratos las aguas de un arroyito que venía bordeando, sacudido por las vibraciones de los ronquidos de Cornejo, aun cuando todavía no se escuchaba un solo ruido.

–Melchor. El caballo lo trajo –explica la señora, refregándose las manos venosas y arrugadas con su delantal.

Así había sido, reflexiona Zamudio, montando de nuevo. Cuando Melchor sintió sobre el lomo un cuerpo yerto, cuando no percibió voluntad de mando alguna desde las riendas, cuando ninguna voz le ordenó galopar, ni retroceder, ni detenerse, optó, con el reflejo natural de los equinos, por volver a casa, retomar el sendero que tantas, tantas veces había hecho.

El sargento Zamudio no apura a su malacara. No será fácil explicarle a la tropa todo aquello. Pero no tiene dudas de que una sombra de cobardía irá a posarse sobre la figura del general Cornejo, como efectivamente ocurriría años más tarde, relegándolo de las páginas grandes de nuestra historia, de las láminas escolares, de los libros de texto, de las páginas del *Billiken* e, incluso, de la módica posteridad de las estampillas.

DUDAS SOBRE IFAT, EL ERITREO

Una tarde, la cabra preferida de Habta, el danakil, cruzó el río, se adentró en la huerta de Ifat y comenzó a comer de sus dátiles. Ifat, disgustado, le pegó un garrotazo en la cabeza y la mató. Luego dejó el cadáver a la vista de todos, como advertencia.

Al día siguiente, antes de que los buitres, los cernícalos y otras aves carroñeras se hubiesen hecho su festín con el cuerpo de la cabra, acertó a pasar por el lugar Kassa, el hijo mayor de Habta, el danakil. Presa de desasosiego, corrió hasta su casa y le contó a su padre la mala nueva. Habta rompió en llanto y luego montó en cólera. Sabía que Ifat, el eritreo, era mala gente. Tanto él, como su familia y los demás eritreos eran engendros de mala cepa, lo decían todos los danakiles. Era gente que bebía brebajes infectos, que comía la despreciable carne del perro, que apreciaba frutas malditas tales como el quinoto y la caterva, y que mantenía como animales de compañía al gallo, el mono y la salamandra. Bailaban también, por las noches, cuando la oscuridad llama al sueño, cosa que era mal vista por los danakiles. Además, pensó Habta, nada de lo que fuera hecho por una cabra merecía la muerte, ni siquiera la imprudencia de hollar un huerto ajeno y alimentarse de sus dátiles.

"Excesivo castigo es aplastar al mosquito que sólo anhela una gota de tu sangre", le había dicho a Habta Abdulkader, el sabio una de las tantas veces en que éste fue a visitarlo en busca de consejo. Habta comenzó a afilar su espada contra el plano liso de una roca. Su cabra preferida, ahora muerta, era también importante para sus hijos, ya que ellos, a pesar de ser ya adolescentes, bebían su leche. Todo era claro para Habta. Debía tomar la vida de Ifat, el eritreo, como éste había tomado la de su cabra.

Pero algo sucedió al día siguiente. Cerca del ocaso, Kassa, su hijo mayor, regresó a la casa confundido y atribulado. Su piel lucía renegrida y ajada como la de una breva madura y de su cabellera chamuscada se elevaba una humareda blancuzca. Olía mal también. Rápido fue Habta para correr a su encuentro y ayudarlo, mientras Kassa, agotado, caía sobre la tierra pedregosa.

—Crucé el río —pudo balbucear por fin el muchacho, tras haber apurado largos tragos de agua fresca de un odre que le acercara su padre— como lo hice ayer cuando encontré a nuestra cabra desnucada. De pronto, cuando deambulaba en las cercanías de la huerta de Ifat, el eritreo, se apareció de la nada un león del desierto. Flaquearon mis fuerzas y mi voluntad a la vista de semejante bestia y, créeme, padre, mis piernas no deseaban sostenerme. Sin embargo, sacando energías de no sé dónde, logré correr hasta un pequeño árbol resinoso y treparme a él. Allí me mantuve, en tanto el león rugía y caminaba en torno al árbol, buscando alcanzarme. Me acurruqué como pude entre las débiles ramas y allí me sostuve, rogando a los dioses que aquel felino se alejara. Y fue así como me quedé dormido. Cuando desperté, los dioses habían escuchado mis ruegos. El león, harto de esperar, se había marchado. Caía la noche y se desató una furiosa tormenta. Yo, olvidando lo que me había aconsejado una vez el sabio Abdulkader, juzgué prudente mantenerme en lo alto del árbol para que éste, con su tenue follaje, me protegiera. Entonces se abrió el cielo en un relámpago, rugió un trueno y un rayo se abatió sobre mi árbol protector. Caí sin sentido como catorce varas más allá. Cuando recuperé la lucidez, mis ropas estaban en llamas y mis cabellos tenían la consistencia de la estopa. Pero alguien estaba a mi lado, ayudándome. Y era Ifat, el eritreo, el mismo que matara nuestra cabra. Ifat corría hasta una charca, traía agua en el cuenco de sus manos y la arrojaba sobre mi cabeza. Así una y mil veces, hasta que apagó las llamas. Luego me arropó con túnicas suyas, lamió con su lengua mis heridas para calmar el ardor insoportable, me confortó, me hizo beber un licor, me acompañó hasta cruzar el río y me señaló el camino hacia nuestra casa.

Kassa calló y un sueño profundo se apoderó de él, como si fuera un niño recién nacido.

Habta, el danakil, dejó de afilar su espada, confuso. Nunca le había sucedido algo semejante. Habta sabía a ciencia cierta que el león era peligroso, como así también la serpiente, el chancho enfurecido y la marsopa. Sabía que el fuego escaldaba la carne, el frío de la noche hacía tiritar y el agua era buena para apagar la sed del caminante. Sabía que las cabras también eran buenas, que con su leche se podía hacer quesillo y con su piel, quillangos. Sabía por qué lado salía el sol y por dónde se ponía. No tenía dudas sobre todo lo que fuera importante o trascendente y podía ocupar sus pensamientos en preparar las tareas cotidianas. Pensaba, por ejemplo, en cómo alimentar su rebaño, a sus hijos y su asno. En cómo cazar al conejo, la liebre y la ascochinga. En cómo reparar su casa, curtir el cuero y afilar sus armas. Pero ahora la duda se había aposentado en su cabeza y no había forma de quitarla de allí. Ifat, el eritreo... ¿era malo o era bueno? Con maldad supina había dado muerte a su mejor cabra de un garrotazo sólo por el hecho baladí de que ésta había comido algunos de sus insípidos dátiles. Eso lo hacía merecedor de la muerte. Pero al día siguiente había ayudado a su propio hijo Kassa, salvándolo de una segura muerte, cuando lo roció con agua apagando sus fuegos y, luego, indicándole el camino de retorno al hogar.

Habta estaba fastidiado y meditabundo, mientras estos encontrados pensamientos combatían en el escaso espacio de su intelecto. Nunca le había ocurrido algo así y veía cómo las horas del día se le escapaban sin que él hiciera otra cosa que rumiar acusaciones y agradecimientos. Dos veces estuvo a punto de desbarrancarse por las laderas de la montaña mientras conducía a su majada de cabras, más atento a sus divagaciones que a sus propios pies.

Al día siguiente tomó una decisión y fue a visitar a Abdulkader, el sabio. Como otras veces, encomendó su rebaño a su hijo mayor, tomó su asno, cruzó enormes extensiones de desierto y llegó a la casa de piedra del esclarecido. El sabio lo invitó a sentarse sobre una piel de venado, le hizo beber un odre de leche cuajada y por último lo escuchó. Cuando Habta terminó de contarle sus atribulaciones, así habló el sabio:

—Habta... —le dijo—, todos los hombres que viven del otro lado del río son malos. Y todos los hombres que viven de este lado del río son buenos.

Habta sintió una agradable sensación de tranquilidad que invadía su cuerpo, como cuando uno sorbe un largo trago de leche tibia. Cerró los ojos y comprendió que ahora todo estaba claro nuevamente.

Volvió a montar el burro y retornó a su casa. Ya no pensaba más si Ifat, el eritreo, era malo o era bueno. Podía volver a pensar de nuevo en cómo alimentar a sus hijos, proteger a sus cabras y almacenar más frutos para el invierno.

Al día siguiente, comenzó de nuevo a afilar su espada.

LOS HERALDOS NEGROS

¿Le conté que soy periodista deportivo? Bueno... En realidad yo me gano la vida de visitador médico. En algún momento pensé en dedicarme por entero al periodismo deportivo pero es difícil mantenerse con eso. La Gringa, mi mujer, me apretó en ese aspecto. Está muy bien la vocación y todo eso pero hay que comer. Más cuando aparecen los críos. Sigo conectado al asunto, sin embargo, porque me gusta, pero ya no como antes, que me la pasaba en la radio.

Yo llegué a trabajar con Miguel Domingo Aguiló. ¿Le conté eso? Trabajé con Aguiló, llegué a tener un micro propio. Pero hay mucha competencia en ese medio, mucha rivalidad, hay que estar ahí adentro para darse cuenta. De afuera parece que hay una gran camaradería, una gran amistad, pero cuando usted se da vuelta le clavan un puñal en la espalda, es así. Y yo era muy pichón, un poco ingenuo. Pero tenía gran capacidad de trabajo: si había que cubrir tres partidos en una tarde, los cubría. Entonces, algunos de los otros muchachos, mis colegas, empezaron a patearme, a ponerme trabas, esas cosas. Para colmo empezaron las épocas malas, se puso todo más difícil y resulta que había que salir a vender publicidad. Si uno quería tener un espacio propio había que salir a vender publicidad, con lo que uno ya se transformaba en un vendedor común y corriente más que periodista. Y yo no soy capaz de venderle nada a nadie, le aseguro. Para ser un buen vendedor hay que ser insistente, cansador, perdonando el término, hinchapelotas hay que ser. Yo vendo medicamentos porque se venden solos: ahí con el médico, ya funciona el prestigio del laboratorio que además respalda con publicidad, folletos, desplegables, invitaciones a congresos y *tutti li fiocchi*, que si no, yo no vendo nada.

De que si tengo que ir a convencer a un médico de las bondades de un antibiótico, si tengo que tomarme uno delante del tipo para que vea cómo funciona, agarro el maletín y si te he visto no me acuerdo, no tengo la más mínima duda, eso se lo garantizo.

Además, fíjese qué curioso, había empezado a tener problemas con la memoria, con la memoria, mire qué curioso. Me olvidaba de las cosas, de los nombres por ejemplo. Y eso en un periodista deportivo es fundamental. ¿Sabe cuántas formaciones de equipos hay que recordar? Los de la B, los de la C, los del torneo Regional... y no sólo de los equipos actuales. También hay que acordarse de los de antes. Cómo formaba Temperley en el año 67, Chacarita, Talleres de Remedios de Escalada...

Porque entre los periodistas deportivos eso es una especie de orgullo profesional. Canseco, Pando, Carceo, González y Sciarra le dice uno. Juárez, Berón, Acosta, Lugo y Garabal, le dice otro. Y a veces, en lugar de Acosta jugaba qué sé yo... Mengueche... le dice el tipo: se acuerda hasta del suplente. Es como una competencia para ver quién recuerda más.

¡Los pibes! Los pibes ahora son terribles, los que salen de esas escuelas de periodismo, que son miles. Se saben de memoria cómo forma el Manchester, el Chievo Verona, el Shalke 04 de Alemania... Una locura. Se saben todo. Por eso cuando yo empecé con ese problema y frente al micrófono me quedaba en blanco y no me acordaba cómo se llamaba el nueve de Central Córdoba, dije basta, se acabó lo que se daba y a otra cosa mariposa. Para colmo ya había nacido Andresito y había que llevar algo más de plata a la casa. Aguiló no quería que yo me fuera, quedate, pibe, me decía, no largués. Pero yo ya estaba decidido. Eso sí, incluso ya trabajando para el laboratorio seguí ligado al periodismo... ¿Le conté que soy periodista deportivo?... mantengo una colaboración con el diario, en la sección de fútbol del interior cubriendo a veces la Liga Cañadense, la Liga Rafaelina, esas Ligas... Como para despuntar el vicio.

Para mejor el pibe salió futbolista, el Andrés. Fana de Central. Pero fue a probarse y no quedó. Jugó en el Torito un tiempo. Pero el hecho de no entrar en Central lo enfrió un poco. Y está estudiando, por suerte. Ahora juega en la Liga Totorense, para San Martín de Froilán Palacios. La verdad, la verdad, como padre, con una mano en el corazón, creo que podría haber llegado un poco más alto. Tiene condiciones pero ya cumplió veintidós años y creo que se le pasó el momento. Es hábil, inteligente, dúctil, pero un poco, cómo decirle... frágil, me entiende. Es nueve, un delantero fino... Pero le falta, le falta... Le falta ese fuego sagrado, esa pasión, esa voluntad. Incluso físicamente, es alto, delgado, armónico, está mal que yo lo diga porque soy el padre, pero lindo tipo de pibe, yo no sé a quién salió, porque yo y la Gringa somos bajos. Pero usted tiene razón —y me lo dicen los médicos—, los chicos cada vez vienen más altos... Pero el Andrés es demasiado como estilizado, ésa es la palabra, desgarbado, para ser un delantero de área. Yo no sé. Pero está jugando en San Martín de Froilán Palacios.

La cosa es que el domingo pasado me quedé en San Miguel. Había ido el viernes a visitar una clínica que visito siempre ahí en San Miguel, la del doctor Cúneo, y sabía que el domingo jugaba 9 de Julio de San Miguel contra Libertad de Montes de Oca. Aproveché y me quedé. También medio me quedé, le confieso, porque la Gringa cada vez se pone más hinchapelotas los fines de semana. Es una cosa de locos. Como los hijos ya no le hacen caso —mi hija Florencia vive con el novio— se la agarra conmigo. Preferí quedarme ahí en San Miguel. Por dos cosas, quería ver a 9 de Julio de San Miguel porque tres fechas des-

74

pués jugaba contra el club en el que juega mi hijo, y para verlo de una vez por todas al Mono Preciosa, un *fullback* del que
me habían contado cosas tremendas.

Pero tremendas. ¿Sabe qué pasa? Estamos hablando de ligas del interior, no estamos hablando de fútbol de Primera,
donde usted por televisión tiene oportunidad de ver a todos los
equipos. Porque a este nivel es como antes, cuando las referencias llegaban por el boca a boca. Y tenía interés en verlo a este Mono Preciosa. Se llama Preciosa, no se piense que le dicen
así. Hernán Preciosa, el Mono. Y aproveché que, por este asunto del periodismo, yo conozco a casi todos los dirigentes de estos clubes de campo. Especialmente a éste, el doctor Cúneo,
presidente de 9 de Julio de San Miguel, cliente mío de hace
añares, que me invitó a parar en su casa, a comer ahí, a compartir el palco oficial y todo eso.

Lo de la casa no se lo acepté. No es correcto que un periodista duerma en la casa de un dirigente, eso siempre me lo
puntualizaba Miguel Domingo Aguiló, y me parece lógico. Pero
lo cierto es que yo tenía mucho acceso al club, al plantel, a los
jugadores y me quedé por eso. Me quedé en el Nuevo Roma, el
hotel donde paro siempre para evitar todo tipo de malentendi-
dos, y el domingo a la mañana, a instancias del doctor Cúneo,
me fui a la sede del Club.

Ojo que son clubes importantes, que mueven mucho dinero
especialmente cuando la soja está bien. ¿Le conté que cuando fui
a pagar la cuenta del hotel, el doctor Cúneo ya la había pagado?
Cuando fui a pagar la cuenta del hotel ya el doctor Cúneo la había pagado. Y por supuesto que no había en él ninguna intención
ulterior como podría haberla habido con un réferi, por ejemplo.
Porque yo ni siquiera iba a escribir una nota sobre el partido, había ido porque había ido, quería verlo al Mono este, por quien decían ya estaba interesado Independiente. Y le digo Independiente de Avellaneda, no Independiente de Chabás.

La mañana del domingo casi a mediodía, voy a la sede, me
encuentro con el doctor que me presenta a otros dirigentes, al

Director Técnico y sus colaboradores. Tomamos un vermucito y en eso cae el Mono Preciosa. Vea, no le miento. Yo hacía mucho, pero mucho, que no veía una persona tan parecida al hombre primitivo, al hombre de Neandertal. Una cosa increíble. Un mono realmente. Estaba muy bien puesto el apodo. Grandote, muy grandote, debía medir casi un metro ochenta, morocho, muy buen lomo, ceñido, sin un gramo de grasa, casi no hablaba.

O al menos yo, no lo escuché hablar, ni siquiera cuando me lo presentó el doctor Cúneo. En un momento temí que me destrozara la mano al saludarlo. Pero no, fue un apretón firme pero moderado, normal. Eso sí, ni me miró. Miraba para otro lado, masticando semillas de girasol. Durante todo el tiempo que estuvo ahí, hasta la charla técnica, masticó semillas de girasol, lo que le daba más aspecto de mono, de simio, porque adelantaba la mandíbula de abajo, así, y hacía trompa mientras parecía masticar con los dientes delanteros.

Otra cosa que me impresionó fueron los ojos. Tenía un pelo oscuro por supuesto, ralo, mota, pegado a la cabeza, y los arcos superciliares bien protuberantes, como los primates, las cejas unidas sobre la nariz chata. Y bajo las cejas, los ojitos. Dos ojitos redondos, chiquitos, negros y brillantes, muy vivaces. Pero nunca miraba de frente. Siempre esquivo, siempre la mirada oblicua. Se sentó solo en una mesita del bar y ahí se quedó. Cuando volví a mirarlo, porque yo estaba en otra mesa con el doctor y unos dirigentes, tomaba agua mineral en un vasito chiquito. Me causó gracia, porque uno medio esperaba que esa bestia tomara grappa, o aguardiente, o una ginebra. Pero no, tomaba agua.

Después yo pensé que era lógico: tenía que jugar un par de horas después nada más, y no iba a andar tomando ginebra. Ojo que ya en el campo hay un sentido profesional bastante alto, no es como antes. Van a jugar muchachos de Rosario, hay tipos que viajan de Buenos Aires, en Atlético Pellegrini de Los Cardos juega Julio Marini, el Tapir Marini, el que jugaba en Banfield, sin ir más lejos. Y les pagan sus buenos pesos, así que los tipos en ese aspecto no joden. "Muy buen profesional", me dijo del Mono el doctor Cúneo, cuando le pregunté. "Muy buen profesional, pero... claro", agregó, medio misterioso.

El único gesto más o menos humano que le vi hacer a Preciosa, en un momento, porque yo lo observaba desde mi mesa, fue pedir otra agua mineral. Hizo así con el dedo hacia el tipo del mostrador, y señaló la botella vacía. Eso fue todo. Impasible, quieto, inexpresivo como una piedra. No sé qué joda le hizo uno de los compañeros en un momento, o el Preparador Físico, de pasada. "Vas a tener que tener cuidado con el nueve de ellos", le dijo, algo así. El Mono lo miró, parecía que iba a contestarle algo, lo que me daría la posibilidad de escucharle la voz, pero no dijo nada. Miró hacia otro lado y siguió masticando. Faltaba que se rascara la cabeza y se golpeara el pecho para ser un mono completo. Cuando los jugadores —porque habían ido llegando los demás jugadores— se fueron a cambiar para la charla técnica, me acuerdo que pensé: "Pero este muchacho para qué participa de la charla técnica si le debe importar un carajo. Para qué participa". Pero se fueron todos a cambiar y nosotros, después de un rato, nos fuimos para la tribuna.

Bueno, vea, no le miento... A los cinco minutos, a los cinco minutos —y no le estoy diciendo a los quince o a los veinte— a los cinco minutos el Mono este, en un córner, le pegó un codazo en la cara al nueve de ellos, pero le pegó un codazo, un codazo le pegó en la cara al nueve de ellos que, por el crujido, que se escuchó en toda la cancha, pensamos que se había partido un tablón de la tribuna de atrás del arco. Le juro, pensamos eso, que se había partido un tablón por el peso de la gente. Terrible, terrible, terrible, lo sacaron en camilla a ese pobre muchacho, el nueve de ellos, que yo no creo que, a esa altura del partido, recién empezado, pudiera haberle dicho algo al Mono que justificara una reacción así. Quedó este pibe en el suelo con la mandíbula partida, lo tuvieron que cambiar, por supuesto, y el réferi buscaba quién le había pegado. Se imagina, con los agarrones y el amontonamiento es difícil ver esas cosas. Tampoco el *linesman* había visto nada. Pero todos los dirigentes, el doctor Cúneo incluido, se miraban entre ellos y murmuraban con expresión grave "El Mono", "El Mono", como aceptando algo propio del Destino, inevitable, como si estuvieran frente al Destripador de Boston, a un asesino serial que no puede parar de matar.

Y algo así debía ser este muchacho. Porque el réferi no lo vio y siguió jugando todo el partido como si nada. Futbolísticamente bastante limitado. Fuerte, sí. Aguerrido, alto, elástico. Pero bastante torpe, elemental, precario para salir jugando. No creo que pudiera ir a Independiente como decían, jugar en Primera. Además, me dijeron que ya tenía unos veintiséis años, no era un pibito que usted lo puede pulir, lo puede mejorar un poco. Ya era un jugador hecho.

Bueno, ganó 9 de Julio uno a cero y el resto del partido el Mono jugó, diría, correctamente. Siempre callado, mudo, sin hablar como yo lo había visto en la sede. Faltando seis, siete minutos para el final, no más que eso... salió a buscar a un delantero de ellos en mitad de cancha, lejos de su área y le hachó el tobillo de una manera que yo no sé cómo no lo quebró en veinte pedazos, le juro que no me explico cómo no lo quebró en veinte pedazos. El tipo estaba de espaldas, un ocho de esos grandotes, medio lentón, que jugaba bien y recibió de espaldas para tocarla y el Mono se le tiró desde atrás, directamente al pie de apoyo: lo levantó como cuatro metros para arriba. Como si lo hubiera agarrado una moto a toda velocidad, no le miento, una de esas motos que se caen y vienen derrapando a mil por el piso arrancando chispas.

Ahí sí, le sacaron tarjeta amarilla. Y fue una infracción innecesaria, le juro, porque el partido ya estaba definido, al punto que yo me preguntaba: "¿Por qué hizo eso? ¿Por qué hizo eso?", a la vista de todos, en media cancha, contra un jugador que ni siquiera había andado por su sector. Pensé, le cuento, que a Preciosa lo debía empujar un instinto elemental y primitivo, un impulso asesino primario, algo que lo llevaba a esa violencia irracional e intempestiva. Y en eso lo veo, al Mono –mientras el otro, todavía revolcándose, lo buscaba con la mirada desde el suelo, reputeándolo en todos los idiomas– señalar un punto cerca del área de ellos y tocarse un ojo, como diciendo...: "Acordate. Allá". Y el doctor Cúneo me toca el brazo y me recuerda. "El ocho de ellos fue el que le pegó a Bermúdez, ahí, en el primer tiempo", y me señaló el mismo punto que señalaba el Mono. Me estremecí, le aseguro, ante la imagen torva y oscura del Mono, volviendo hacia su área caminando hacia atrás, a pasos largos, sin dar la espalda al enemigo, escupiendo semillas de girasol.

Tomé el ómnibus para venirme poco después de que terminara el partido. Serían las siete de la tarde pero ya estaba oscuro, usted vio cómo es en el invierno. Además no quería llegar demasiado tarde a casa porque si no la Gringa se pone insoportable con eso de que no estoy nunca en casa. Me siento junto a la ventanilla –siempre que puedo elijo ventanilla– y me quedo ahí dispuesto a leer el diario que no había tenido tiempo de leer a la mañana, con la lucecita de arriba. En eso se me sienta un tipo al lado. Yo medio no le di ni bola y seguí leyendo. Pero, después, cuando termino de leer y me dispongo a dormir, reclino el respaldo y todo eso, lo miro bien a éste que se me había sentado al lado y veo que era el Mono, el Mono Preciosa. Mire qué casualidad. Ahí me acordé de que alguien me había dicho, uno de los dirigentes creo, que el Mono vivía en Iriondo, a unos sesenta kilómetros de San Miguel.

Usted no sabe la impresión que me causó. El nerviosismo. Digamos, una especie... ¿cómo decirle?... de excitación infantil como la de los pibes con los ídolos o algo así. Lo que pasa, creo, es que éste era un tipo como fascinante en su brutalidad, en su aspereza, su tosquedad. Al lado mío, quieto, enorme, sombrío, con el mismo buzo deportivo y las zapatillas de básquet que le daban ese aspecto de chimpancé de programa de televisión.

Me entró como una especie de incomodidad, no sabía si hablarle o no. Es más, no sabía si este hombre hablaba, recuerde que le dije que no lo había escuchado emitir sonido alguno. Pero me despertaba cierta curiosidad y además el doctor Cúneo nos había presentado después de todo. A ver si yo me hacía el pelotudo y después era él, el Mono, el que me reconocía y me encaraba. Yo quedaba para la mierda, me parece. Le confieso que también me daba miedo que este muchacho se durmiera y, dormido, me partiera la cabeza de un codazo. No se ría, podía pasar. Un hombre algo bestial, de instintos criminales, dormido y con los músculos todavía alterados por el cansancio. A veces, después de un gran esfuerzo, un partido de fútbol, o de paleta, me ha pasado, uno se duerme y pega unas patadas terribles. Es como un movimiento espasmódico del cuerpo. Y yo pensaba: "Éste se duerme y, dormido, me encaja un codazo que me baja todos los dientes". Pero el detalle que me movió a hablarle fue otro, y usted lo va a comprender: cuando lo volví a mirar a este muchacho, porque yo lo miraba algo disimuladamente, de reojo, veo que estaba leyendo un libro de poesía. No le miento, se lo juro por mis hijos, de poesía... Los heraldos negros, de César Vallejo.

Pensé no decirle nada, simular dormir o dormir directamente y esperar a que se bajara. Después de todo, de San Miguel hasta Iriondo habrá una media hora, cuarenta y cinco minutos, no más. Pero me venció la curiosidad, fue más fuerte que yo, le aseguro. Eso sí: cuando estaba por decirle "Hola cómo le va, Preciosa" me frené, mire si seré pelotudo. Eso de "preciosa" parecía de cuando uno intenta levantarse una mina, a pesar de que el tipo ya debía estar acostumbrado, era el apellido después de todo.

—Hola —le toqué el codo—. ¿Cómo le va? Soy Jorge Gómez. Hoy nos presentó el doctor Cúneo.

Me miró, sin estirar la mano hacia la mía que le ofrecía. Ahí pensé que había cometido un error pelotudísimo, ocupándome de ese pedazo de roca, de mineral. Aprobó asintiendo con la cabeza. Y me dio la mano.

—Vi el partido, ganaron bien —le dije. Volvió a asentir con la cabeza, serio. Supuse que ahí terminaba todo intento de comunicación, pero tiré la última piedra.

— Veo que le gusta César Vallejo —señalé. Giró el libro para mirar la tapa, como si tuviera que identificarlo.

—Sí. Me gusta —dijo, por fin.

—Yo he leído bastante de Vallejo —le dije. Y es verdad. A veces se me da por la poesía. Son rachas en las que leo bastante. Llegué a escribir unos poemitas ridículos, sobre fútbol, y los leía en la radio antes de los partidos.

—Leí *Trilce*, el prologado por Antenor Orrego, también —agregué, para impresionarlo—. Muy bueno.

—Yo no he leído mucho —dijo el Mono con voz baja y apagada—. Recién estoy leyendo éste. Lo tenía el peruano Rojas, que vino a jugar acá una temporada y ahora firmó para Chiclanazgo de Oruro. Cuando se fue me lo dejó.

—¿Usted lee, habitualmente, poesía?

—Intento. El medio no ayuda mucho. En el equipo, por ejemplo, el único que lee es Bachacha, el lateral derecho. ¿Lo vio hoy?

—Sí. Buen jugador. Rápido, decidido.

—Él lee también. Nos juntamos a veces, cuando los demás ya se han ido del vestuario, e intercambiamos libros...

—¿No hay ningún otro muchacho que...?

—No —negó el Mono lentamente con la cabeza, como apesadumbrado—. Y... ¿vio cómo son estas cosas? Por ahí mejor que los otros no se enteren. Ellos lo consideran como una...

—Debilidad.

—Debilidad. Sí.

—Una mariconería —me reí. El Mono aprobó con la cabeza de nuevo. Parecía algo desolado. Así, de cerca, comprobé que era más joven de lo que aparentaba. El cutis morocho, terso, sin arrugas, nuevo. Me enterneció, le confieso. Volvió a la lectura y creí que allí se había agotado la sociabilidad.

—Escuche esto —me dijo de pronto—: "Me siento bien / ahora brilla el estoico hielo / en mí —bajó la voz, como temiendo que lo escuchasen de los asientos vecinos–. Me da risa esta soga / rubí / que rechina en mi cuerpo".

–Bueno. Muy bueno –aprobé. Pasó unas hojas.

–"Melancolía –retomó, siempre en voz baja– saca tu dulce pico ya / no cebes tus ayunos con mi trigo de luz"... Qué linda figura, a mí no se me ocurren cosas así.

–¿Escribe?

–Un poco... –se replegó sobre sí mismo– pero me da vergüenza mostrar lo que escribo. Al Bachacha nomás le muestro. Él escribe bien. Va a presentar un libro que le auspicia la Municipalidad de Iriondo. Pero le dije que no comentara que yo también escribo.

–¿Por qué?

–Me va a comprar Independiente, dicen. Además, las cosas que le dicen los contrarios a uno en la cancha. ¿Me entiende?

–Sí, por supuesto.

En la semioscuridad del ómnibus, vi que me miraba con fijeza.

–Usted no cuente que yo leo poesía –me dijo.

–¡No, por supuesto, Mono! No le digo a nadie. Además... ¿a quién le contaría? –fingí escandalizarme. Se hizo un largo silencio en que Preciosa volvió a la lectura.

–¿Qué quiere decir "hieráticos"? –volvió de pronto a la carga.

–Hum... –pensé yo, tratando, sinceramente, de complacerlo–. "Hierático" es alguien, digamos, poco expresivo, poco demostrativo, una cosa así...

Supe que con mi explicación había ganado puntos ante él, pero la verdad no estaba seguro de si "hierático" quería decir eso. Es más, no estoy muy seguro ahora.

–"Cual hieráticos bardos prisioneros –leyó de nuevo– los álamos de sangre se han dormido".

Se quedó mirando al frente, la oscuridad, reflexionando sobre lo que había leído. Fue en ese momento que se oyó el resoplido largo de la puerta del ómnibus abriéndose.

–¡Iriondo! –anunció el guarda. El Mono se puso de pie, bajó el bolso del estante de arriba y ocultó rápidamente el libro en uno de los bolsillos laterales. Se agachó y me extendió la mano.

—Fue un gusto conocerlo —me dijo

—Igualmente, pibe. Mucha suerte.

Se alejó por el pasillo pero enseguida volvió.

—Le pido una cosa —bajó la voz—: No le cuente a nadie esto de la poesía —levantó un poco el bolso como recordándome el libro.

—¡No pibe! ¡Quédese tranquilo! A nadie.

—¿El presi me lo presentó a usted como periodista?

—Sí. Pero eso era antes. Ahora ya no escribo más. Soy visitador médico.

—Le digo por si se le ocurre escribir...

—¡No! ¡Por favor! Aunque estuviera trabajando de periodista no se me ocurriría escribir una línea de esto, por favor...

—Me dijo que su pibe juega en esta misma Liga... —murmuró, y yo volví a experimentar un ligero estremecimiento.

—Sí. Sí... Juega —tragué saliva.

—Bueno, me bajo —anunció, afortunadamente cambiando el tema—. ¿Cómo me dijo que era su nombre?

—¿Mi nombre?

—Sí.

—Eh... Jorge... Jorge González —mentí.

—Muy bien. Fue un gusto señor González, un gusto —y se bajó.

Yo apagué mi lucecita de lectura, me crucé de brazos y me dispuse a dormir. Recién me desperté en Rosario con el crujido de los frenos al llegar a la Terminal. El mismo crujido de la mandíbula del nueve de ellos al recibir ese codazo criminal del Mono cuando todavía no se habían cumplido cinco minutos de comenzado el partido.

NADA MÁS QUE UN SUEÑO

En ese momento se despertó. Todo había sido sólo un sueño. Cuando se sentó en la cama jadeando, excitado, preguntándose dónde estaba, la primera sensación que tuvo fue de una enorme decepción. No podía ser que ella, esa mujer, se hubiera disuelto así, en el aire, en la fantasía, en lo virtual, en lo imaginario o en como mierda se llamara el mundo de los sueños. Ahora Adolfo ya no estaba en aquella proximidad absolutamente perturbadora con la odalisca, percibiendo casi con realismo increíble su perfume a sahumerio, tanteando con su mano derecha el borde elástico de su túnica de gasa, palpitando el cercano momento de desnudarla y penetrarla, sino que estaba una vez más en el borde de su cama, mirando las líneas de luz paralelas y horizontales que se colaban por la persiana baja.

La segunda sensación fue de furia. No era la primera vez que le ocurría eso. Una situación propicia con una mujer, siempre voluptuosa y apetecible, una aproximación tan sorpresiva como conmocionante, la búsqueda y el encuentro de un lugar oculto y apropiado, la fragancia inaudita de la muchacha, el aroma de su pelo... y el despertar repentino. Tomó el teléfono apretando el tubo como si quisiera estrangularlo.

—Doctor... —dijo, anhelante— ha vuelto a pasarme.

—Venga para acá, Adolfo.

Adolfo se cambió con apuro. Cuando salió a la calle aún le duraba la excitación por haber estado tan cerca de concretar una relación sexual desenfrenada con esa odalisca ondulante y silenciosa y también le duraba el desencanto más puro y lacerante. Había poca gente en la calle.

Comprendió que todavía era muy temprano y lo asaltó una pizca de remordimiento. Había importunado a su psicoanalista a una hora impropia. Pero Adolfo no podía seguir soportando esas trampas de su psiquis que lo colocaba en situaciones de alto contenido erótico para luego, ya al borde mismo de la consumación, voltearlo de un cachetazo repentino.

Decidió no sacar el auto. Empezaba el día y era la hora en que todos iban a su trabajo. Para su premura, para su urgencia, para su ofuscación, era mejor el subte.

Tomó un tren de la línea B para bajarse en Medrano. Tuvo suerte. Apenas subió, alguien bajaba. A su lado se desocupó un asiento en la parada siguiente. El coche se llenó de inmediato. Recostó la nuca contra el respaldo y cerró los ojos por un instante. Todavía no podía creerlo. Esa odalisca que se sacudía con la música árabe, que había girado en torno a él invitándolo al baile, que había venido a buscarlo luego a la mesa pese a su negativa, que lo había conducido de la mano hasta su camarín, que le había permitido acariciarle los pechos con desenfreno... se había desvanecido en el aire, en la extraña dimensión de los sueños. Cuando abrió los ojos el subte se había detenido: frente a él estaba parada trabajosamente una viejita aferrada al pasamanos y cargada de paquetes.

—Siéntese, señora —se puso de pie Adolfo, echando una mirada admonitoria al resto de los viajeros que no habían tenido la gentileza de ofrecerle un asiento a la vieja. Adolfo se tomó del pasamanos de arriba. En la estación siguiente bajó un montón de gente y la reemplazó una cantidad similar.

En ese momento Adolfo vio que subía una muchacha maravillosa, de ojos enormes, labios carnosos y senos rotundos. La joven estudió la posibilidad de hallar un lugar entre la aglomeración y fue a situarse justamente delante de Adolfo, dándole la espalda, entre Adolfo y la fila de asientos ocupados.

Antes de ubicarse allí, de pedirle "permiso" en un murmullo, lo había mirado a los ojos. Ahora la nuca de la muchacha estaba a sólo diez centímetros de la nariz de Adolfo y él podía observar, inquieto, el seductor vello dorado que cubría sus hombros, la curva firme de éstos, el arco que describía su flexible columna hasta desaparecer, dorsales abajo, tras el escote, que apenas cubría la tira horizontal del corpiño.

Era tan cercano el contacto que Adolfo pegó una ojeada alrededor para ver si alguien los estaba observando. Pero todos en las cercanías tenían esa expresión vacía y mortecina, casi vacuna, de los que viajan en subte. Cada tanto la muchacha giraba la cabeza, como mirando hacia el primer vagón, exponiendo a la vista de Adolfo un perfil armónico y poderoso, de pómulos firmes, cejas bien delineadas, mentón prolijamente dibujado. Adolfo tuvo que aferrarse duramente al pasamanos, apretar los dientes con fiereza y apelar a todos sus medios de contención para no inclinarse cuatro centímetros, cuatro centímetros nada más, y besarle la oreja, morderle el cuello, sumir su nariz en ese cabello negro, corto y levemente desprolijo.

Para colmo, en un instante, un ramalazo del perfume de ella se le metió en las fosas nasales como un estilete. Un perfume a nardos, intenso, invitante, algo más seco que el aroma dulzón a almizcle que despedía el cuerpo de la odalisca, pero igualmente destinado a quebrar toda resistencia, vencer cualquier atisbo de autocontrol o contención. Adolfo estuvo a punto de desvanecerse por el esfuerzo. Sin embargo logró sujetarse, no disparar un vergonzoso escándalo en ese medio de transporte público.

Pero entonces ella se inclinó para mirar los carteles indicadores de una parada y casi al descuido, le apoyó las nalgas rotundamente contra su miembro. Adolfo abrió los ojos como si le hubiesen lanzado un balde de agua fría y sufrió un nuevo vahído. Aquel movimiento no podía tomarse, bajo ningún aspecto, como un gesto casual o ingenuo. Era simple y llanamente un acto de provocación.

Ella tornó a erguirse disminuyendo la presión de su culo sobre la masculinidad de Adolfo. Pero éste, transpirando, ya había detectado por el contacto la redondez tensa pero elástica de esas semiesferas sobre su sexo que, ahora, soliviantado e independiente, imposible de dominar, pugnaba por rasgar la tela de la braqueta.

Y ella debía estar percibiendo, sin duda alguna, la urgencia repentina, el empuje cilíndrico de ese miembro, la protuberancia impúdica. Podía, ya podía, de proponérselo, darse vuelta y pegarle un cachetazo, al grito habitual de "¡Degenerado!". O bien, más cauta, prudente, correrse, buscar otro lugar y sencillamente alejarse de Adolfo.

En cambio volvió a agacharse, como buscando nuevos carteles indicadores exteriores –cuando afuera sólo pasaba como una exhalación la oscuridad más densa– para apoyarle otra vez esas nalgas duras sobre la entrepierna, que ya era promontorio más que entrepierna. Otra vez se irguió ella, de repente, pero no quitó su culo de aquel sitio. Lo dejó allí, saliente, curvado, como una bailarina flamenca, en tanto su cabeza también se echaba hacia atrás, al punto que Adolfo sintió sobre sus labios el frescor desparejo del corto cabello de la nuca.

Y ahí, ahí, Adolfo podría haber jurado que, pese al ruido de la marcha de aquel subte, el traqueteo monocorde, el aullido repentino, cada tanto, del viento embolsado en esos túneles, la oyó gemir. El gemido profundo, el placer intenso, animal.

Era el momento de jugarse. Adolfo echó su pelvis hacia adelante, decididamente. Tuvo la respuesta inequívoca de las nalgas y, en su locura, observó que las manos de ella, tomadas de los bordes del asiento donde se apoyaba, se crispaban en el más demostrativo de los gestos. Y fue allí cuando se despertó. Todo había sido nada más que un sueño.

Adolfo, jadeante, transpirado, enardecido también, se despertó en el asiento del subte, aquel que había encontrado milagrosamente vacío a poco de subir. Todo era mentira. Otra vez, otra vez, todo era mentira. La chica de pelo corto y tetas formidables. Ese culo feroz, el vello dorado que cubría las curvas de sus hombros, todo, todo aquello había sido otra fantasía cruel de su inconsciente. Puteó, casi en voz alta y saltó de su asiento. Bajó del subte entre una multitud indiferente sin saber siquiera en qué estación bajaba. Cuando subió las escaleras hasta la calle comprendió que, afortunadamente, no estaba tan lejos. Las cuatro cuadras que lo separaban del analista le servirían acaso para serenarse.

–¿Cómo está, Adolfo? –le extendió la mano el profesional.

–Mal –fue claro, Adolfo.

–Pase y acomódese. Yo estoy preparando café.

Adolfo pasó al consultorio. Se aflojó la corbata y se recostó en el diván. Todavía le costaba aceptarlo. Dos historias formidables con mujeres y ambas falsas, apócrifas, inventadas.

Escuchó a sus espaldas que su psicoanalista entraba, el ruido tintineante de un platito y una taza al apoyarse sobre la mesita, y el crujido del sillón al recibir un peso.

–Empiezo por la odalisca, doctor –anunció Adolfo. Y contó todo sin interrupciones, sin vacilar, rescatando cada detalle de los sueños. Puntualizó que era raro soñar que él iba a un restaurante árabe por ejemplo, porque no le gustaba la comida árabe y el *keppe*, o *kebbe* o como mierda se llamara esa carne cruda con granitos de trigo le inspiraba verdadero asco. Que él debía haber sospechado que todo era un sueño cuando vio que el dueño del restaurante no era otro que Marconi, el vecino del cuarto piso, que tenía una fábrica de baldosas y con quien no lo unía ninguna relación especial. Pero abundó en el increíble realismo de algunos detalles. Los olores, por ejemplo. Ese perfume de la odalisca, como también el de la muchacha del subte –anécdota que también contó– que aún persistían en sus fosas nasales. Preguntó cómo era posible que un sueño pudiera general una sensación tan creíble, tan fuerte sensorialmente.

—Es difícil de admitir, doctor —se entusiasmó— que una misma persona sea emisor y receptor. ¿Me entiende? Porque yo, yo mismo, estoy elaborando el sueño, la trama del sueño... ¡Pero no sé cómo continúa! Hay otra parte de mí, la receptora, que no sabe cómo continúa el sueño. Entonces uno se asusta ante las pesadillas o se ilusiona pelotudamente ante historias como éstas, que me prometen placeres increíbles con mujeres hermosas. Cuando yo mismo soy el que está armando esas patrañas.

—Es que usted no sabe, Adolfo, cuántas personalidades habitan en un ser humano.

Estas palabras lo paralizaron: quedó tieso sobre el diván. Pero no le había impactado su contenido sino el hecho de que habían sido pronunciadas por una voz de mujer. Se incorporó de un salto, quedando de cara al sillón de su terapeuta.

—¿Quién es usted? —aulló.

—El doctor Anémola me pidió que lo reemplazara —dijo la mujer, una rubia de cutis dorado, cruzada de piernas—. Yo he sido por años ayudante de cátedra del doctor. Recurre a mí ante casos difíciles.

—¿Y yo soy un caso difícil? —tartamudeó Adolfo, todavía convulsionado.

—No por el cuadro psicológico... —sonrió ella deliciosamente—, por el horario. Usted le pidió al doctor un turno complicado, ya que él suele estar atendiendo en el sanatorio a esta hora. Además, tuvo una urgencia. Un paciente con tendencias suicidas. Lo llamó hace una hora. Me pidió a mí que lo atendiera.

Adolfo, sentado, boquiabierto, la miraba. Ella vestía un traje sastre color gris perla, muy escotado el saco. Tenía una cabellera rubia tumultuosa y vibrante. Las piernas, cruzadas, lucían unas pantorrillas pulposas de curva marcada, propias de la mujer que hace deportes. Y la voz, esa voz que tanto lo había sorprendido, tenía tonalidades umbrías y se había deslizado sobre el cuerpo yacente de Adolfo como una ola de agua salobre y tibia, de mar tropical, erizándolo.

Era un sueño. Sin duda era otro sueño. No podían ser reales aquellas tres mujeres formidables, una tras otra, oferentes y provocativas. Respirando agitadamente Adolfo volvió a acostarse, fijando su vista en el cielo raso. No volvería a caer en la trampa. No volvería a hacerlo. Constató la hora. Las ocho y veinte. Veinte minutos de la hora de iniciación de su turno. Era correcto. Miró con fuerza cada uno de los objetos del consultorio. Constató que sus bordes no fueran vagos o neblinosos, que sus contornos no fueran indefinidos como suele ocurrir en los sueños. Palpó la consistencia del tapizado del diván, certificando que la sensibilidad de sus dedos estaba intacta. Apretó cuatro o cinco veces sus párpados y golpeó con su nuca la cabecera sobreelevada del diván comprobando si estaba al mando de sus movimientos. Finalmente, se quedó quieto, expectante.

—Sin duda usted tiene una relación conflictiva con las mujeres, Adolfo —oyó la voz acariciante de la doctora.

—Sí.

—¿Tiene mamá, hermanas?

—Mi madre vive, sí. Hermanas no tengo.

—¿Y qué pensó, durante el sueño del subte, cuando esa chica tan sugestiva se le apoyó contra el sexo, Adolfo?

—Nada... Es difícil determinarlo... Era un sueño aunque en ese momento yo no lo sabía... Fue algo tan sorpresivo...

—¿Ha hecho usted dramatización, Adolfo?

—¿Dramat...? No. No he hecho...

—Venga. Levántese...

Adolfo comenzó a respirar con dificultad.

—Veamos —dijo la doctora. Se había puesto también de pie y caminó, contoneando morosamente las caderas, hacia la ventana—. Busquemos un lugar de apoyo, ya que la situación en el subte era de apretujamiento.

Bajó la persiana y el lugar quedó sumido en una semipenumbra invitante.

—No tanto —corrigió. Encendió la pequeña luz de una lámpara de diseño que estaba sobre una mesa ratona.

—Yo soy la muchacha del subte, Adolfo. Estoy acá tomada al

pasamanos del asiento donde hay alguien sentado, mirando yo hacia la ventanilla, dándole a usted la espalda —se tomó con las manos de cada uno de los bordes de la ventana, apoyando casi sus pechos contra las cortinas y el vidrio—. Acérquese, Adolfo. ¿Cómo estaba usted?

Adolfo apretó y abrió los puños varias veces. Le transpiraban las palmas de las manos pese al aire acondicionado del consultorio, que apenas dejaba oír un rumor adormecedor.

Se ubicó detrás de la doctora, casi tocando con su mentón la cabeza de ella, el pelo rubio flotante e indisciplinado. Otra vez un perfume, otra vez una fragancia. Pero Adolfo ya estaba jugado, le daba exactamente lo mismo si se trataba de un sueño o no. Abrió sus brazos y apoyó ambas manos sobre las manos de ella aferradas al marco de la ventana.

—Apriéteme, Adolfo. ¿Cómo era?

Adolfo lanzó su pelvis hacia adelante empujando con su miembro, ya erecto, el culo duro de ella. Ella hizo resistencia, onduló su cuerpo frotando las nalgas contra el empuje. Osciló los hombros como buscando posicionarse.

—¿Así? ¿Eh... así? —preguntó ella, y la voz se le cortó un poco, como si se le hubiese resecado la boca.

—Ella... Ella... —Adolfo también boqueaba, sus labios ya humedeciendo la nuca de la doctora—... tenía un vestido de tela más liviana... Yo, yo sentía más el... el contacto...

—Aguarde un poco —pidió la doctora. Y con tirones rápidos y enérgicos se subió la minifalda, enrollándola sobre su cintura, bajo el saco. Adolfo abismado, se retiró un tanto bajando la mirada y vislumbró las nalgas desnudas y poderosas, más blancas que el resto del cuerpo tostado, ceñidas y exaltadas por la tirita fina e intrusiva de la tanga.

—¿Ahora sí? —jadeó ella. Adolfo decidió no respetar ya el libreto del sueño. Se abrió la bragueta y desplegó el sexo que saltó hacia afuera, aliviado, ávido y furioso como el toro cuando irrumpe en el ruedo.

En ese momento se despertó. Todo había sido sólo un sueño. Lo temía. Lo había previsto. Lo sabía. Se puteó. Se había dejado llevar por la pasión y el entusiasmo.

—El doctor tuvo que ir a ver un paciente —le decía desde la puerta la secretaria de su analista, una mujer oscura y sin gracia—. Un caso extremo. Pide que lo disculpe. Él lo llamará.

Adolfo salió al sol de la mañana. Deslumbrado y hecho un manojo de nervios. Hostil. Destrozado. Inerme. Desorientado. Caminó varias cuadras sin rumbo cierto. Sería mejor sentarse y tomar un café, desayunar, reflexionar, armarse de nuevo. Casi en la esquina vio unas mesitas en la calle. Sillas blancas, sombrillas de colores, propaganda de Quilmes. Poca gente por allí sin embargo. Ni autos pasaban.

—El calor —calculó Adolfo, sopesando si convenía sentarse adentro o afuera de la cafetería. Vio a mitad de cuadra dos electricistas mirándolo, mientras trabajaban en unos artefactos de iluminación. Debía lucir mal, supuso, desarreglado. Se acomodó la corbata, la camisa, el saco.

—Difícil será arreglarme la cara —pensó. Las ojeras, el rictus de desengaño, de fracaso.

Se sentó frente a una de las mesas. No había nadie en el bar pese a que, en las esquinas, había grupos animados de gente que hablaban entre sí, que discutían. Se quedó cavilando, abstraído, sobre su indeseable destino. Luego de un rato, advirtió · que nadie había venido a atenderlo. Buscó un mozo con la mirada. Vio vallas tendidas en la esquina, cerrando la calle del bar. Un operativo de seguridad, tal vez. Le daría igual morir en un tiroteo ajeno. Vio entonces que del grupo que parloteaba cerca de una de la esquinas, a unos treinta metros de él, se desprendía una muchacha y, bajando de la acera, caminaba hasta el centro de la calle.

—Esto es demasiado —pensó. Ella era formidable. Incluso superior a todas las mujeres anteriores, a las traidoras de los sueños. Alta, cimbreante, sonriente, parecía una modelo.

En el centro de la calle giró hacia el grupo que había dejado atrás y preguntó dando un saltito.

–¿Hasta acá?

–Hasta ahí –le gritó alguien, un tipo barbudo, desde el grupo. Adolfo no podía quitar los ojos de encima de ella. Era ese tipo de mujer que jamás, jamás de los jamases podía darle bola a un tipo como él. Una mujer que pertenecía al mundo del *jet-set*, de las tapas de las revistas, de los desfiles de moda. Fue entonces que ella giró de nuevo, lo miró a Adolfo, apretó una sonrisa y caminó hacia él como si volara. Adolfo se encogió en su silla, se echó hacia atrás como un molusco protegiéndose en su caracola. No podía ser cierto, era otra vez un sueño. Una vez más, en el corto lapso de una mañana, una mujer se le abalanzaba poniéndolo al borde mismo de la locura. Era un sueño. Pero el aluminio caliente del apoyabrazos de su silla lucía real, las gotas de sudor que habían empezado a resbalarle desde las axilas por debajo de la camisa también parecían verdaderas y, por último, el bocinazo bronco, trepidante y violento del camión enorme que pasaba saludando al grupito de la esquina había sonado lo suficientemente estruendoso como para despertar al más empedernido de los soñadores.

–¿Cómo te va? –ella se había sentado en otra de las sillitas de su mesa, acodada medio de perfil en el apoyabrazos, y adelantando el torso hacia él, le había hablado–. ¿Pediste algo?

Adolfo la conocía, la conocía de alguna publicidad de la televisión, de algunos carteles callejeros.

–No... no –dijo–. Hace rato que estoy sentado acá pero no vino nadie a atenderme.

Ella sonrió mostrando unos dientes blanquísimos y parejos. Inclinada, permitía ver el nacimiento de sus pechos, no muy grandes pero perfectamente redondos, brillantes por la transpiración, sin el sometimiento a ningún sostén.

–¿Vos querés tomar algo? –arremetió Adolfo, aun sabiendo que podía ser una vez más víctima de su inconsciente, de lo intangible, de lo onírico. Debía jugarse. Había escuchado anécdotas increíbles sobre el mundo de las modelos, sus caprichos sexuales, sus antojos con tipos comunes y silvestres, el impulso irrefrenable de las drogas.

—No, no —dijo ella—. Ojalá pudiera. ¿Qué hora es?

—Las doce menos veinte.

—Qué lindo reloj. ¿A verlo? —ella extendió su mano de dedos largos y tomó la de Adolfo, tanteando con su dedo índice el reborde del Tag Heuer—. Lindísimo.

—¿Querés que te pida algo? —insistió Adolfo, ya enervado por el contacto de la piel de ella sobre la suya.

—No. No. Tenés que irte —le dijo ella, como compungida.

—¿Por qué?

—Estamos filmando una película. Mirá —señaló al grupo de enfrente, los equipos de filmación, la calle cortada.

—Ah —sólo atinó a decir Adolfo.

—Perdoná —le dijo ella, levantándose.

—No. No es nada.

Adolfo se puso de pie, sintiéndose un boludo. Caminó hacia la esquina tratando de no mirar hacia el grupo de camarógrafos.

—Ya se va —escuchó que ella anunciaba, cruzando de nuevo la calle sin tráfico.

—Hacemos la toma de nuevo, entonces —oyó que decían.

Apenas Adolfo dobló la esquina ya no se detectaban ni restos de la filmación. Al menos lo de la modelo había sido breve, piadoso y breve.

Sin embargo, cuando Adolfo llegó a su casa, aún ardía.

EL CHILENO

El 7 de julio de 1998 ocurre en Rosario un hecho policial curioso. En un intento de asalto al Banco de Italia, Emanuel Paván, alias el Manu Paván, recibe un balazo que queda alojado en su cuerpo. Es un proyectil calibre 38 Special disparado posiblemente por uno de los policías de custodia, que describe una rara parábola. Penetra por el hemitórax derecho, se desvía en la costilla, roza el tronco braquiocefálico, esquiva la vena cava inferior y se aloja finalmente, caprichoso, a la sombra de la cápsula suprarrenal.

La trayectoria profesional de Paván también había sido rara y caprichosa. Tras un comienzo opaco de pequeñas raterías y robos a minimercados y fotocopisterías, había logrado finalmente armar su propia banda, respaldado por su lúcido sentido organizativo y una criteriosa elección de las víctimas. No obstante, en su historial, salvo el robo a un cibercafé que tuvo una atendible difusión por Internet, no pueden acreditarse logros mayores. En el año 2000 su nombre estaba registrado en los archivos policiales como el Enemigo Público Número Ocho.

Un golpe de suerte, sin embargo, encumbra al Manu Paván a lo alto del ranking. En julio de ese año, Tobías "La Mona" Herranz, pesado entre los pesados, Enemigo Público Número Uno para todos los registros de seguridad e incluso la prensa especializada, decide unir su gente a la de Américo Santantonio, ubicado en el quinto puesto de los personajes peligrosos. Con un aditamento: en la banda de Herranz militaban su hermano Hermógenes y Adolfo "La Tota" Oyeras, números dos y tres en la lista de peligrosidad pública. Y en la organización de Santantonio revistaban Ignacio "Capullo" Alonso y Mónica Zorrequieta Salej, "La Zorra" Salej, números cuatro y siete del ranking de delincuentes. Todos, absolutamente todos mueren en el intento de asalto al comedor y parrilla La Tranquera de Pasaje Nemesio Pérez y Constitución en un cruento tiroteo con un cartero retirado que los enfrenta.

Queda así al tope de la lista de enemigos públicos, Emanuel "Manu" Paván, abrupta y sorpresivamente. La prensa retacea el reconocimiento. El veterano periodista de Policiales del diario *La Capital*, Cirilo Gorla, titula sin ningún tipo de contemplaciones: "Quedó acéfalo el título". Y Jorge A. Díaz, de *Rosario/12*, vacila: "Veremos ahora si Paván hace honor al cargo que le ha caído del cielo".

Tal vez esa duda, quizás esa desconfianza en torno a su real valía, impulsa a Paván nuevamente al delito. Nunca había abandonado la actividad, pero tras un pequeño golpe exitoso a un kiosco polirrubro, había comentado a uno de sus segundos: "Estoy decidido a tomarme un lustro sabático".

El balazo que se aloja en su cuerpo durante el asalto al Banco de Italia impacta duramente en la psiquis del delincuente.

—Manu era muy cagón para el dolor —aporta Eber Pasión, el Negro Pasión, en su particular y descarnado vocabulario carcelario—. No digo con esto que no sea valiente, porque es un tipo de agallas. Pero su umbral para la resistencia al dolor es muy bajo, y ésa es una característica física ajena al valor o a la personalidad de un hombre, como el que es resistente a los líquidos muy calientes y el que no lo es.

Pasión, integrante de la banda de Paván en la época de oro, los años ochenta, suele narrar una anécdota de cuando su jefe, en un aguantadero de Quilmes, se golpea con el dedo mayor del pie derecho descalzo contra la pata de una cama y se desvanece por varias horas por el sufrimiento.

Lo cierto es que, con Paván herido, su pequeña banda, tres componentes solamente, huye de acuerdo al plan de fuga y se oculta en un departamento que habían alquilado para planear el golpe, en 3 de Febrero y España, pleno centro de Rosario.

—Ninguno de nosotros —se sincera Ariel "El Tero" Villalba, el otro integrante de la banda— podía hacer un real aporte sobre el carácter de la herida. No sangraba demasiado, lo que llevó a Pasión a decirle a Paván: "Ya se te va a pasar", en un comentario, cuando menos, ingenuo.

Paván, no obstante, perdía sangre y se debilitaba a ojos vistas ante la inacción de sus compañeros.

Había que hacer algo. Llamar un médico era imposible. El rostro de Paván había sido profusamente difundido por televisión mediante un Identikit bastante afortunado y ya cualquiera podía identificarlo. Pasión propuso, entonces, asociar al Jefe a alguna cobertura médica prepaga que no preguntara demasiado. La idea fue desechada luego de algunos cabildeos. Llamar a un servicio de ambulancias de urgencia tampoco aparecía como una solución.

El pequeño departamento era un caos de armas, municiones, chalecos antibalas, mapas, planos y manchas de sangre en las paredes y en el techo, lo que hubiera despertado en cualquier enfermero una lógica sospecha. También Ariel "El Tero" Villalba estaba herido en una pierna y el Negro Pasión sangraba profusamente por el codo derecho. Lo que sigue es una reconstrucción de la escena completada en base a datos suministrados por los mismos protagonistas que vivieron en ese departamento aquellos dramáticos momentos.

Paván, tirado en un sillón, se quejaba y aullaba de dolor todo el tiempo, anunciando que se iba a morir. Salvo darle agua, palmaditas en la nuca y aflojarle la corbata, sus compañeros no acertaban a vislumbrar otro aporte. Finalmente, el Negro Pasión se puso su abrigo y salió a la calle.

—Ya vengo —dijo. Volvió dos horas después cuando sus cómplices ya pensaban que había desertado. Y lo hizo acompañado de un joven morocho, de estatura mediana, delgadito, de pelo lacio y oscuro.

—El Chileno —presentó Pasión. Los demás lo miraban. Se escuchaba muy débilmente la radio, donde Ariel trataba de localizar las emisoras policiales, y el lamento constante de Paván—. Él te puede sacar esa bala, Manu —anunció. Paván calló por un momento y miró al recién llegado.

—El Chileno es punga, carterista —explicó el Negro—. Te saca una billetera del bolsillo interno sin tocarte el bolsillo, papi, es un fenómeno.

Los tres se quedaron en silencio.

—O sea —siguió el Negro—. Te puede quitar esa bala sin que ni siquiera te des cuenta. Posta posta.

—¿Es chileno? —preguntó, desconfiado, Paván—. Porque no me gustan los chilenos.

—No es chileno —dijo el Negro.

—No soy chileno —dijo El Chileno sin arredrarse ante la investidura de Paván.

—Los chilenos nos quieren robar la Patagonia —mordió su dolor el Jefe.

—No es chileno —siguió el Negro—. Le dicen así porque es tan bueno como un chileno para robar billeteras.

—Permítame que me presente. Germán Ovalle —dijo el joven, simpático, alargando la mano a Paván—. Y le cuento que soy gran admirador suyo, le juro. Es un honor para mí. Por eso acepté venir sin ningún problema —se limpió mecánicamente en el pantalón la mano manchada por la sangre que cubría los dedos de Paván.

—Le dicen El Chileno —explicó Pasión— como al Pibe Valderrama le dicen Pibe. Pibe es un término argentino, no colombiano. Pero como Valderrama jugaba al fútbol como un argentino le empezaron a decir Pibe. Bueno... Como éste es tan bueno para los garfios como un chileno le dicen El Chileno.

—Mi maestro fue un chileno —sonrió El Chileno—. Don Leonel Prieto. Un grande. Me hacía practicar con un maniquí al que le ponía un saco. Y en los bolsillos del saco colgaba cascabeles. Apenas yo movía un poco la tela, sonaban. Y don Leonel me pegaba con una regla en el lomo.

—Mucho verso, mucho verso —Paván volvió a recostarse, trabajosamente sobre un sillón—. Pero yo no sé si sos bueno. Hablando somos todos buenos. Pero a mí no me consta...

El Chileno tragó saliva.

—¿Desde qué hora está usted perdiendo sangre? —preguntó.

—¿Qué? ¿Sos médico ahora? —masculló Paván.

—¿Desde qué hora? —insistió el joven.

—Dos horas más o menos —el Negro Pasión se adelantó a contestar. Paván buscó el reloj en su muñeca y no lo encontró.

—El reloj, perdí el reloj. En el raje perdí el reloj —murmuró, angustiado—. El recuerdo de mi viejo. Mala señal.

El Chileno sacó un reloj de su bolsillo y se lo alcanzó, teatral.

—Cuando le di la mano —explicó.

—Cuando le dio la mano. —El Negro Pasión rió como un chico. Paván miró fijamente al carterista, ahora con más respeto.

—Si me hacés doler, te mato —le aclaró, luego. El Chileno palideció.

—Bueno... Eso no se lo puedo asegurar.

—Si me hacés doler te mato —repitió el Jefe y, como para que su advertencia quedara clara, se alzó un poco en el sillón y sacó de la cartuchera que llevaba sobre los riñones, en el cinto, un Colt 38 cromado, tan reluciente que iluminó de pronto la habitación, ya en penumbras a esa hora de la tardecita.

—¿No hay anestesia? —preguntó El Chileno, que parecía haber perdido la firmeza.

—¿Dónde querés que haya anestesia acá? —se molestó el propio Pasión, su promotor.

—¿Ni alcohol, ni whisky? —siguió El Chileno.

—Whisky hay —dijo Ariel, "El Tero", que había permanecido expectante y receloso hasta ese momento, mientras iba hacia la cocina rengueando por la herida en la pierna.

—Traelo —ordenó el carterista, algo recompuesto—. Vi desinfectar con whisky una herida, en una película de cowboys. Una de Clint Eastwood. Buenísima.

—Eso duele como la mierda —se quejó Pavón—. Arde...

—¿Y qué querés? Tenemos que desinfectar —apuró el Negro.

—Arde, pelotudo. Eso arde.

—Veamos la herida —pidió El Chileno. A regañadientes el Jefe aceptó quitar sus dos manos de encima del orificio. El Chileno, con infinito cuidado y un gesto de repugnancia en la cara, separó primero el saco, luego la corbata y finalmente la delgada tela de la camisa, tinta en sangre, como si fueran capas de hojaldre.

—Huyyyy —musitó luego, aspirando fuerte el aire entre sus dientes apretados—. Es jodida —anunció. Bastó que dijera eso para que Pavón palideciera y volviera a aullar. El orificio estaba bajo la última costilla, y se podía meter tranquilamente un dedo índice dentro de él.

—Traeme una tijera para cortar la tela —pidió El Chileno. Había empezado a transpirar.

—Si tiene botones —se quejó el Negro.

—Para no hacerle doler, pelotudo —rezongó El Chileno.

—Mucho cine, mucho cine vio éste, me parece —volvió a irse Ariel, comedido, hacia la cocina.

—Me hacés doler y te mato. Ya te avisé —recordó Pavón.

—El whisky le va a doler. Cuando le derrame un poco en la herida le va a doler —pareció disculparse El Chileno estirando sumiso hacia él la botella de Old Smuggler que le acercaba Ariel.

—¡No me lo pongas entonces, hijo de puta, no me lo pongas!

¡Que se me infecte, carajo! ¡Después me pongo Pervinox y a la mierda! —Paván ya lucía desesperado, traspasado por la idea del dolor que iba a sufrir.

—O cauterizamos —aportó oportunamente el Negro—. Calentamos al rojo vivo un cuchillo y cauterizamos.

—También vi hacer eso, en otra de Clint Eastwood —dijo El Chileno—. Era una que...

—¡Las pelotas me vas a cauterizar la herida! —rugió Paván—. ¡Te voy a meter el cuchillo al rojo vivo en el culo, hijo de mil putas!

El Negro optó por callarse.

—Que tome mejor el whisky —propuso El Chileno, entonces—. Que lo tome así se relaja. Se tranquiliza.

Ariel llegó con una tijera y cortaron cuidadosamente la camisa en torno a la herida.

—Va a ser mejor si lo acostamos —propuso El Chileno en voz baja. Había perdido de nuevo su compostura—. Va a estar más cómodo y yo voy a trabajar mejor.

Entre los tres ayudaron a Paván a levantarse del sillón. Por momentos parecía a punto de ponerse a llorar. Pero no soltaba el Colt cromado, para desasosiego del Negro, quien no perdía de vista las evoluciones del arma, temiendo un balazo perdido. Tardaron diez minutos en bordear la mesita ratona y acostar a Paván en el sillón del otro lado, más grande, el de dos cuerpos. Quedó allí, con un resoplido.

Bueno... —anunció El Chileno, transpirando—. Vamos a empezar... —se arrodilló junto al Jefe, éste apuró un quinto o sexto trago largo de whisky—. Eso... Eso... Tome whisky —aprobó.

—Ojo que es de mala bebida —dijo el Negro, que tenía un escaso sentido de la oportunidad en cuanto al humor.

—Ehh... —vaciló El Chileno—. Dame más luz acá... —ya era casi de noche y Ariel se apresuró a cerrar las ventanas, prender la luz grande y dos lámparas de la mesita cercana.

—Veamos... —dudó El Chileno, ante la expectativa de los otros. Agitaba sus dedos largos y finitos en el aire, como tentáculos—.

En realidad... No es la posición en que yo acostumbro a trabajar... Así, en horizontal, me resulta bastante difícil...

—¡Me hacés doler y...! —rugió Paván.

—¡Ya sé, ya sé! —aceptó El Chileno.

—¡Empezá de una vez, carajo! —presionó Ariel.

—¡No ves que me trajiste un pelotudo! —Paván levantó la cabeza buscando al Negro—. ¡Me trajiste un inútil, un pirincho de los que van en cana a la primera vuelta, hijo de puta! ¡A vos también te mato si me duele!

—Ya va, tranquilo, tranquilo —dijo, en voz baja, el Negro.

—Yo le voy a sacar la bala, Paván —explicó El Chileno—, y usted no va a sentir nada. Nada de nada. Lo único que digo es que...

—Es como los sanadores filipinos —sumó el Negro, en un inesperado rasgo de información— que operan con las manos.

—Me hubieran traído un sanador filipino —urgió el Jefe.

—Queda más lejos —se impacientaba Ariel.

—Lo único que digo es que... —procuró redondear su idea El Chileno— estoy acostumbrado a trabajar de parado, en el ómnibus o en el subte. Así, me resulta un poco más complicado, pero tampoco imposible. Una vez, recuerdo... —iba a empezar a contar la oportunidad en que, en un velorio, le birló un valioso sujetador de corbata al difunto, pero se frenó a tiempo, por la connotación funesta de la anécdota.

—¿Querés que le quitemos el saco? —propuso el Negro, comedido.

—No. No. Está bien así. Está bien.

—Me llegás a sacar el saco y te cago a patadas —dijo Paván—. ¿Sabés cómo me duele cuando muevo este brazo? —movió algo el derecho—. Lo único que falta es que...

—Al contrario. Está bien así —dijo El Chileno—. Al contrario, necesito la referencia del saco. Es más, se lo voy a cerrar sobre la herida —cubrió la mancha de sangre con la tela, cuidadoso. Sus manos parecían entes individuales, que podían moverse sin relación con los demás miembros del cuerpo—. Porque el dorso de mis manos precisa la presión del saco para que me dé un apoyo, una palanca... Vamos... Usted no mire –aconsejó a Paván–, apriete los dientes... Aspire hondo.

Paván echó la cabeza hacia atrás y apretó las mandíbulas, clavando la vista en el techo. Apoyó el Colt 38, firmemente sujeto por la mano derecha crispada, sobre el respaldo del sillón casi pegado a la pared.

El Chileno adelantó el torso sobre el pecho de Paván y volvió la mirada hacia la cocina, como si hubiera visto algo interesante. El Negro Pasión, curioso, también miró para allí. Fue entonces que se escuchó el sonido musical del plomo de la bala rebotando sobre el cenicero de la mesita ratona.

–Ya está –dijo El Chileno, poniéndose de pie–. ¿Dónde está el baño?

Ariel y el Negro no podían creerlo. Todo no había durado más de un segundo.

–¿Ya está? –Ariel abría grandes los ojos.

–¿Ya está? –casi se escandalizó el Negro Pasión.

–¿Ya está? –se incorporó a medias Paván.

Ya está –dijo El Chileno. Tomó el plomo, aún viscoso por los fluidos corporales del Jefe y se lo mostró a Paván. Luego volvió a dejarlo dentro del cenicero–. ¿El baño? –preguntó de nuevo. Ariel se lo indicó con la mano.

Paván, como si se hubiera sanado por completo, se sentó en el sillón observando incrédulo el proyectil y riendo. Por último, todos menos El Chileno, que se estaba lavando las manos, se rieron juntos dándose fuertes palmadas en la espalda.

–Un fenómeno –admitió Paván, meneando la cabeza, hasta poniéndose de pie–. Debo reconocer que es un fenómeno. No sentí nada. Pero nada de nada.

–Voy a comprar gasa –anunció el Negro–. Alguna farmacia de turno debe haber.

–Jefe –se le acercó Ariel a Paván, confidente, mientras el Negro buscaba las llaves del departamento–. ¿Qué hacemos con...? –con un movimiento de cabeza señaló hacia el baño. Paván dejó de observar el cenicero con el proyectil y también giró la cabeza hacia el baño.

–¿Con quién?

–Con El Chileno.

–¿Por qué?

–Puede contar.

Paván frunció un tanto el ceño.

–No. Dejalo –pareció luego enojarse con Ariel–. Dejalo, hizo muy bien su trabajo.

–Puedo boletearlo –ofreció Ariel, siempre en voz baja–. Mire que yo no tengo ningún compromiso con él. Ni hay lazos afectivos tampoco.

–Vos también ves muchas películas, Tero –se rió Paván–. No. Al contrario. Yo le pago. Le tiro unos mangos. Se lo merece.

–¿Todo bien? –se oyó de pronto la voz de El Chileno entrando al living, aún restregándose las manos con una toalla. También lucía más distendido–. ¿Le duele algo, siente alguna molestia?

–No, pibe –reconoció el Jefe–. Una barbaridad lo tuyo. Perdoná si en un momento desconfié de vos. ¿Cómo arreglamos?

–¿Cómo "cómo arreglamos"? –pareció ofenderse El Chileno.

–Sí. ¿Cuánto te debo?

–Nada –El Chileno se puso serio.

–¿Nada?

–Nada.

–Mirá que yo te fui a buscar por un laburo profesional –terció el Negro que todavía no se había ido–. Vos usaste tu tiempo acá, tu conocimiento.

–Nada, nada. Faltaba más –se mantuvo, serio, El Chileno–. Para mí fue una satisfacción. Y un honor poder ayudar, acá, al Maestro... Por favor...

–Lo que pasa es que... –insistió Ariel– si otra vez necesitamos tu ayuda...

–Ahí les cobro –sonrió El Chileno, dejando la toalla sobre el sillón y acomodándose, prolijo, la ropa–. Ahí sí les cobro... Pero no habrá otra oportunidad. Estas desgracias no ocurren más de una vez en la vida.

—Bueno —aceptó el Negro— pero si alguna vez necesitás algo de nosotros, lo que sea, ya sabés.

—Por supuesto —El Chileno se puso una camperita liviana que había traído—. Por supuesto... Los dejo...

—¿No querés tomarte un whisky, un vinito? —insistió Ariel, asombrosamente tierno.

—No. Me voy, me voy...

—En serio te quiero pagar, Chileno —insistió Paván, señalándose el bolsillo interno del saco—. En serio...

—De ninguna manera. Me voy porque debo recuperar un poco de tiempo. Hoy no laburé. Pero de corazón que lo hice con muchísimo gusto —se apresuró a aclarar.

Se fue. Ariel, Paván y el Negro se quedaron un rato en silencio.

—Un pingazo, El Chileno —dijo el Jefe.

—La verdad, yo no lo conocía mucho... —admitió Ariel.

—Yo le iba a tirar unos mangos. No mucho, tampoco... Del fajo que alcancé a chorearme en el Banco... Total, lo poníamos en Gastos de Representación —se rieron.

—¿Cuánta guita es? —preguntó el Negro—. ¿La contaste?

—Bastante —Paván metió la mano buscando el bolsillo superior interno—. Te imaginás que no tuve tiempo... —palpó el interior del bolsillo y arrugó la cara—... No está... No está el fajo...

—Ariel lo miró.

—El Chileno —tentó.

—El Chileno —balbuceó el Negro.

—El Chileno —dijo Paván.

LEYENDAS DEL LITORAL

En agosto de 1983 publiqué, en Berlín, mi primer libro basado en fábulas y leyendas de la Selva Negra. Tras algunas vacilaciones y dudas compartidas con mi editor, Kurt Landsberger, lo titulé *Fábulas y leyendas de la Selva Negra*.

Reconozco que, en algún momento, pensé en ponerle *Leyendas y fábulas de la Selva Negra* pero no quise crear opciones contrapuestas que agudizaran aun más la división sufrida por mi pueblo a partir del Muro del Oprobio.

La salida del libro, su relativo éxito (una edición de 200 ejemplares que, desde 1983, se vienen vendiendo lenta pero constantemente) no fue impedimento para que continuara con mi incesante estudio sobre el tema. Así como en 1973 había viajado a Escocia, recorriendo los castillos de Worcester en procura de información sobre los lepricornios (supuestos duendecillos verdes traslúcidos que moran en la zona) para enterarme de que dichos duendes habían sido reemplazados por la holografía; también viajé a lugares donde se hace más que dificultoso recoger ese tipo de material, dadas las características naturales del ecosistema.

Pongamos por caso el Mar Muerto. Es sabido que la mayoría de las fábulas se alimentan de relatos donde intervienen animales. Por tanto, la mínima expresión faunística que el investigador puede hallar en aquella zona hace del relevamiento una cruzada casi desesperante. Al punto que la única fábula que recogí de boca de un turista holandés radicado allí para aliviar su piel de un ardiente eczema mediante el agua salobre, estaba basada en la ingenua historia de amor entre una holoturia tubulosa (un aspidoquiroto vermiforme que no excede los dos milímetros) y un pedazo de tronco fosilizado por la sal que respondía al nombre de Moshe.

No era ése, a priori, el caso de la zona boscosa de Oberá, en la provincia de Misiones, en la Argentina. Tierra de vegetación generosa, ardiente, tropical, castigada por incesantes lluvias, es lugar más que propicio para que florezcan, entre sus habitantes, las más ricas y maravillosas historias de la imaginería popular. En verdad, no viajé allí con esa intención, sino porque mi esposa Frida deseaba volver a ver a Eva, una sobrina suya radicada desde hacía veinte años en Atajado (pequeña localidad al norte de Oberá).

Eva había viajado hasta ese rincón perdido del orbe en 1962, en uno de los habituales intercambios de estudiantes universitarios. Lo hizo como alumna avanzada en la tesis "Equivalencias y desigualdades entre diferentes etnias". Y fue canjeada por cincuenta y cuatro estudiantes de posgrado de la Universidad de Goya.

Durante los quince días que duró nuestra estadía en aquel pequeño villorrio, mi espíritu investigativo no supo del descanso y comencé —lo admito— una verdadera persecución de aquellos nativos que pudieran contarme cosas del acervo litoraleño.

Sin embargo, y para mi sorpresa, encontré una cerrada resistencia a mis interrogatorios y prácticamente nadie se sintió animado a hablarme. Con insistencia alemana presioné todo lo posible hasta crear entre los pobladores cierto sentimiento de rechazo hacia mi persona.

Perros que eran azuzados a mi paso, pedreas contra el auto que había alquilado o cuchillos esgrimidos como al descuido ante mi sola cercanía, me indicaban que la cosa no iba a ser fácil. Sin embargo, no soy de los escritores que se desaniman ante la primera negativa, y mi editor, Kurt Landsberger, puede dar testimonio de ello.

Pienso que quebré definitivamente la barrera de silencio una tarde en que la temperatura superaba los 47 grados centígrados y los pajaritos caían muertos de cabeza en medio de la calle.

Los habitantes de Atajado (me contaba Eva) acostumbran, desde tiempos inmemoriales, a dormir dos o tres horas luego del almuerzo. Es un espacio de tiempo que los nativos denominan "siesta" y configura un descanso de índole sagrada para la comunidad. Lo justifican señalando el rigor inclemente de la temperatura pero, para el visitante curioso (como yo), no es sino otra explicación del atraso en que está sumida esa localidad.

Aquella tarde golpeé repetidas veces en la puerta de chapa de una de las casas del pueblo hasta que me abrieron. El único perro que moraba en la casa, aplastado por el calor, apenas se molestó en modular un ladrido bronco desde el fondo, pero nada más. La señora que me abrió la puerta tenía marcada su mejilla derecha por dos gruesos surcos amoratados, que pensé serían cicatrices y –luego lo comprendí– eran las marcas de la almohada.

Lloraba casi, la desdichada, por verse así arrancada de su sueño. Le insistí sobre el asunto de las fábulas y leyendas. Le dije que no vacilaría en pagar buen dinero por los relatos. Balbuceante, me indicó que todos los primeros miércoles de cada mes, en una casa vecina, cuatro viejos habitantes del pueblo se reunían en un encuentro absolutamente privado, para contarse mutuamente historias pertenecientes al patrimonio nativo con el único fin de mantener la tradición oral y de que no fueran olvidadas.

Dos días después, por la noche, toqué a la puerta de un modestísimo galpón casi a las riberas del río, alumbrado sólo por lámparas a kerosén. La señora a la que yo arrancara de su siesta había arreglado todo con los cuatro memoriosos y me franquearon el paso con una amabilidad moderada, pero sin demostrar tampoco hostilidad alguna. Casi me ignoraron.

Por el dinero que debí adelantar, pensaba yo, quizás hubiese sido esperable un trato más delicado. Pero como dijera Goering tras la invasión aliada a Normandía: "No soy hombre de quejarme".

Me senté a la mesa con ellos y presencié la ceremonia. Eran gente mayor, de alrededor de setenta años, callados y pomposos, y estaban terminando de comer un pescado al rescoldo. No me convidaron. Bebían, asimismo, un aguardiente muy fuerte e incoloro (me lo sirvieron en un vaso de plástico) que sabía a madera, pero de ataúd.

Les expuse mis inquietudes. Les hablé de mi curiosidad y mis investigaciones. Les mostré mi libro. Les reiteré mi interés por conocer algunas leyendas o fábulas de la zona. Uno de ellos, el más viejo y arrugado, me dijo que el acervo vernáculo era secreto y sólo reservado para los misioneros, hijos de misioneros, o naturalizados misioneros. Para preservarlo, adujo, de las deformaciones que pudieran ocasionarle las costumbres extranjeras.

"En Campo Viera —me informó, dolido— donde hay una colonia de japoneses, se dice que La Telesita era una geisha y que, en realidad, se llamaba Teresita" (tiempo después, Eva me explicaría qué quiso decir). Ofrecí más dinero y tras una corta deliberación decidieron aceptar.

Antes de pasar a contar la fábula que me relataron, quisiera narrar la actitud francamente particular de aquellos hombres, verdaderos sacerdotes de un culto ancestral. Sin duda, recrear aquellas maravillosas historias (indígenas, posiblemente, algunas de ellas) los sumía en un estado catatónico, cercano a la enajenación. Por ejemplo, uno de ellos, llamado Mencho, tras cada trago de aguardiente despedía un sonoro grito litúrgico (y ritual, sin duda) que sonaba onomatopéyicamente "Piii-Buuuuuuuuu". Tras lo cual, con ojos vidriosos, volvía a servirse un nuevo trozo de pescado. Pero más me impresionó la conducta de otro de los presentes, José (nombre que, según sus palabras, significa "El que pone el condimento", en guairá). Mientras el monje director me narraba la fábula, José no pudo contenerse y estalló en convulso llanto. Se puso primero colorado, procuró sortear luego el momento apretándose la boca con una mano, pero prorrumpió después en un llanto angustioso que, por momentos, parecía una risa torrencial. Se le caían las lágrimas por sus curtidas mejillas. En un momento se levantó para marcharse detrás de una pared de barro y continuar con sus convulsiones lejos de mi vista. Sin duda, el profundo contenido confesional de las historias y la convicción de ser los responsables de su permanencia en la memoria del pueblo, lo superaban.

Paso, sin más, a relatar la fábula que me contaran en aquel rancho de Atajado, tal cual la narrara aquella suerte de sacerdote mayor, reservorio viviente de una tradición.

"Recorría una mañana Yaguareté, el tigre, los mil senderos de la jungla. Bello y elástico, buscaba, como siempre, algo para calmar su apetito. Fue entonces, cuando en un claro del bosque, vio a Che Cambá, el mono, ocupado en mordisquear unas bayas. Pero Che Cambá también lo oyó, con su oído adiestrado en detectar los peligros de la selva, y corrió presuroso a treparse a un yatay, el Árbol de la Calumnia. Astuto, Yaguareté, el tigre, al pie del árbol le dijo al pequeño simio:

–Oye, Che Cambá... ¿Por qué no bajas? Baja, por favor.
Che Cambá negó con la cabeza.
–Baja –insistió Yaguareté, mañoso–. Quiero mostrarte algo que encontré hoy en mis correrías.
–Mientes –dijo el mono–. Lo que tú quieres es comerme.
–Baja. Ya he comido. No tengo hambre.

Che Cambá pensó y, curioso como todo mono, al fin dijo:

—Sólo lo haré con una condición.

—¿Cuál?

—Que te ates con aquellas lianas, de tal forma que no puedas moverte.

Yaguareté vaciló un tanto.

—¿Con aquéllas? —accedió, por fin.

—Sí —dijo el mono, jadeante.

En un periquete, Yaguareté, el tigre, tomó las lianas y con movimientos veloces y felinos enrolló todo su cuerpo con ellas. Quedó en el piso, inmovilizado.

—¿Estás conforme ahora? —preguntó entonces, con la voz sofocada por el apretado abrazo de las lianas—. Baja. Baja de una buena vez.

Che Cambá, pese a su ansiedad de animal curioso, meneó la cabeza.

—Hazte otro nudo sobre las patas delanteras —indicó—. Veo que aún puedes moverlas.

A regañadientes, Yaguareté obedeció.

—Baja ya. Baja de una vez por todas —pidió, impaciente.

Che Cambá, el mono, comenzó lentamente a descender del Árbol de la Calumnia. Sin embargo, su cuerpo se veía estremecido por repentinos temblores.

—¿Por qué tiemblas ahora? —se ofuscó Yaguareté, el tigre—. ¿A qué le temes? Si estoy tan amarrado que no puedo permitirme ni el más mínimo movimiento...

—No tiemblo de miedo. Tiemblo de nervios. Porque es la primera vez... —sonrió el mono—... que voy a culearme a un tigre".

Recuerdo que no entendí totalmente el significado de la fábula. Pero, soy consciente de mis limitaciones y entiendo que no es fácil aprehender los ritos y costumbres de pueblos tan diferentes al mío. La transcribo atrapado, sí, por su rara belleza. Recuerdo que, cuando solicité alguna tenue explicación al narrador, éste sólo se avino a redondearme una conclusión.

"Moraleja —dijo—. No pidas nada con tanta insistencia. Puede pasarte lo que le pasó al tigre".

ENTRETENIENDO A LITO

Cuando no hay plata hay que agudizar el ingenio. Y a mí me salvaron, por mucho tiempo, dos cosas que había descubierto para entretener al Lito.

Una era esa especie de plástico con globitos que usan en las cajas que contienen cosas frágiles para recubrirlas y que no se rompan. Un plástico transparente lleno de globitos chiquitos, uno al lado del otro, como ampollas, muy parecidos a las ampollas, que uno los aprieta con el dedo y revientan. Es una joda. Y dura mucho, porque un cacho más o menos así de ese plástico tiene, lógicamente, miles de globitos. Y no es sencillo reventarlos, no te vayas a creer. Hay que hacer cierta presión, mínima, pero cierta presión, lo que hace más lindo reventarlos. Uno los aprieta y resisten un poco, y plac, pluc, plac, se revientan. Y hacen ese ruidito, plac, plac, plac. Es lindo.

Bueno, yo le daba un cacho de ese plástico al Lito, nos sentábamos en un banco de la plaza y ahí nos quedábamos. Había que verlo al Lito con esos deditos chiquitos que tiene, meta reventar globitos. Las horas pasábamos así. Porque es un programa piola si se quiere. Ahí, en la plaza, con la naturaleza, los pájaros, las flores, y una actividad para desarrollar. El Lito lo pasaba bien así y yo no tenía que gastar mucho.

Otra la había descubierto casi por casualidad, en la confitería El Peñón donde yo solía llevarlo al Lito a tomar un helado

después de la plaza. Porque tampoco podía ser tan hijo de puta de sacarlo a pasear y no gastar un mango. Ahí, en la confitería El Peñón, hay uno de esos aparatos que hay ahora, que son
como heladeras altas, iluminadas por dentro, con puerta de vidrio, que adentro tienen las tortas. Exhibidores los llaman. Y lo
lindo es que éste –tal vez todos son así– tenía una serie de ban-
dejas giratorias, a distintos niveles, donde mostraban las tortas.
El cliente se iba allí y las miraba desde todos los ángulos mientras giraban despacito, despacito. Yo descubrí eso y entonces,
después de haberle comprado un helado al Lito, de ciruela y moka, siempre de ciruela y moka, ¡cómo hinchaba con eso!..., yo le
decía: "¿Por qué no vas un rato a mirar las tortas?". Y el Lito se
iba y se pasaba, no te miento, media hora, tres cuartos de hora
mirando girar las tortas, como en una película.

Una vez se me mareó. ¡Se mareó el pobre Lito! Volvió a la mesa con una mano acá, en el pecho, pálido. Y yo me di cuenta de
que se había mareado por el girar de las tortas. No me dijo nada porque quizás pensó que yo no lo iba a dejar ir más a ver las
tortas, pero yo me di cuenta. Después se le pasó. Se le pasó.

Lo bueno es que cuando yo andaba con algún mango porque había acertado en los burros o ganado en la quiniela le
compraba una porción de alguna de esas tortas. Yo le avisaba,
le avisaba antes para que no se hiciera ilusiones al pedo. "Hoy
podemos comprar torta", le decía. Y él no decía nada pero yo
notaba que se hinchaba todo y hasta caminaba más derechito.
Después volvía de mirarlas y me consultaba, como si no lo cre-
yese. "¿Puedo?" "Podés", le decía yo. Y él iba a buscar a una de
los mozas, un encanto las pibas, la llevaba hasta el exhibidor
y le señalaba la que él quería. Había épocas en que no, no había suerte, y después del helado sólo quedaba la posibilidad
de, otra vez, al plástico con los globitos. Yo siempre me reser-
vaba un pedazo de ese plástico. Y así como te cuento, nos pasábamos la tarde. Distracciones sencillas de cuando uno no
tiene recursos.

Por supuesto que a mí me hubiera gustado más llevarlo al

cine, por ejemplo, como me llevaban a mí cuando era chico, pero eso cuesta una moneda, entre las entradas, el ómnibus –porque al Lito no lo podés llevar caminando–, algún maní con chocolate que se le ocurra y todo eso. Incluso una propina para el acomodador. A mí me gusta pagar a quien me ofrece un servicio. Además, confieso que me cansa eso de leerle al Lito los títulos en castellano porque él no ve nada. Y siempre pienso que molesto a los de adelante o a los de atrás, por más en voz baja que uno hable.

Lo que nunca quise resignar fue la posibilidad del paseo, eso no. Siempre hay cosas para hacer, aun sin guita.

Fijate cómo me las arreglaba yo. Por supuesto, no lo iba a llevar al Lito a un parque de diversiones, gusto que me quedó atragantado acá y que nunca pude cumplir por no haberme casado. O por no tener hijos, lógicamente. Esa satisfacción, esa alegría de ir a un parque de diversiones, aunque fuera medio choto como ése que estaba sobre calle Pellegrini, al que me llevaba mi viejo cuando yo era chico, me hubiera gustado repetirla a mí con un hijo mío. Pero bueno, no pudo ser. Tampoco yo le puse mucho empeño, te confieso. No habré encontrado la mujer, no habré encontrado el tiempo, qué sé yo, uno siempre metido en la timba, o en la oficina. La timba chica, ojo, tampoco vamos a decir que uno es un jugador compulsivo, Omar Shariff, de esos que hacen temblar Montecarlo. Algún numerito en la quiniela, la lotería, los burros, eso sí.

Cosa de nada, pero lo suficiente como para preocupar a una mina como María Teresa, por ejemplo, que se imaginaba una vida de mierda junto a un timbero. Pensaría, no sé, que yo iba a empeñar la casa o lo que fuera para jugar a los burros, una cosa así. No sé, porque ni llegamos a esa instancia, a vivir juntos. Lo cierto es que cuando íbamos por la calle con ella, los sábados por la tarde, y yo me paraba a anotar los números de una patente o el número de identificación de un patrullero se ponía como loca.

Loca se ponía.

Y yo los anotaba porque me habían gustado, o porque me había sorprendido una terminación que se repetía dos veces en media cuadra. Esas cosas. Parece mentira. Que yo mirara a otra mina no le calentaba. Yo podía darme vuelta mil veces a mirar un culo o unas tetas y la María Teresa ni se mosqueaba. Pero bastaba que yo anotara un número y se volvía loca. Yo decía: 56, La Caída; 64, El Llanto; 20, La Fiesta... Es verdad, lo reconozco, me ponía algo pesado a veces. Como cuando estábamos en el cine viendo una película, de suspenso, por ejemplo, y yo le decía en la oscuridad: "Pasame la birome", para anotar algún número que había visto en la pantalla, no sé, en alguna nave espacial o un buque de guerra, o en el uniforme de un preso.

En eso sí que el Lito es distinto. Por eso lo extraño. Porque no me rompía las bolas con tantas pelotudeces. Y bueno, yo lo tomé un poco de él mismo, que ya de chico me llamaba para ir a jugar a la lotería de cartones.

¡Cómo le gustaba la lotería de cartones al Lito! Cuando volvía de trabajar a la noche, después de cenar, la llamaba a mi hermana también, y jugábamos a la lotería de cartones. A veces mi vieja tiraba la bronca porque se nos hacía tarde y al otro día teníamos que ir a la escuela. Y nos levantábamos temprano porque nos quedaba bastante lejos. La escuela provincial Nº 22. Si le habré jugado a ese número. En sexto grado lo agarré a la cabeza. Me compré la caja de aeromodelismo. Entonces, cuando yo lo llevaba al Lito a tomar un helado, y a veces me paraba a anotar un número, él no se calentaba. Al contrario, había ocasiones en que me marcaba alguno. "El muerto", me señalaba. "El lorito".

Para mejor camina despacio, despacito camina.

O caminaba. Ahora no sé cómo quedará. Yo pienso que va a caminar bien. Aunque él ya andaba con bastón antes de esto. Y no sé cómo se me ocurrió eso de la calesita. Cosas pelotudas que a uno se le cruzan, qué sé yo. El berretín de no haber tenido un pibe, supongo, y llevarlo a la calesita.

Al Lito se le había metido en la cabeza comer una de esas manzanas acarameladas, de ésas con pororó encima. Decía que era para sacarse el gusto de la torta. Porque yo andaba con plata ese día, bien andaba. Y ya lo había llevado a la plaza a reventar globitos y a la confitería a comerse un helado y un pedazo de torta. Pero el Lito es caprichoso, es caprichoso el Lito.

Los viejos se ponen temáticos, hay días que se vuelven obsesivos, pesados. Desde la mañana –él sabe que los domingos a la tarde yo lo saco– ya andaba jodiendo con que quería comerse una de esas manzanas, y que quería comerse una de esas manzanas, y qué ganas que tengo de comerme una de esas manzanas. Se le había puesto. Se le había puesto. Se le había metido en el balero. Y él no puede comer tantos dulces, ya me dijo el médico. Es diabético. Entonces se me ocurrió lo de la calesita. "Subí", le digo. "Subí una vuelta." Se ofendió. Que no, que no, que él ya no era un pendejo para subirse a una cosa de ésas, que le jodía el bastón, que se mareaba, que estaba lleno de chicos. Y era cierto, eso era un pendejerío enorme.

"Subí –le digo– que está la sortija", se me ocurrió al toque. Fue mágico. El juego. Siempre el juego. "¿La sortija?", me preguntó, y se le iluminó la cara.

Era un chico, te juro, porque el Lito es un chico, con sus 83 años es un chico. Lo subí, ayudado por el calesitero, a un elefante anaranjado, una especie de Dumbo. Y a la primera vuelta fue que se cayó. Por agarrar la sortija. Se inclinó demasiado y se vino en banda. A la mierda. ¡Pah...! Al suelo. Se exigió, digamos. Fractura de cadera. Jodida. Fractura jodida. Bah, a esa edad cualquier golpe es jodido.

Dice el médico que tiene para cuatro meses y no sabe si volverá a caminar, pobre Lito. Pero yo estoy confiado. Es fuerte el viejo. Ya está preguntando por las muletas. A mí se me va a hacer largo, porque, parece mentira, pero extraño sacarlo a pasear. Por lo pronto estoy juntando esos plásticos con globitos. Tengo un amigo que tiene una casa de electrónica y me prometió juntarme una parva, de todos los embalajes.

Se los voy a llevar al hospital. Por el momento Lito se entretiene sacándole el troquelado a los remedios. ¿Viste que las cajas de remedios tienen un troquelado que es el que después se presenta para que te reintegren la guita? Bueno. Él les pide a las enfermeras que se los dejen cortar a él. Y con eso se entretiene. Y eso que tiene televisión en el cuarto.

El otro día me dio pena. Me llama así, con la mano, y me dice en voz baja, como habla él: "Es muy redondo el elefante en el lomo". Por eso se cayó. Por eso se cayó. Se resbaló de allá arriba. Yo creo que si lo subíamos a un caballo no le pasaba. Sería que yo estaba furioso con los caballos. Le puse todo lo que tenía a Salamandra en los 1.400 metros de la décima de Palermo y llegó de noche. De noche llegó Salamandra.

SARA SUSANA BÁEZ, POETISA

a Eddie Saltzman

La poetisa rosarina Sara Susana Báez reunía dos negatividades. No era linda. Y no era fea. En su cuerpo pequeño (su altura no superaba el metro sesenta), magro, enjuto, de hombros pequeños y caderas que se ensanchaban impensadamente, se albergaba una personalidad mustia, apocada y dolorosamente tímida. Levantaba –según el pintor Héctor Lavardén– las banderas de la intrascendencia. Nadie, ni siquiera aquellos que la frecuentaban, como el sodero Isidoro Grappiolo o el lechero Gregorio Malca, podían imaginar el cambio que habría de originarse en la poetisa con el paso del tiempo y los avatares del destino. Cambio que la convertiría primero en una de las defensoras del novedoso feminismo, luego en una activista pionera del movimiento ecológico, y por último en un personaje discutible y sombrío reverenciado, pese a todo, por las clases populares.

–Ella comenzó a defender la ecología –asevera el diplomático y escritor argentino Miguel Cané– cuando aún la palabra "ecología" no estaba incluida en nuestro lenguaje.

Pocos saben, asimismo, que Sara Susana Báez ("Sarasu" para sus compañeras de infancia del Colegio Normal 1) fue la creadora de un acertijo infantil y exitoso que, con el tiempo, pasó a convertirse en retruécano doméstico y popular.

–Hoy por hoy –aporta la ensayista Malena Cirasa– dicho

acertijo está fuera de uso, pero en los años treinta era habitual que las madres se lo plantearan a sus hijos, a modo de chanza, ignorantes de quién era su autora: lo consideraban anónimo, sin saber que su creadora era la luego famosísima Sara Susana Báez.

El retruécano "Juan y Pinchame" se publica en la revista rosarina *Recova*, firmado por la Báez, quien tenía a su cargo ese mínimo espacio en la contratapa titulado "Diversión para todos", el 17 de enero de 1923.

"Juan y Pinchame se fueron a bañar –dice el acertijo–. Juan se ahogó. ¿Quién quedó?" Casi siempre el niño o niña interrogado contestaba "Pinchame", invitando a su progenitora a que le infligiera un inocente pinchazo con un objeto agudo.

Inesperadamente, a juicio de Juan Luis Canosa, biógrafo de la Báez, la publicación es el detonante que desencadena un cambio radical en la personalidad de la poetisa.

Una autotitulada Comisión de Madres de Pueblo Alberdi condena el acertijo, considerándolo una puerta abierta al maltrato infantil. Y la Iglesia desaconseja su repetición, especialmente ante los niños, porque el vocablo "pinchame" es equívoco y se presta a interpretaciones erróneas.

Por primera vez, entonces, Sara Susana Báez sufre la bofetada de la condena pública. Hasta el momento (ya tiene veintidós años) su escaso aporte a la poética había sabido siempre a delicioso néctar. Le otorgaron en 1919 un merecido galardón literario por su poema "El quinoto", égloga descriptiva, minimalista, aguda y tierna, donde ya despunta, según Canosa, su espíritu ecologista.

Algo se quiebra en el alma de la poetisa Y su actitud, habitualmente sobria y desabrida, empieza a mostrar aristas combativas. Deja de usar sombreros encasquetados hasta las cejas, abandona los tules que ensombrecen su mirada y comienza a dotar de brillos coloridos –carmesí, púrpura, cadmio– sus labios finos y apretados. Sus ojos, usualmente opacos e inexpresivos ("Dos nísperos" los define Amelia Sosa de

Lizárriturri, su amiga de infancia), adquieren una vivacidad singular que la acerca, riesgosamente, al estrabismo. Son ojos pequeños, redondos, hundidos bajo dos arcos superciliares avanzados, que obran como alero gaucho sobre su mirada. "Ojos de mono" dirá, por radio, sin merced alguna, el crítico venadense Atilio Núñez, su histórico detractor. Opinión reforzada por la del poeta italiano Renzo Astegiano cuando, de paso por Rosario en el verano del 24, y hablando de la Báez, tras conocerla en una lectura de poemas en el Bar Sunderland, sentencia: *Sembra una scimmia*, crueldad que la musicalidad del idioma del Dante no suaviza.

(*N. del E.*: "Parece una mona".)

Y es en otra lectura de poemas donde Sara Susana Báez se define, ya, como transgresora y contestataria aun admitiendo que lo hace a niveles ínfimos en relación a los que alcanzará luego.

Lee, el 8 de octubre de 1925 en el Círculo de Lectores de la calle España 1321, el poema "La casada infiel" de García Lorca, en voz alta y con ademanes.

Se produce un gran escándalo. Por la elección del poema (Báez aduce un homenaje al gran poeta español, ante su visita al país, anunciada para 1933) y, fundamentalmente, por los ademanes que son considerados "ofensivos, innecesarios y vulgares" según el diario *La Capital*.

Trasciende que, algunas oyentes, al llegar a aquello de "...y yo me la llevé al río creyendo que era mozuela...", perdieron el sentido o cayeron en trances hipnóticos o epilépticos.

La Iglesia, a través del cardenal Lopresti, califica la actuación de Báez como "demoníaca".

Otra ruptura se produce, entonces, en la conducta de la poetisa. Ha sido alumna ejemplar en el secundario de la escuela de monjas "El Verbo Encarnado". Ha estado a punto, incluso, a la edad de trece años, de convertirse en "carmelita descalza", ingresando a la abadía de Victoria, idea que descarta por temor al resfrío. Ha aprobado, incluso, el castigo que la Iglesia hace caer sobre su tío Edgardo, panadero, por el uso de la levadura. Es sabido que la Iglesia, a mediados de 1918, condena enérgicamente la inclusión de levadura en la elaboración del pan. El cardenal Lopresti reiterará a Radio Cerealista que "los panes deberán ser hechos tal cual fueron hechos en épocas sagradas, abominando de artificios vanos que engrosen su figura".

No obstante, ahora, en 1925, cuando la autoridad eclesiástica la apercibe por la lectura de "La casada infiel", Sara Susana Báez sufre una crisis moral, ética y religiosa. Asoma una rebelde. Para colmo, ha empezado a sorprender, mostrándose con relaciones masculinas. Por siempre solitaria, o acompañada por amigas sosas o bobaliconas, comienza a exhibirse en tés canasta o saraos acompañada de algunos señores frágiles y poco atractivos. Sin embargo, pronto todos sabrán que hay algo en ella, un fulgor interno, una llama oculta, que crecerá y atraerá a los hombres de allí en más, hasta incinerarlos en su fuego.

De esa época iniciática en las lides de la conquista sólo trascenderá, sin embargo, uno de sus galanes acompañantes, un austero Contador Público Nacional, llamado Hernán Paredes. Atilio Núñez, el acerbo crítico literario, rápido e insidioso, no tardará en calificar a Sara Susana como "La enamorada del muro", elaborando un ingenuo juego de palabras con el apellido del galán y —en la mención de la enredadera— haciendo referencia a los desvelos ecológicos de Báez, considerados snobs y ridículos por aquellos tiempos.

—Al igual que la enredadera en cuestión —destilaba veneno el crítico—, Báez es invasiva, trepadora, parasitaria y de aroma desagradable.

Había trascendido, por cierto, el gusto de la poetisa por los perfumes balsámicos. Y solía asistir a las fiestas con un escapulario relleno de alcanfor, cardamomo o lavanda. O bien luciendo, colgada de su cuello, una bolsita de fieltro que contenía azafrán.

"Para la envidia", lo justificaba ella, ya más mordaz y beligerante, no muy dispuesta a dejarse doblegar por las críticas, literarias o de cualquier tipo.

Y las críticas iban a caer sobre ella, a poco andar, torrencialmente, desde todos lo ámbitos y desde todos los estratos.

En septiembre de 1926 concurre a la iglesia María Auxiliadora para anunciar, en el secreto de la confesión, que abandona la creencia. Piensa devolver, incluso, la hostia que le fuera dada en su Primera Comunión y que ella no consumiera, ocultándola entre sus ropas durante toda la ceremonia.

—Sarasu tenía temor a engordar —narra su amiga de adolescencia y compañera de banco, Eloísa Stoisa, en su libro *Temor a engordar*—, con lo que debemos considerarla, también, la precursora de la anorexia.

Los acontecimientos se precipitan. El padre Matías, que es quien recibe la noticia del renunciamiento religioso de Sara, se enamora locamente de ella.

—El verla a través de los orificios del confesionario —revelaría luego, en rueda de ex pecadores— acrecentó su misterio, su atractivo. Supe que debería devolver esa mujer a la fe. Y me fui con ella.

La pareja se marcha a vivir a un pensionado de la calle San Lorenzo al 2000, donde recibe el beneplácito de algunos y la animosidad de la mayoría. La Iglesia, por supuesto, se expide con dureza entendible. "No pedimos para ellos —publica el dominical *Aureola Ígnea*— ni el castigo ni la admonición. Sólo anhelamos que ardan por siempre como teas en el más profundo de los infiernos".

Para colmo, Sara Susana Báez dobla la apuesta. Declara un día a LT2 que, con el padre Matías, ya un civil raso, liso y llano, han pensado tener un hijo. Una semana después la misma poetisa manifiesta, por la misma radio, en el programa "Letras y Litros" dedicado a la poesía y presentado por una firma de agua gasificada, que lo han pensado mejor y que, con Matías, han dejado el proyecto de la descendencia para tiempos más propicios. La agrupación fundamentalista

"Madres Abnegadas" la acusa de abortista, argumentando que un hijo comienza a ser considerado una criatura viviente desde el momento en que se imagina su engendro, previo aún al embrión.

La Iglesia, por su parte, por intermedio del cardenal Lopresti, condena el agua gasificada puntualizando que elementos naturales divinos como el agua y el aire no deben ser manipulados por simples mortales.

Pero Sara Susana comienza a alcanzar, en su figura pública, ribetes de idolatría, germen constante de enorme repercusión y debate.

Para fines de 1926 ya ha abandonado al ex padre Matías, y publica uno de sus libros más sonados, *Por las barbas del profeta*, donde acuña aquello de "Por las barbas del profeta descienden, tenues, los reflejos azulinos de su acicalada mano". Y allí incluye uno de sus poemas más famosos, donde retoma su exaltación de la naturaleza y su sensibilidad por los perfumes: "El aromo", que dice: "Aromo que aromas de aromático aroma, ¿aromarás también el amor que, amoroso, aroma el lecho mío?".

Nadie quizás, hoy en día, puede imaginar lo que significaba para el pueblo la poesía en aquellos tiempos. Las lecturas de versos congregaban multitudes, las visitas de vates famosos sacudían a la fuerzas vivas, concitaban la atención pública y eran esperadas con incontrolable ansiedad. En febrero de 1927 el teatro Broadway, aún hoy en calle San Lorenzo entre Mitre y Entre Ríos, anuncia el recital poético conjunto de las tres grandes divas del momento: la rosarina Alfonsina Storni, la chilena Gabriela Mistral y la uruguaya Juana de Ibarborou. "El sueño bolivariano de la conjunción americana —exagera Aurelia Lo Celso en *La Tribuna*— hecho poesía".

Pese a las quejas de algunos sectores ultraconservadores de la sociedad, los organizadores del evento consideran atinado incluir en el programa la intervención de Sara Susana. La respuesta del público ante este número agregado a último momento desata la locura colectiva. Se forman colas de diez cuadras para conseguir entradas. Elvio Cechini Cabal, dueño de la sala, se asombra.

—Sólo dos acontecimientos han generado tanta expectativa —apunta—: la llegada del dirigible *Graf Zeppelin* y la aproximación del cometa Halley.

Cientos, miles de mujeres desenfrenadas pernoctan desde una semana antes en las veredas cercanas al teatro, clamando por localidades. Son las mujeres que intuyen en Sara Susana la figura de una adalid, una mente mentora, un faro de luz esperanzadora en medio de las tinieblas del machismo pacato de la sociedad rosarina, que ha enaltecido, por ese entonces, la figura bestial de un astro de la lucha grecorromana, Naum Jacobson, "La montaña rusa", como epítome de la ciudadanía.

Esa noche inolvidable, la del 14 de junio de 1927, Sara Susana Báez estremece al auditorio con su atrevido poema "Eso que tienes allí", crudo, casi procaz, sarcástico, dirigido a una región recóndita y reconocible de la figura masculina. Una vez más, Atilio Núñez la destrozará luego con sus críticas. "Grosera hasta lo nauseabundo", titulará su columna, advirtiendo que la Báez ha resignado su ya de por sí insignificante ingenio en busca de un efectivismo indignante y turbio, propio de las mujerzuelas del Bajo.

Ajena al academicismo, la audiencia, esa noche, enrojece sus palmas con el aplauso y enronquece vivando a Sara Susana. La poetisa aparece en escena toda vestida de negro, luego de las festejadas salidas de Gabriela Mistral y Alfonsina Storni. Algunas autoridades, figuras señeras de la ciudad, pensarán luego que lo de la Báez obedece sólo a razones de divismo histérico o a un ramplón intento de escandalizar, recitando las estrofas de versos tan ácidos contra la imagen masculina.

—Ellos ignoraban —justifica su amiga Adriana Lamanuzzi— que Sarasu acababa de sufrir la ruptura con su último amante, el jockey local Ireneo Buenaventura, quien decidió dejarla por encontrar ese amor incompatible con su otra pasión, el turf. Sarasu clamaba por domingos compartidos, su único día libre, e Ireneo ocupaba ese tiempo entre la primera y octava carrera del Parque Independencia.

La Báez no podía concebir que un hombre, casi enano para colmo, la abandonara por Tinta Roja, una potranca ganadora que al año siguiente se mancaría para el Nacional. "Esa yegua", la definía, intratable, la poetisa.

Nadie pudo prever los acontecimientos que iban a desencadenarse esa noche en el teatro Broadway. Tras cuatro bises, opacando la actuación de sus consagradas colegas, la Báez anunció el fin de su presentación. El reclamo del público fue apoteótico. E intentaron, en su desenfreno, quemar el teatro. Juana de Ibarborou no perdonaría nunca a la Báez este desenlace. El número de la uruguaya, cierre del espectáculo, se suspende por la necesaria irrupción de los bomberos e improvisados ayudantes civiles que arrojan arena y agua sobre los telones en llamas. Hay gente que, desaforada, huye a la calle en desordenado tropel. Dos personas mueren, atropelladas por el tranvía 27, cuyo paso nadie había previsto interrumpir. La misma Báez es puesta a salvo por el capitán de bomberos Tiburcio Benzadón, que la saca de entre las llamas sobre sus hombros, casi asfixiada, y la arroja en un palco.

El saldo luctuoso, inflama, paradójicamente, la fama de Báez. Comienza a ser contratada en todas partes, las salas teatrales de más prestigio compiten por contar con su presencia. Viaja a Chile, al Uruguay, a Martín García, isla independiente por aquellos días. Perspicaz, Sara Susana aprovecha su notoriedad para ponerla al servicio de sus ideales. Cuando la Municipalidad de Rosario anuncia la instalación de una nueva línea de tranvías a partir de calle Uriburu, Sara Susana sale en defensa de un palo borracho que debe ser talado para permitir el paso del rugiente y novedoso vehículo eléctrico.

—El mal entendido progreso —ruge la Báez, en una entrevista radial con el periodista Gary Vila Ortiz— que privilegia la dureza del metal a la blandura nívea de las flores de este árbol.

Báez llama a la ciudadanía a "un abrazo simbólico" al árbol

amenazado. Dos escolares y una adolescente se hieren malamente al clavarse, durante el abrazo, las gruesas y vigorosas espinas del palo borracho. Pero la Báez ya ha caído en la vorágine que le marca su destino. No tiene la cortesía de lamentar los hechos, de agradecer a quienes la apoyaron, de visitar a los heridos, de consolar a la anciana vecina de calle Oroño que permanece dos meses internada con una espina del árbol clavada en el entrecejo, como invertido unicornio, en el hospital Clemente Álvarez.

Ella ya había entrado en el vértigo —señala su biógrafo Juan Luis Canosa, cariacontecido.

De allí en más todo se sucedería veloz y desordenadamente.

La Báez se torna cada vez más creativa y cada vez más provocadora. Plantea ideas llenas de originalidad e ingenio llevando a cabo emprendimientos artísticos absolutamente novedosos para la época. Acuerda con el poeta santafesino José Pedroni que éste arroje sus escritos al río Santo Tomé, dentro de una damajuana tapada herméticamente, para que sean recogidos en el puerto de Rosario por Sara Susana. Luego la Báez retribuirá de igual forma con sus versos al poeta santafesino.

Miles de personas se agolpan el 12 de octubre de 1930 en las riberas del río, sobre el centro de la ciudad, donde ahora se levanta el Monumento a la Bandera, para recibir la damajuana con el envío.

Las autoridades y la Banda de la Policía jerarquizan el momento con su presencia. A la vista del preciado envase hay llantos, vítores y emociones desatadas. Pañuelos y fuegos de artificios. Dos eximios nadadores del club Regatas, Plinio Delfín Domínguez y Eusebio Nolan, cubiertos de aceite, se lanzan a las aguas y rescatan el envío. Pedroni, con la poca practicidad que caracteriza a los poetas, no ha cerrado bien la damajuana. Pero, en los amohosados papeles, pueden aún leerse palabras sueltas: "...doradas... moncholos... madrépora..." y fragmentos de otras: "...stóricas... onentes", etc.

El experimento de Sara Susana es un éxito.

Menor suceso tendrá la segunda parte, su respuesta. Ella misma, una semana después, lanza una botella con sus poemas al río y la caprichosa corriente no la eleva hacia Santa Fe sino que la empuja al sur, hacia Buenos Aires, el Río de la Plata, el mar.

Intentará la misma relación luego con Horacio Quiroga, residente en Misiones. Pero en lugar de un botellón conteniendo la acalorada prosa del autor de "A la deriva", sólo llega un camalote ocultando un cocodrilo.

Sin proponérselo, la poetisa rosarina, para 1932, es una mujer de fortuna, acaudalada. Sus libros se venden como pan caliente, le pagan cifras millonarias por sus presentaciones teatrales, se comercializan enaguas con su nombre. Entonces sucede lo inesperado, la fatalidad cruza el camino de la poetisa.

En un arranque de modernidad, seducida quizás por su éxito, se compra un auto. Al día siguiente, atropella un perro.

—Esa muerte injusta, torpe —rememora Etelvina De Negri, su manicura personal durante una década— hace el efecto de un shock emocional en Sara. Siente que ha traicionado la causa de la ecología. Sufre una durísima crisis. Advierte que el dinero y los placeres que éste permite la han mareado hasta el punto de hacerle perder sus reales objetivos. En un arranque demencial quema todos sus vestidos y arroja todos sus perfumes —tenía cientos— al río Carcarañá. Y el destino parece enardecerse con ella. Días después, en las costas del Carcarañá, aparecen miles de pescados muertos, envenenados por la cosmética.

—Eso la destrozó —gime De Negri.

La parte más reaccionaria de la sociedad rosarina aprovecha el infausto suceso para cobrarse cuentas atrasadas.

—La Defensora de la Naturaleza —titula el diario *La Tribuna*— aniquila dos especies ictícolas.

—Lo que *natura non da* —se ensaña el inefable Atilio Núñez— Chanel 10 *non presta*.

La Iglesia condena el hecho. El cardenal Lopresti reafirma el respeto que debe guardarse por los peces. "Los panes y los peces —recuerda, refrescando el pecado de la levadura— no se alteran".

La Báez, acongojada, culposa, se oculta en la casa quinta de un amigo. Hasta allí habrá de ir a buscarla un personaje que ya ha irrumpido dramáticamente en su historia, el capitán de bomberos Tiburcio Benzadón, el mismo que la rescatara de las llamas la noche del principio de incendio en el Broadway.

—Benzadón no fue a buscarla en ejercicio de sus funciones de policía —declararía luego en conferencia de prensa el comisario Justo Braña, superior de Benzadón— sino a título personal como amigo y admirador de la señorita Báez. El sargento no podía ocultar que se había enamorado de ella desde la noche del Broadway, silenciosa y tímidamente. Leía incluso los versos de la señorita Báez en las barracas del cuartel, convirtiéndose a veces en el hazmerreír de sus compañeros ya que, convengamos, los bomberos no solemos ser personas ilustradas.

Báez, en la semipenumbra del atardecer, se asusta de la figura oscura del sargento que se acercaba, atisbándola desde una ventana de la casa de Timbúes.

—Quiso asustarlo —procura justificarla su biógrafo, Juan Luis Canosa.

Sara Susana toma una escopeta y, sin pensarlo, obnubilada, descarga al bulto sus dos cartuchos. Luego otros dos. Y finalmente otros dos. Después otros dos.

—Tal vez ella se asustó también —teoriza Canosa—. Ese hombre con capote y casco en la oscuridad. El hacha. Esa manguera que bien podía confundirse con una víbora.

Sara Susana Báez ya está fuera de la ley. La desgracia, la sinrazón, el acaso, la han lanzado a la marginalidad y el delito.

La sociedad argentina toda, los cenáculos intelectuales, las capillas literarias, no salen de su asombro. El horrendo crimen contra el servidor público desata la repulsa sobre la Báez. Todas las fuerzas del orden se lanzan tras ella.

—No quiso hacerlo —insiste Canosa—. Seguramente procuró tirar al aire, amedrentar al intruso.

Crónicas de la época arriesgan algunas hipótesis sobre el posterior paradero de la poetisa rosarina. La que encierra más verosimilitud porque se basa en testimonios presenciales y anónimos, cuenta que Sara Susana Báez, tras la muerte del bombero, cruza a nado el río Carcarañá esa misma noche y se oculta en las cuchillas entrerrianas. Le dan refugio y cobijo allí, según el diario *El Trompeta* de Gualeguay, los hermanos Abrodo, delincuentes de larga fama que asolaban la región desde hacía una década.

Con el tiempo, por capacidad, por educación, por conocimiento de la sintaxis, Sara Susana se convierte en cabecilla de la banda, que también integran cazadores de jabalíes, nutrieros y acordeonistas conversos. Las páginas policiales de 1937-1939 hablan de asaltos a estancias, poblados y casas de salud. Sara Susana Báez, la poetisa, pasa a ser, para los pobladores entrerrianos "La petisa Báez", bandolera rural, delincuente buscada por la Justicia, precursora de la marginalidad femenina. Se cuentan historias, sin embargo, de sus actos de generosidad para con los humildes, de su accionar impiadoso con los ricos, de gestos de crueldad innecesaria con los uniformados. Leyendas, anécdotas de difícil comprobación, relatos populares.

Nadie sabe dónde, cómo y cuándo muere Sara Susana Báez. Pero en Entre Ríos, hoy por hoy, suelen encontrarse santuarios populares, muy precarios, preferentemente bajo los palos borrachos, donde los naturales saben dejar modestos rollitos de papel con sencillos versos escritos por ellos mismos en homenaje a Sara Susana.

EL PENSADOR

Fue el periodista rosarino Gerardo Bisbal el que lo bautizó "El Pensador". Había elaborado posiblemente alguna ligazón entre "El Pensador" de Rodin y "El Pensador" de Roldán, localidad donde había nacido Víctor Manuelli un 14 de mayo de 1944. Pero, en realidad, a Manuelli le decían "Cabezón" por un detalle por demás explícito: su cráneo era considerablemente más voluminoso que lo normal.

–Por otra parte –recuerda Leopoldo Entreconti, entreala derecho que jugó junto a Manuelli casi cinco años– tenía una frente muy expandida, con dos senos frontales algo protuberantes con lo que parecía prematuramente calvo sin serlo porque el cabello recién aparecía muy arriba, pero era un cabello negro, tumultuoso, montaraz.

Las fotos de la época, cariñosas fotos tomadas por cámaras familiares, mostraban a un Manuelli flaco y desgarbado, posando junto a sus compañeros de octava división, con una mirada penetrante, exagerada por la sombra que proyectaba sobre los ojos un par de arcos superciliares en voladizo, dándole un vago parecido a Beethoven.

–Yo bauticé a Manuelli "El Pensador" –afirma hoy por hoy un Gerardo Bisbal ya anciano, atacado del mal de Parkinson y algo senil– porque se había generado una controversia en torno a si los números 10 eran una especie en extinción o no.

Ya nadie sabía si se los debía denominar "enganche", "creativo", "organizador" o qué. Yo, entonces, en un partido contra Gimnasia y Esgrima de Tres Arroyos lo bauticé "El Pensador" porque pensar era su función dentro del equipo. Y así le quedó, al menos dentro del ambiente periodístico. El público, sus compañeros, insistían en llamarlo Cabezón, lo que a mí me hería profundamente. Es más, el día en que Manuelli, en una emisora colega, declaró que él prefería que le dijeran Cabezón o Cabeza, en lugar de "El Pensador", fue cuando a mí se me inició este temblor en la mano derecha que aún no me ha abandonado.

A partir de su aparición en Primera, las opiniones sobre el juego de Manuelli fueron encontradas. Mientras algunos privilegiaban el elogio por su accionar pausado y reflexivo, otros, los más críticos, lo definían sin ambages como "calesitero". "Calesitero" es, para quienes no tienen un contacto más cercano con el fútbol, el calificativo que la picardía del hincha ha acuñado para endigarle al que da vueltas y vueltas sin soltar la pelota, girando como una calesita.

—Yo no gambeteo para eliminar rivales —explicó una vez Manuelli al diario *Crónica*, a poco de su debut y dejando vislumbrar ya una incipiente capacidad reflexiva—. Yo gambeteo para no perder la pelota, para evitar que me la quiten, yo gambeteo para escapar.

—¿Por qué? —le pregunta el periodista.

—Porque yo necesito tiempo para pensar. Para pensar la jugada. Pensar es lo que nos diferencia de los animales.

Un reportaje para la televisión, atesorado hoy en día por familiares cercanos, muestra en un estudio de Canal 5 a un Manuelli calmo, de hablar pausado, pero abrumado, como agobiado por una responsabilidad mayúscula.

Valeriano Gamuza, conductor del ciclo, le preguntó entonces:

—¿Por qué se te nota tan agobiado, Víctor?

La prescindencia del mote "Cabezón" por parte del periodista parecía contradecirse con la informalidad del tuteo, pero vale consignar que en esa época Víctor Manuelli era muy joven: tenía apenas 22 años, lo que podía justificar la confianza.

—Porque yo soy el que debo tallar el diamante —respondió, ácido, el muchacho, desconcertando notoriamente a su interlocutor.

—Ocurre esto —continuó Manuelli luego de una dolorosa pausa, siempre serio y contrito—. Mis compañeros, mis diez compañeros, tienen la misión de correr, matarse y sacrificarse para recuperar la pelota. Marcan, persiguen, forcejean, se tiran a los pies, se raspan, se lesionan, se lastiman, para quitarle la pelota al adversario. Luego, tienen la orden de dármela a mí, para que yo invente la jugada de gol, para que yo cree algo positivo, para que yo meta la pelota por un agujerito, por un desfiladero de piernas y deje a alguno de nuestros delanteros en posición de gol. Ellos consiguen el diamante en bruto bajo la tierra, arriesgando el pellejo en el socavón de la mina. Y yo soy el que debe tallarlo, aplicarle el golpe de lezna justo para convertirlo en una joya de valor multimillonario, cuidando de aplicarle el impacto exacto para que no se haga añicos y se pierda el esfuerzo de todos.

Ése, uno de los primeros contactos de Manuelli con la televisión, dejó en claro que no era un futbolista de tantos, que era distinto, diferente.

—Pero más en el plano de la palabra, de lo conceptual, que en el campo de juego —aclara Sebastián Fiori, quien fuera por casi una década utilero de Central Córdoba—. Dentro de la cancha era un buen jugador, un jugador criterioso, pero nunca alcanzó la estatura de un crack. Era, eso sí, un muchacho con panorama, de cabeza levantada, condición que había adquirido de adolescente cuando se cayó de la terraza de su casa jugando con el perro.

Fiori señala que aquel accidente, producto quizás del particular desequilibrio que sufría Manuelli por el bamboleo de su cabeza abultada, le ocasionó la luxación de dos vértebras cervicales, la cuarta y la quinta, por lo que debieron instalarle una cuellera ortopédica fija, una escayola, la conocida minerva, para inmovilizarle la zona. Con ese aparato hizo casi todas las inferiores, por lo que adquirió el hábito de jugar con la vista alta y la cabeza enhiesta. "Jugador de cabeza levantada", lo calificaron, de inmediato, tanto sus técnicos como sus médicos.

—Pero lo que atormentaba era la responsabilidad —reitera Jorge Román, quien fuera uno de sus Preparadores Físicos—, el compromiso ante sus compañeros de aprovechar al máximo las pelotas que ellos, con enorme sacrificio, le confiaban tras haberlas recuperado.

—Es que yo no corro, abuela —cuentan en la familia que Manuelli solía decirle a la madre de su mamá—. Tengo orden de no correr para que mi cerebro esté fresco, listo y lúcido cuando reciba el balón. El cerebro piensa mal cuando se fatiga. Entonces, mientras mis compañeros trajinan y sudan sangre procurando conseguir la pelota, yo espero limpio y atildado, sin transpirar, sin ensuciarme, a que llegue el juego para inventar entonces un pase maravilloso, sorpresivo, agudo, que ponga al equipo al borde de la conquista. Cuando no lo logro —Manuelli se mordía los labios, al borde del llanto—, cuando no lo logro, siento que los he traicionado, que he dilapidado todo ese esfuerzo, abuela, siento que soy el zángano de la colmena. Recuerde que yo soy quien debe tallar el diamante, abuela.

En esas ocasiones la abuela, dicen, no atinaba a contestar palabra. Porque no entendía mucho de fútbol, porque no entendía el castellano ya que sólo hablaba el dialecto sardo natal y porque para ese entonces había perdido completamente el oído.

Pero a Manuelli le bastaba. Le bastaba la atención de su abuela, su voluntad de escucharlo y la paciencia obrando como bálsamo sobre el futbolista que, cuando su inspiración no se encendía en el Gabino Sosa, oía de parte del público epítetos tales como "vago, haragán, indolente, pachorra, cagón, puto y pecho frío".

Y paradójicamente, su rasgo pensante, su perfil de intelectual del fútbol, no encajaba con sus orígenes, orígenes muy humildes en Roldán, y su crecimiento en una familia de trabajadores inmigrantes provenientes de Cerdeña.

—Había otra presión adicional sobre el Víctor —agrega su tío Bruno, quien también fuera futbolista de la Liga Venadense—. Cuando empezó a despuntar su gusto por el fútbol y quedaron en claro sus posibilidades de llegar a ser profesional, mi hermano, Cadmio, reunió a la familia y les dijo: "Vamos a colaborar todos para que Victorcito llegue a Primera. Porque es su vocación y, tal vez, el día de mañana nos mantenga a todos con un contrato monumental".

Y fue así que, durante más de 10 años, mientras todos los hermanos de Víctor, mis sobrinos, que eran ocho, salían de madrugada a trabajar a la fábrica, o a ordeñar vacas, o a carpir la chacra, el Víctor se iba con una pelota Pulpo de goma hasta un baldío vecino y se pasaba las horas pegándole con las dos piernas contra una tapia. Porque el Víctor no es un intelectual. Eso del diamante lo dice porque, la única vez que fue al cine, de chico, fue a ver *Las minas del rey Salomón*, que creo trataba de eso.

En su segundo año en Primera, Manuelli acrecentó su imagen de jugador tan cerebral como martirizado por el compromiso, ante los compañeros. Pero reafirmó, blanqueó o justificó el ambicioso mote de "El Pensador" que le pusiera Bisbal en la descripción que hizo de uno de sus logros tras un partido vencedor frente a Los Andes.

—Yo había visto que Maderna, nuestro lateral derecho —relató Manuelli, cansado pero conforme—, había pasado al ataque apenas yo recibí la pelota. Empecé a girar con ella procurando que el cinco de ellos no me la quitara y escuché el grito del nueve nuestro picando al vacío. También lo había visto al ocho mío quedándose atrás, por lo que no podía contarlo en ataque y reafirmaba la subida del cuatro, dado que nuestro ocho lo relevaba. Tras el tercer giro sobre mí mismo vislumbré que el once nuestro también trepaba por su punta, que el ocho de ellos bajaba y que el central derecho seguía a mi nueve. Dos segundos después, calculé que mi cuatro ya estaría llegando al área, eran las

15.30 aproximadamente, y que el nueve se habría encimado con los dos de ellos. Vi entonces, cuando ya el siete de ellos también me corría tirándome patadas, que el seis de Los Andes volvía del córner por lo que no estaba en su posición. Intuí, por lo tanto, que el tres de ellos, Celoria, se había cerrado a la posición de seis, descuidando su punta, ya que lo conozco personalmente y es un tipo serio y responsable en la marca. Eran las 15.32 y ya mi cuatro estaría pisando el vértice derecho del área grande: conociendo a Kremer, el once de ellos, que no es afecto a la marca, supe que llegaba desmarcado. A esa altura, ya me corrían el cinco, el siete y el ocho de Los Andes pegándome codazos y agarrándome de la camiseta. Simulé irme hacia la izquierda como buscando habilitar al nueve que, según mi cálculo —eran las 15.32 con 55 segundos—, ya estaría en *offside* y metí un zurdazo cruzado para mi cuatro, sin mirar, porque sabía que estaba en posición de gol. Y estaba. Y fue gol. Y ganamos.

Poco a poco, sin embargo, Manuelli iría abandonando esa propensión a explicar tan detalladamente sus jugadas, y su discurso, por así decirlo, tomó un rumbo más profundo, más meditado y, en suma, más preocupante,.

—¿Qué sintió —se apresuró a preguntarle un sábado el periodista Agustín Milanesio, tras una tarde poco fructífera— cuando todo el público del Gabino se unió para insultarlo de arriba a abajo?

—Pienso —contestó, muy abatido, Manuelli— en la conducta del hombre-individuo con respecto a la conducta del hombre-masa. En la pérdida de valores, la confusión de roles, y en cómo la presión de la competencia induce al hombre a ser el lobo del propio hombre insertándolo ya en el hombre-manada, como dijera Hermann Hesse.

Ya a esa altura del campeonato, cualquier observador común podía vislumbrar dos cosas: la mayor atención y, por consiguiente, marca que prodigaban los rivales a Manuelli, el pensador de Central Córdoba, y la creciente angustia que éste sentía ante la multiplicada dificultad que su función encontraba.

Cada vez que su tarea culminaba en fracaso, cada vez que su imaginación, creatividad y empeño no se traducían en el pase de gol y, por ende, en victoria, su estado de ánimo se tornaba más y más lúgubre.

—Pido perdón a mis compañeros —jadeó una vez al final de un partido, frente a las cámaras—. Pido perdón a mis compañeros por no haber podido darles lo que ellos se merecen... Por no haber podido devolverles... —y su voz se quebró, se tapó la cara y no se sabía si las gotas que corrían por sus mejillas eran transpiración o llanto—. Hasta la victoria siempre —alcanzó a culminar—. Patria o Muerte, compañeros...

La tarde fatal fue la del 8 de junio de 1968, en un partido contra Platense.

Un encuentro que podía significar para cualquiera de los dos equipos ingresar en la Liguilla Clasificatoria.

El conjunto calamar dispuso una marca escalonada de cinco defensores sobre Manuelli, sabiendo que no quedarían desairados ante un toque de primera del Pensador, puesto que éste, precisamente, no jugaba de primera dado que necesitaba tiempo para reflexionar la jugada.

—El intelecto —había declarado a la revista especializada en imagen y psicoanálisis *Lombroso*— necesita tiempo. Todo proceso intelectual necesita un lapso prudencial de sondeo de posibilidades, de sopesar opciones. La urgencia, en definitiva, conspira contra el grupo. La capacidad de pensar es lo que nos diferencia de los animales.

El primer tiempo de ese partido trascendental contra Platense fue torturante para Manuelli. Cada vez que lograba entrar en contacto con la pelota, surgía el grito enérgico y estentóreo desde el banco rival:

—¡No lo dejen pensar! ¡No lo dejen pensar!

Acosado por una jauría de marcadores, perdió una a una y sucesivamente, dieciocho pelotas que le fueron entregadas.

Al punto que, sobre las postrimerías de ese primer tiempo, Walter Santana, técnico que había asumido su cargo sólo dos fechas antes, abandonó el banco de suplentes y le gritó, para que todos oyeran:

—¡Una por favor! ¡Haga una! —reafirmando el pedido con un dedo índice en alto—. ¡Sus compañeros se están rompiendo el culo para permitirle a usted crear y usted no crea un carajo! ¡Una, haga una! ¡Por Dios y la Virgen Santísima se lo pido!

En el segundo tiempo, Manuelli no salió al campo de juego. Nadie se extrañó ni lo extrañó. Advertidos todos del fastidio del Director Técnico, supusieron que éste había decidido su lógico reemplazo.

Entró Pedroletti y el partido continuó como si nada. Sin embargo, la noticia corrió entre la hinchada, a través de las radios que muchos escuchaban procurando conocer la suerte de los otros candidatos: Tigre y Defensores de Cambaceres.

—¡Se suicidó Manuelli! —circuló, entre gestos de estupor, la trágica noticia.

—¡Se suicidó Manuelli, se suicidó Manuelli!

Luego, finalizado el partido que no se suspendió porque el espectáculo debe continuar, un consternado vocero del club arrimó más detalles a la prensa.

—Se tomó un frasco entero de aceite verde —refiriéndose al líquido tonificante para calentar los músculos—. Se metió en un baño, diciendo que estaba descompuesto y, lejos de la vista de sus compañeros, se tomó el frasco.

Dejó también un papel, que seguramente halló en el baño, pidiendo que lo perdonaran, suplicando al equipo que siguiera jugando y realizando una sesuda explicación de la evolución del hombre desde la época de las cavernas hasta la Revolución Industrial, sin olvidarse de alertar sobre el peligro que representa el consumismo para un desarrollo emocional pleno.

Al partido siguiente, contra Sarmiento de Junín, hubo un minuto de silencio y en lugar de Manuelli jugó David Valiente, un chico que venía del Club Ludueña y que anduvo bastante bien.

EL FLACO, AMIGO DEL DALI

Pedro, por ejemplo. Yo a Pedrito lo conozco desde hará unos siete años y no sé de qué trabaja. Puede parecer exagerado con una persona que uno ve todos los días, pero es así. Lo que pasa es que en las mesas de boliche se da esta situación, no se habla mucho de lo que uno hace o de qué trabaja, o con quién vive, si es casado, soltero, o tiene hijos y esas cosas.

Yo, de Pedro, por ejemplo, creo que trabaja en una empresa de seguridad, de ésas que trasladan valores en camiones blindados y esos asuntos. Le digo porque un día me acuerdo de que lo escuché comentando algo de eso con el Chelo, le dijo que él trabajaba ahí, como si yo le dijera Juncadella, una empresa de ésas. Porque incluso me llamó la atención que hablaban de armas, que tal tipo de pistola, que tal tipo de revólver, qué sé yo, hablaban de las armas.

A Pedro, eso es verdad, le gustan mucho las armas y suele hinchar las bolas con ese tema. Va al Tiro Federal a tirar y todo. Pero de este otro, el Flaco Raúl, yo no tenía ni la menor idea de lo que hacía. Lo había traído a la mesa el Dali, venía con el Dali, y casi no participaba de las charlas, siempre callado, tímido, sonriendo a veces desde la punta de la mesa, silencioso. Alto y flaco, de barbita rala, con anteojos, siempre vestidito formal, prolijo, casi no se lo oía.

Pero ese día llegó y yo estaba solo en la mesa. Creo que

fue un día en que jugaba Ñuls a la noche entonces algunos de los muchachos se habían ido a la cancha. Y lo que me sorprendió es que este Raúl, el Flaco, venía de impermeable, un impermeable negro, bastante largo. Y no llovía. Ni había llovido tampoco. Me dio la impresión de que ese muchacho –yo le digo muchacho pero debe andar casi por los cincuenta, un poco mayor que yo– se sintió algo incómodo cuando me encontró a mí solo en la mesa. Incluso miró desde la puerta de La Sede, campaneó para adentro e hizo como que se iba. Pero habrá pensado que era medio descortés si se iba porque era como decir "No, vos no me interesás" y se las tomaba. Entonces entró.

Le cuento que es un tipo afable, puntilloso, comedido digamos, y seguro que consideró que lo menos que correspondía era acercarse. Vino, me preguntó por Dali, le dije que no estaba y dudó. Se quedó parado, como pensando y después se sentó. Estaría al pedo, obviamente, como yo, a esa hora, las ocho de la noche, cuando uno ha dejado de laburar y espera la hora de la cena. Ahí fue cuando le pregunté, medio cargándolo, como para romper el hielo: "¿Qué hacés con ese piloto? ¿No te cagás de calor?".

El Flaco se sonrió, hizo un gesto como restándole importancia al tema y volvió a acomodarse los pantalones, algo que, después me di cuenta, repetía siempre, medio obsesivo con las pilchas, con la prolijidad.

–Pensaste que iba a llover –insistí, por decir algo. Pensé que la cosa terminaba ahí, porque tampoco me contestó, y yo empecé a buscar algún tema de conversación: si no el intento de convivencia con el Flaco se ponía bravo.

–Es por lo mío –dijo de pronto, casi en voz baja.

–Lo tuyo...

–Sí, soy exhibicionista.

Me quedé mirándolo. Él no me miraba. Estaba sentado del otro lado de la mesa, casi de perfil a mí, apuntando hacia la calle.

–Exhibicionista.

—Sí.

—No me digas que vos sos de los tipos que se les aparecen en las esquinas a las minas mostrándoles la poronga.

Hizo un gesto con la cara como si le hubiera molestado el término.

—Si lo querés expresar así... —aceptó.

Me quedé algo abrumado.

—No me jodas —le dije—. Pensé que ya no quedaban más de esos tipos.

Resopló.

—Ése es el problema —dijo—. Ése es el problema. Es una actividad que tiende a desaparecer.

—Pará, pará —puse las manos sobre la mesa. Me costaba aceptar la revelación—. Vos, de vez en cuando, te aparecés frente a un colegio de monjas, digamos, y te bajás los lienzos ahí nomás, y mostrás el ganso para que te vean las pendejas.

—No, lo de bajarse los lienzos es una imagen difundida pero en la práctica es peligroso. Por ahí salen los vecinos, algún tipo, o la cana, y cuando querés rajar no podés, porque tenés los pantalones por los tobillos. Te traban.

Me quedé en silencio, anonadado.

—No —siguió él, siempre en voz baja—. Me bajo la bragueta y muestro todo. Con bajarme un poco el pantalón, por las caderas, más o menos, ya es suficiente.

—¿Y por qué decís que tiende a desaparecer esta actividad? ¿Son muy perseguidos?

Volvió a torcer la cara como si le doliera algo.

—No... No... La competencia —murmuró—, la competencia. Todo el mundo anda en bolas ahora, todo el mundo. Los diarios, las revistas, la tele. En todas partes aparece gente en pelotas. Ya es difícil sorprender a alguien.

—Eso es verdad.

—La tele más que nada. El canal Venus, los canales porno, sexo todo el día...

—Pero Flaco... Flaco... —se me amontonaban las preguntas y

tampoco quería invadir demasiado su intimidad, que él había abierto para mí, inesperadamente—. ¿Vos por qué lo hacés?

—Je... —rió, algo triste—. Es una buena pregunta. Por qué lo hago. Vanidad tal vez. Deseo o necesidad. Necesidad de llamar la atención me dijo un día la psicóloga.

—¿Te analizás?

—No. Una psicóloga a la que me le aparecí una tarde, ahí en el bajo, por Barrio Martin. Ella estaba con su nenita, leyendo en el Parque de la Bandera y yo le aparecí por detrás de unos arbustos. En esa época me ponía un sobretodo.

—¿Es mejor que el impermeable?

—Era invierno. Y a veces uno se caga de frío esperando el momento adecuado. Y la psicóloga me dijo eso. Te cuento que ni se mosqueó ante lo mío. Mandó, eso sí, a la nena a mirar no sé qué cosa, como si todos los días se le aparecieran tipos pelando el aparato. Y me dijo eso: "Usted ha tenido mucha necesidad de llamar la atención, cuando chico".

—¿Y era verdad?

—No sé. No me acuerdo. Me dio la tarjeta. Todavía la tengo por ahí. Nunca la llamé. Ni le había sorprendido mi actitud. Y a mí me gusta la gente que todavía tiene cierta capacidad de asombro.

—Bueno —admití—, a mí, por ejemplo, me sorprendés.

—¿Qué te sorprende?

—Que hagas eso.

—Bueno. Por supuesto no laburo de esto.

—¿Cuál es tu laburo?

—Perito calígrafo. Otra profesión que se va a la mierda, que desaparece. Entonces, no sé, necesito algo que me sacuda un poco, que me entusiasme más. La actuación me gusta.

—¿Vos llamás actuar a eso?

—Y sí. Con Miguel, otro muchacho que está en lo mismo, le llamamos actuar. "Hoy actúo en Refinería", me dice. Porque, después de todo, es exhibirse. Mostrar el cuerpo.

—O parte de tu cuerpo.

—O parte de mi cuerpo.

—Porque vos no hacés desnudo total, como esos tipos que saltan en bolas a una cancha de fútbol y corren hasta que los policías los cagan a trompadas.

—No. Esos hacen *streaking*. Y no hay una intención artística. Casi siempre hay atrás una motivación política.

—Protestan por la independencia de Irlanda.

—O por la matanza de focas.

—O por la globalización.

—Además —se entusiasmó el Flaco—, el desnudo total es deserotizante, no oculta nada, no impulsa la curiosidad, viste un tipo en bolas y ya viste todo... No sé... No me convence.

—Lo tuyo es distinto.

—Es distinto... Tiene algo de misterioso. Misterio y ruindad, degradación, decadencia. Asoma. Insinúa. Ofrece un adelanto... Y tiene algo sucio también, lo admito.

—Sucio.

—Sucio, arrastrado, canallesco, como esos espectáculos de cabarets del bajo fondo parisino o berlinés.

—¿Estuviste en Berlín?

—No. Si nunca salí de General Bermúdez. Pero lo vi en el cine. Me gusta mucho el cine. En la actuación hay lascivia. Eso, lascivia, y ya no es fácil encontrar lascivia en el cine nacional, por ejemplo.

—Acordemos que todos dicen que ustedes son enfermos —arriesgué.

—Degenerados, eso dicen. Pero vos no podés darle pelota a la crítica.

Yo seguía tenso. De vez en cuando miraba hacia la puerta porque ahora temía, sí, temía, que viniera alguno de los otros muchachos y rompiera el encantamiento, esa confesión insólita del Flaco amigo del Dalí que nunca abría la boca cuando éramos muchos en la mesa.

—Además —se exaltó el Flaco, ya como si estuviera bajo los focos de un escenario—, está la transgresión, la rebeldía. Ahora cualquiera habla de transgresión, hasta el animador más choto de un programa de preguntas y respuestas se considera un transgresor, y nosotros ya éramos transgresores en el año 68. Yo, en marzo del 68, me aparecí mostrando el nabo a la salida de la fábrica Frigotec, la fábrica de heladeras que estaba en Corrientes y Uriburu, porque ahí laburaban como doscientas mujeres...

—Ah, claro...

—Un público excelente para el artista callejero. Ahora cualquier mocoso se para en un semáforo y hace malabarismos para tres automovilistas y un motoquero que no le dan ni pelota, para ver si alguno le deja una moneda.

—¿A vos te dejaban monedas?

—¿A mí? —se enojó el Flaco—. Ni en pedo. Ni en pedo. Yo no lo hubiera aceptado. Porque yo no hago esto por plata. No prostituyo mi actuación. Yo lo hago porque en mí es algo vocacional. Si yo de chiquito, en la primaria, me metía en los baños de las nenas a mostrarles el pito.

—No me digás.

—Doscientas minas salían todos los días de esa fábrica, la Frigotec. Pero, ojo, también salían los obreros, unos cachos de nenes que si te veían te molían a golpes.

—Y... —dudé yo, justificando la reacción obrera.

—¡Y era lógico que me molieran a golpes! —se irguió el Flaco en su silla elevando la voz por primera vez—. ¡Era lógico! ¡Había otra moral! Era actuar sin red... Y yo salí ese día...

Se puso de pie. Ahí me alarmé.

—¡Pará, Flaco, pará, acá no! —traté de atajarlo con los brazos. El Flaco se sentó de nuevo.

—No —me tranquilizó—. No soy tan loco. Quería mostrarte cómo...

A nuestra derecha había una mesa con tres minas, pero ni se habían dado cuenta de nuestra existencia.

—Las minas —cabecié yo hacia allí.

—No —me tranquilizó—, yo soy respetuoso en ese aspecto. Además, es lo que te digo... Si yo me exhibo ante las minas de esa mesa, te aseguro que ni mosquean... Han cambiado mucho las cosas. Antes era distinto, muy distinto.

Nos quedamos callados. El Flaco tenía una expresión triste en la cara.

—Días atrás leí —dijo, mirando a la calle— que un fotógrafo, un extranjero, no sé de qué nacionalidad, viaja por todas partes sacando fotos a gente en bolas.

— Ah, sí... lo leí.

—¿Lo leíste? Pero no personas individualmente. Multitudes, masas, cientos de tipos, hombres y mujeres totalmente en bolas.

—Sí. En Buenos Aires creo que lo hizo en la 9 de Julio. Impresionante. Como mil tipos desnudos tirados en la calle. Vi la foto.

—Eso. Todos acostados en la calle. Creo que quiere significar algo de la guerra, el holocausto nuclear.

—Algo así...

—En todas las posiciones...

—Buenas las fotos.

—Interesantes... Entonces... —el Flaco bajó los brazos, abatido—, ¿cómo querés que uno compita con eso? ¿Cómo pretendés que yo, sin producción, sin presupuesto, sólo con una braguera y mi muñequito pueda llegar a algo? Ni la policía me da bola, te cuento. El otro día me sorprendió uno cuando me exhibía en un zaguán cerca de la salida del teatro El Círculo. Me hizo una seña con la cabeza, así, como diciendo "Guardá eso". Y nada más. La gente que salía del teatro me miraba y no me veía. Una vieja, elegante, me señaló el pito mostrándole al marido como quien señala un par de zapatos que le interesan en una vidriera. "Mirá", le señaló. "¿Dónde vamos a comer?", dijo el tipo.

Otra vez nos quedamos callados.

—Lo peor para el artista es la indiferencia —musitó el Flaco—. Mirá, es preferible que te insulten, que te puteen, que te tiren cosas... antes de que te sean indiferentes... Me voy —dijo de pronto, poniéndose de pie como si la charla le hubiera hecho mal.

—¿Tenés —le señalé el impermeable— alguna actuación?

—Tal vez —vaciló—. Hay unas viejas de un grupo de poesía

que podrían ser... Tal vez sean más sensibles, más perceptivas... Pero... no sé, no sé.

Antes de retirarse se dio vuelta y me dijo: "Pero esto se muere. Se muere. Desaparece como desaparecieron los números vivos de los cines".

—Tal vez se dé un milagro, Flaco.

—No, eso dejalo para la religión —se rió, amargo— como la Virgen de San Nicolás que se le apareció a una nena y logró el milagro de que ahora vivan todos de eso. Te imaginás que si me le aparezco yo a una nena con todo al aire es otra cosa...

Y desde la puerta agregó, ya fuerte, sabiendo que nadie de las otras mesas lo entendería.

—No creo que el Vaticano convalide un milagro de ésos.

Dos días después estaba yo en La Sede y apareció el Chelo.

—¿Viste lo que le pasó al Flaco?

—¿Qué Flaco?

—El Flaco amigo del Dali. El alto.

—Ah sí.

—Está internado.

—¿Internado?

—Sí. Parece que lo agarró una patota y lo recontracagó a trompadas.

—No jodás... ¿Y por qué?

—Qué sé yo. No es necesaria ninguna razón para que una patota te cague a trompadas. Van todos puestos, con merca hasta las manos. Me contó Dali.

Averigüé adónde lo habían internado y fui a visitarlo. Como en las películas, estaba lleno de vendas, yesos que apenas permitían verle la cara amoratada.

—¿Qué te pasó, Flaco? —le pregunté, apenas me senté al lado de su cama.

—Tuve un éxito, Negro —me dijo con una sonrisa franca y complacida, pese al dolor—. Tuve un éxito.

—¿Actuando?

—Me metí en una fiesta que hacían las chicas de un equipo de hockey —hablaba con un hilo de voz, pero los ojos le brillaban— en Alberdi, uno de esos clubes de río... Y les mostré mi número... mi rutina.

—¿No me digás que se sorprendieron?

—Algunas... Algún gritito, alguna broma, creyeron que yo era un *stripper* que habían contratado para la fiesta... Pero nada superlativo...

—¿Y?

—Pero yo no había contado con los novios de estas minas. Unos pendejos jugadores de rugby que habían ido a buscarlas. Había como catorce. Me corrieron y me destrozaron a patadas. Me destrozaron... Y te aseguro que tenían una indignación genuina, real. No era una pose o una de esas excusas tontas que algunos pibes toman para pegarle a alguien. No. Se ve que lo mío les llegó, los conmovió, les movió la estantería.

—Lo tuyo tiene valor, Flaco.

—Mirá vos. Cuando yo menos lo hubiera pensado. Pendejos de rugby que vos suponés que no tienen ninguna sensibilidad ni nada de eso, bestias deportistas primarias... Y ya ves... Ya ves.

—Uno prejuzga a veces.

—Es cierto...

Llegó una enfermera y le dijo al Flaco que no hablara tanto. Yo, de todas maneras, no tenía mucho más para preguntarle.

Me fui y no volví a verlo hasta siete meses después, cuando lo dieron de alta. Seguía con el impermeable negro.

UN CORTE DE TELA ITALIANA

Primero creo que sería mejor que yo explicara por qué vino esa tarde el señor Bacigalupo a mi casa. Porque nunca había venido antes. Yo se lo había oído nombrar a mi viejo en algunas conversaciones sobre la oficina durante el almuerzo, con mi madre, pero casi al pasar, no de la forma en que uno puede referirse a un amigo cercano. Eso sí, cuando mi viejo se refería a Bacigalupo siempre lo hacía en un tono casi de admiración, reverente. "Un tipo muy bien"... "un hombre de mundo"... "una persona muy culta" eran las referencias. Nunca supe si Bacigalupo tenía un cargo superior al de mi viejo, pero supongo que sí: tal vez era un Coordinador, o un Gerente, mientras mi viejo era sólo un vendedor de seguros, con casi veinte años en la Unión Gremial, pero sólo un vendedor.

Por eso me despertó cierta curiosidad su anuncio, ese mediodía, diciendo que a la tarde vendría Bacigalupo. Además, casi nunca venía gente a nuestra casa. Parientes a veces, mi tía Chona, vecinas que venían a pedir azúcar o a regalar nísperos en almíbar, o a encargarle a mi madre esos pañuelitos bordados que ella hacía.

—Por el asunto del corte de tela —explicó mi viejo, desde el baño, mientras se controlaba la papada, recién afeitada.

Mi viejo solía darse algunos gustos, pocos, pero se los daba. Y uno de ellos era vestirse bien. Le había encargado hacía un tiempo a su hermana Neneca, que viajaba a Europa, un corte de tela italiana para hacerse un traje.

—El que me hice con el corte que me trajo Toño —le escuché un día explicar por teléfono— ya tiene como veinticinco años y se está poniendo lustroso.

En esa época, yo era chico, tendría unos 10 años, viajar a Europa no era común como ahora, que viaja cualquiera. Un tipo que viajaba a Europa era una mezcla de potentado y aventurero, y se lo miraba con extrañeza y admiración. Recuerdo cuando Aicardi, en la primaria, nos contó que su padre se iba a Europa, en barco lógicamente, para quedarse allá casi dos meses.

Al principio no le creímos, como no le habíamos creído lo de la compra del tren eléctrico, pero cuando trajo las postales a la escuela tuvimos que rendirnos ante la evidencia. Supimos más adelante que toda la familia de Aicardi se juntó en la casa el día del regreso del padre, para recibirlo como si fuera Marco Polo y abrir los baúles con regalos. Eso superó incluso al impacto que había causado tiempo atrás otro chico, Marcelito Iguri, cuando se apareció en el grado repartiendo muy selectivamente chicles globo, los primeros que veíamos, que su padre había traído de Norteamérica.

La cuestión es que Neneca viajó a Italia, eligió en Milán el corte de seda italiana para mi viejo, lo dejó pago, prometió al vendedor que volvería a buscarlo luego de su *tour* por la Costa Azul, se agarró después esa enfermedad virósica en Ventimiglia comiendo frutos de mar, que casi se muere, y no volvió a retirar la tela nunca más.

—No podés ser así, Berto, tan desaprensivo, tan desamorado —la escuché lloriquear una vez, ya a su regreso seis meses después, su voz increíblemente nítida pese a que yo estaba a tres metros del teléfono, hablando con mi viejo—. Estuve a punto de volver a la Argentina envuelta en la bandera y a vos lo único que se te ocurre es preocuparte por ese corte de tela.

—No es así, Nene —argumentaba mi viejo—. Me alegra muchísimo que estés bien. Ocurre que, vos sabés, eso me significó unos cuantos pesos...

—Y yo no estoy bien, vos me viste y sabés que no estoy bien. La cara me quedó torcida y dice el doctor Mascardi que no sabe si eso va a volver a la normalidad...

—Te entiendo Neneca, te entiendo... Pero vos sabés que yo no puedo viajar a Italia a retirar esa tela y...

—Estuvieron a punto de sepultarme en alta mar, Berto, el capitán ya había pedido ese tablón que inclinan para...

—No tengo tanta plata como para darme el lujo de...

—Mirá, si es por la plata yo te la voy a devolver, Berto, vos sabés bien que no fue mi culpa, porque yo no me agarré esa virosis a propósito, Berto, pero, bueno, apenas pueda te la devuelvo...

—No es eso, Neneca, no es eso... —mi viejo acercaba el tubo a su boca cuando se decidía a hablar luego de mantenerlo alejado de su oreja cada vez que mi tía casi gritaba con esa voz de pito que aún tiene—... no es la cuestión de la plata, o sí, también es la plata que sabés que a nosotros no nos sobra, pero...

—Sí, seguro que a mí me sobra, que a mi marido se la regalan...

—No es eso, Nené, es más que nada mi ilusión de poder hacerme ese traje...

—Sí, está bien, tu ilusión, pero que mi propio hermano me reclame la plata...

—No te reclamo la plata, no tergiversés mis palabras, te pregunto qué podemos hacer para...

—Yo también tenía la ilusión de conocer La Alhambra y me tuve que pasar más de un mes en un hospital de Génova sin saber si iba a volver a caminar o no...

—Te entiendo, te entiendo, y te agradezco la gauchada de haberte ido con Pedro hasta Milán para comprarme eso...

—Escribile, escribile a ese negocio, Berto. Tengo todo, la factura, el recibo, la dirección, todo...

—Puede ser, puede ser... Pero, una carta, entre que viene y que va, tarda una eternidad...

—¿Y no va nadie para allá, no va nadie?

Y fue pocos días después de esa conversación, que yo escuché desde el patio, furtivamente, como escuchan los chicos, jugando a los soldaditos, que apareció mi viejo con la noticia de que Bacigalupo viajaba a Europa.

—Me contó que ya ha ido un montón de veces —dijo ese día mi viejo durante el almuerzo—, cosa que yo no sabía. Porque se ve que es un tipo muy medido, muy sobrio, que no le gusta hacer alarde de sus viajes. No es como Merentino, que todavía se la pasa contando cuando fue a Paraná, hace ya como 15 años. Y me dijo —mirá qué casualidad— que él tiene que pasar por Milán, que no le costaba nada pasar a retirar la tela, que incluso, fijate vos, él conoce el negocio ese, la sastrería, conoce la ciudad, no le cuesta nada hacer que me envíen el paquete.

—Ah... No lo trae él... —dudó mi madre.

—No, porque se queda como seis meses allá.

—¿Seis meses? ¿Y cómo hace con el trabajo?

—Él está retirado, Celita. Sigue en contacto con la empresa a título de hombre de relaciones públicas, acordate que se retiró como Gerente General después de 30 años. Pero viene siempre a la oficina. Para ocupar el tiempo también, me imagino...

—Le debe gustar, además...

—Por supuesto, le debe gustar...

Yo me quedé sentado a la mesa del comedor, a veces casi acostado sobre ella, los brazos estirados hasta tocar el florero sobre la carpetita calada que oficiaba de adorno central, sin hacer nada, con esa facilidad para no hacer nada que tienen los chicos, especialmente si ya han terminado los deberes y transcurren la infancia en una época sin televisión.

—¿Molesta? —preguntó mi madre cuando entró a traer dos pocillitos de café y unas galletitas dulces y secas sobre una bandeja.

—No, por favor —sonrió Bacigalupo, mirándome—. Parece un chico muy juicioso.

—A veces, a veces —dijo mi padre, socarrón.

—¿En qué grado estás? —me preguntó Bacigalupo—. ¿En qué grado está? —le preguntó a mi padre sin esperar mi respuesta.

—Quinto.

—Permiso —dijo mi madre, discreta—, vamos Rubén.

Yo no me moví.

—Dejalo —concedió mi viejo.

Bacigalupo era un hombre elegante, pelado, de bigotito rubio y nariz fina y puntiaguda, tipo zorro. Me cayó simpático. Y no sé calcular qué edad tenía. En ese momento pensé que era casi un viejo, pero no dejemos de lado que para un chico de once años, más en esa época, un tipo de cuarenta ya era un anciano. Debía ser unos años más grande que mi viejo, que andaría por los 45. También los hacía parecer mayores la ropa que usaban, siempre formal, aun en casa. Bacigalupo había llegado de saco con chaleco y, por supuesto, corbata. Mi viejo estaba en mangas de camisa, como se decía en esa época, pero también con corbata y pantalón gris sostenido por tiradores.

—Su traje, Berto —casi rió Bacigalupo, gozoso, anunciando que entraban de lleno en el tema, ya los dos sentados, sorbiendo cortos tragos de café.

—Un corte de tela —aclaró mi viejo.

—¿Y por qué no un traje?

Mi viejo frunció la cara mirando el cielo raso como buscando una explicación valedera.

—Verá, Bacigalupo... Quiero que la confección sea argentina. Yo soy un gran defensor de la manufactura argentina, nuestra. Vea, acá a la vuelta, en Catamarca casi esquina Entre Ríos, por ejemplo, hay una chica joven que usted no sabe cómo cose, una maravilla. A mi mujer le ha hecho un par de vestidos de fiesta extraordinarios, a la hija de mi hermano Toño le hizo un vestido de Primera Comunión que todos preguntaban si lo habían traído de Francia... ¡Y es una chica que vive acá nomás, a la vuelta, usted la ve y no da ni cinco centavos por ella...!

—Es cierto, en muchas ocasiones nos deslumbramos con lo de afuera y...

—Y no vemos lo que tenemos al lado. Desmerecemos lo nuestro... Caramba, es así, es así. Ahora bien, ahora bien... —mi viejo se puso una mano sobre el pecho, sonrió abiertamente y se tomó la confianza de tocar levemente el antebrazo de Bacigalupo—... no soy tan tonto como para ignorar la calidad de las telas italianas, que eso quede claro...

—Por supuesto, por supuesto...

—Por eso le encargué a mi hermana que me comprara ese corte en Milán...

—Centro mundial de la moda.

—Pero, lamentablemente, la pobre tuvo ese problema...

—Usted me contó algo...

Mi viejo volvió a contar, en apretada síntesis, lo de la enfermedad, lo de los mariscos, la internación, el rictus posterior en la cara, la boca algo torcida y todo eso.

—Muy bien —dijo Bacigalupo, sacando de su bolsillo unos papeles—. Veamos... Yo retiro la tela y luego tengo dos opciones, Berto. Puedo encargarle que la despache para acá a un amigo italiano, de allí de Milán, Giovanni Manso, de total confianza... O a otro amigo, norteamericano este, que es despachante de Aduana, también de confianza...

—El que usted diga, Bacigalupo. Por favor, no voy a ser yo el que le dé indicaciones a usted... Usted dirá...

—A mí me es lo mismo, Berto, a mí me es lo mismo. A los dos tengo que verlos...

Hubo un silencio durante el cual Bacigalupo se quedó mirando a mi viejo, interrogante, una birome presta en su mano derecha.

—Bueno —dijo al fin mi padre, para contestar esa requisitoria de Bacigalupo, tan puntual, casi excesiva por lo puntillosa—, si usted me da a elegir, si usted me da a elegir... —volvió a ponerse una mano sobre el pecho.

—La tela es suya, Berto.

—Si usted me da a elegir, siempre, entre un hombre de otro continente y un hombre de nuestro continente, yo voy a elegir a uno de nuestro continente...

—Muy bien —aprobó Bacigalupo y anotó algo en sus papeles.

—Usted disculpe, ¿no? Usted disculpe —rió otra vez mi viejo apoyando amistosamente su mano en el antebrazo de Bacigalupo—. Es una filosofía muy particular mía, privilegiar lo nuestro...

—Perfecto, muy bien, perfecto... —sonrió Bacigalupo, anotando—. John... Haskins... Es el norteamericano que le digo.

—Y no crea por esto que tenga particular simpatía por los norteamericanos...

—Le dije que cualquiera de los dos iba a ser de total confianza...

—Tal vez, tal vez, si usted me daba a elegir entre un alemán y un norteamericano, yo dejaba de lado mi manera de pensar y optaba por el alemán. Tengo un enorme respeto por ese pueblo, su organización, su orden, su fuerza de voluntad. Cómo se ha recuperado tras la guerra. Si a Alemania le hubiesen dado una salida al mar...

—Ahora bien... —Bacigalupo, sin mirar a mi viejo, estudió otro papel— ya en Boston, usted sabe que ese barco va a Boston, tengo otro par de posibilidades... Lo va a recibir, o bien Walter Baggett, que fue consultor de nuestra compañía hace unos años.... o un gran amigo mío, paraguayo, que está en el negocio de la exportación de té...

—¿Ese Baggett es norteamericano?

—Sí.

—Bueno, entonces... —otra vez se sonrió mi padre—... permítame que me quede con el paraguayo, un hermano latinoamericano... Ahí sí, ahí sí... Entre alguien americano, pero del hemisferio norte, como este señor...

—Baggett.

—Y alguien del hemisferio sur, usted perdóneme, pero yo, yo...

—Excelente elección. Venancio Céspedes es un gran tipo y estoy seguro de que cumplirá el encargo sin ningún problema.

—Además, el idioma, hablamos el mismo idioma, es otro punto de contacto...

—Céspedes —anotó Bacigalupo.

—En el otro caso, entre el italiano y el norteamericano, elegí el norteamericano, pero ahora, entiéndame, yo elijo...

—Está bien, Berto, está bien —Bacigalupo elevó la birome en el aire, siempre sin mirar a mi viejo—. Ahora bien, así como al elegir a Haskins nuestros contactos siguientes más lógicos eran Baggett o Céspedes, ahora...

—Y eso que no olvido la guerra que nosotros tuvimos contra Solano López, donde incluso murió el sobrinito de Sarmiento. Pero, pero... si yo tengo que elegir entre uno de otro hemisferio y otro del nuestro, prefiero el nuestro, prefiero el nuestro... No sé, hay lazos, una historia común, el vínculo hispánico...

—Muy bien —Bacigalupo acomodó un papel—. Céspedes puede entonces enviar el paquete, por la Línea C hasta Asunción...

—¿Cómo? ¿No sigue en el mismo barco?

—No. El *Carla Pistoia* termina en Boston.

—Qué complicado. Le confieso que no sabía que era tan así... De haberlo sabido, nunca...

—Termina en Boston. Y se vuelve. Céspedes despacha la tela hasta Asunción y, desde allí, tenemos dos opciones: por barco hasta Buenos Aires, a mi amigo Casiano Brebbia... O... o... por ómnibus hasta Santa Fe, a mi otro amigo, Oscar Feijóo...

Mi viejo se empezó a reír, otra vez la mano en el pecho, sobre la corbata, entre ambos tiradores.

—Usted dirá, usted dirá... —dijo—... pensará que yo soy obcecado, y un tanto rígido. Pero si se puede elegir, si se puede elegir, me quedo con la opción del santafecino, ni hablar, ni hablar...

–Feijóo... –anotó, prolijamente, Bacigalupo, y me asombraba su generosidad de adoptar ese rol, casi, de mero escribiente cuando su nivel social parecía más elevado que el de mi viejo.

–¡Pero no quiero imponerle nada, Bacigalupo, por Dios! –pareció recapacitar mi padre, alargando los brazos un tanto teatralmente–. Yo elijo un nombre, casi al azar, porque usted me lo pregunta, pero usted puede elegir lo que usted quiera, lógicamente...

–Por favor, Berto... Le repito que las opciones que yo le presento son todas buenas. Usted me hace un favor al tomar la decisión, en todo caso. Feijóo... Con Feijóo le va a tardar un poco más, eso sí, porque el comisionista que yo conozco allí no viene tan a menudo...

–No me importa, no me importa. No me gustan los porteños, le admito... No sé, esa prepotencia, esa fanfarronería, ese creerse el ombligo del mundo... Cómo nos han relegado siempre... Si usted me da a elegir entre un extranjero y un porteño, ahí, bueno, por supuesto me quedo con el porteño, porque es un argentino como nosotros, y yo siempre, siempre, me voy a quedar con lo argentino. Ya lo decía el Martín Fierro, "los hermanos sean"...

–Berto.

–... "porque ésa es la ley..."

–Berto. Ya entonces estamos cerca, como usted verá... En Santa Fe...

–Es cierto, es cierto. En realidad no pensé que fuera tan complicado, tantas combinaciones. Pienso que estoy abusando de su cordialidad, Bacigalupo, ponerlo en este trance, sólo por un corte de tela...

–Por favor, yo únicamente tendré que retirarlo en Milán, lo demás es un simple trámite telefónico, una comunicación, un telegrama...

—Eso sí, Bacigalupo —mi viejo se puso serio—, cualquier gasto que usted tenga con motivo de todo esto me lo anota y me lo pasa, por favor...

Bacigalupo hizo un gesto entre simpático y desdeñoso.

—Me enojo, Bacigalupo. Me ofendo —insistió mi padre.

—¡Y el último saltito, a Rosario! —anunció Bacigalupo, quizás molesto con la velada obsecuencia de mi viejo—. Si es Feijóo el que recibe el paquete puede mandarlo a dos personas acá en Rosario... Veamos... —consultó sus papeles—. Uno es Agustín Maggione, que vive por Saladillo... Un comisionista de entera confianza, trabajó con nosotros, yo solía mandar las pólizas con él...

—Saladillo —mi viejo se recostó contra el respaldo de la silla cruzándose de brazos, estaba encantado—. Parece mentira, ya estamos cerca...

—Ya se está probando el traje, Berto. ¿Se lo va a hacer cruzado?

—Pienso que sí...

—Hay otra posibilidad...

—Derecho, con solapas anchas y...

—No. Hay otra posibilidad en el trámite —siguió Bacigalupo, consultando una agenda—, que es un muchacho que vive por acá, en la zona céntrica... Yo no lo conozco, pero me pasaron el dato...

—¡Ése, ése! —señaló mi viejo, exultante—. Entre alguien de otro barrio y alguien del mío, me quedo siempre con el del mío. Por ahí es el tipo que encuentro en la peluquería, o esperando el ómnibus, el tipo que frecuenta los mismos lugares que frecuento yo...

—Usted no me va a creer la casualidad —dijo de pronto, solemne, Bacigalupo, siempre mirando la agenda—. Usted no me lo va a creer...

—¿Qué pasa? —se incorporó algo mi viejo. Y yo también.

—¿Cuál es la dirección de este edificio?

—¿De éste?

–Sí.

–Catamarca 1421.

Bacigalupo no separó la punta de su birome de la hoja de su agenda, pero levantó la vista hacia mi viejo.

–Catamarca 1421... –repitió–. Este otro muchacho comisionista vive en Catamarca 1421... primer piso, "L"... Usted es un tipo afortunado, Berto... Para reunirse con su corte de tela italiana usted tendrá que bajar un solo piso...

–Primer piso "L" –la cara de mi viejo se transfiguró–... ¿Quién?... ¿Silvestrini?

–Exactamente... Silvestrini. Hugo Silvestrini... Lo anotamos, y ya tiene usted asegurada la entrega en su propia casa...

Mi viejo tenía una expresión alelada. Y la mantuvo así, tornándose incluso inusualmente parco hasta que Bacigalupo, poco después, se fue de casa.

Cuando mi viejo cerró la puerta, apoyó la frente en ella y se quedó allí, mascullando algo por lo bajo. Cuando escuchó que Bacigalupo bajaba ya por el ascensor, empezó a insultar en voz baja. Después pegó una patada, con la punta del zapato, contra la base de la puerta.

–¿Qué pasa? –se alarmó mi madre, que llegaba al comedor a retirar las tazas vacías.

–¡A Silvestrini le va a llegar! –gritaba mi viejo, volviendo también al comedor, despeinado–. ¡A Silvestrini!

–¿Qué le va a llegar?

–¡La tela, el corte de tela, a Silvestrini!

–¿El del primer piso? –mi madre había suspendido la limpieza de la mesa y se veía alarmada, para mi sorpresa, ya que yo no entendía el problema.

–¿Y qué otro conocés, Celita? –se enojó, mi viejo, injustamente, con ella–. ¿Qué otro conocés que no sea el tarado ese, delincuente, ratero, descuidista?

–¿Y por qué le va a llegar a él, decime?

–¡Qué sé yo! No te voy a andar explicando todo el despelote que hizo este pobre hombre, Bacigalupo...

—Y le hubieras dicho que no.

—¡Ah, claro... —estalló mi viejo—... despuées de toda la... la... la maraña de nombres y direcciones...! ¡A Silvestrini, justamente, que se roba las toallas de los tendederos de la terraza, las lamparitas de los pasillos!

—Eso nunca se comprobó, Berto. Fueron cosas que se decían...

—¡El felpudo! ¡El felpudo que ponían los Donnelly en la puerta de su departamento también se lo afanó ese ladrón hijo de mil putas!

—Se decía, se comentaba...

—¿Y quién se iba a robar esas cosas, eh, decime, quién? ¿La vieja de los Casacuberta, que está casi ciega y se caga y se mea encima?

Mi madre optó por callar, llevándose la bandeja hacia la cocina. Yo hice lo mismo, y me fui al patio.

No escuché hablar más del asunto. Por lo que yo sé, ese corte de tela no apareció nunca. Cuando tuvimos que ir al casamiento de Norma, la hija de mi tía Chona, mi prima Norma, mi viejo fue con aquel traje que mencionaba siempre, el que se había hecho hacer con la tela que le trajo una vez Toño, y que ya tenía brillos en los codos y en las rodillas de tan gastado.

EL ESPECIALISTA o LA VERDAD SOBRE "EL ALEPH"

Yoshio Kamatari es un lingüista y semiólogo japonés especializado en la obra de Jorge Luis Borges. Llegó al país en febrero dispuesto a ahondar en algunos aspectos de la producción del gran escritor argentino y el suplemento cultural del diario me encargó cubrir su presencia.

—Me interesa particularmente —confiesa Kamatari a este cronista— lo que subyace en el cuento "El Aleph". Algunas particularidades de Borges como persona que parecen manifestarse en ese relato.

Ese primer día en nuestro país, Kamatari habla con la ayuda de una traductora, Aroma Taishi, hija de japoneses radicados en Escobar, donde se dedican a la fabricación de macetas. El japonés de Kamatari es seco y martillante, cortos ladridos que se alternan con bramidos internos guturales, como si fuera a expectorar. Es difícil calcularle la edad, fenómeno que suele suceder con los orientales, pero por datos y referencias que brinda en ese primer contacto, puede inferirse que debe rondar los setenta años. No obstante, como muchos japoneses, luce un pelo cano corto, denso y tupido como el de una nutria.

—Hay una consonancia —murmura, mirando fijamente a través de sus ojos oblicuos— entre la exaltación del coraje y la épica de los cuchilleros de Borges y la conducta samurai.

Este cronista pregunta, Aroma Taishi mediante, si le gusta el tango.

Kamatari menea la cabeza, como un títere, negando.

–No es música para samurais –responde. Al parecer su padre, Shotoku Kamatari, pertenecía a la dinastía Suei y fue un samurai de renombre–. Hay música para camaleones –me estudia al mencionar el libro de Truman Capote–, pero no para samurais. Mi padre intentó dos veces hacerse el harakiri, abrumado por la irrupción del polietileno –rememora–, pero fracasó. Por la armadura.

Kamatari es impenetrable. No pueden detectarse en él atisbos de sonrisa o de humor. Este cronista vacila. Nuestro visitante ha leído a Borges en finés, lengua que domina tanto como el japonés imperial y los dialectos merovingios. Le resulta difícil el alemán –transmite Aroma– por las declinaciones.

–La declinación de la cultura alemana –aclara la traductora. Nuevamente no sé si reírme o no.

Kamatari continúa erguido, sentado en el amplio sillón del inmenso *lobby* del hotel Sheraton de Buenos Aires, enfundado en su impecable traje de seda verde jade. Ni pestañea. Su torso largo y su cabeza parecen un solo bloque. Para mirar hacia los costados gira desde la cintura.

–Es semiólogo, lingüista y vocabularista –me indica Aroma.

–Vocabularista –repito.

–Sí. Es experto en vocabulario. Acá se ha interesado vivamente por la palabra "serrucho".

También lo ha emocionado la palabra "anticonstitucionalísimamente", la más larga de nuestra lengua. Lo ha impresionado más que la longitud de avenida Rivadavia.

No veo a Kamatari al día siguiente. Ocupa su tiempo en recorrer con Aroma los sitios de Buenos Aires mencionados por Borges en sus cuentos. Me cita de nuevo en el hotel al tercer día.

–Está molesto porque no encuentra la esquina rosada –me susurra Aroma, en el *lobby* del Sheraton refiriéndose, sin duda, al relato que lleva por título "El hombre de la esquina rosada". Difícil explicarle que es sólo ficción.

—No puede haber una mente tan prodigiosa —apostrofa Kamatari luego, ya sorbiendo una taza de té, siempre sobre el mismo sillón—. No puede darse tanta imaginación.

Ha hablado en japonés, a través de Aroma. No obstante, me sorprenderá de inmediato.

—Sepan —se pone de pie y recita en perfecto castellano— a mano derecha del poste rutinario (viniendo, claro está desde el Nor-Noroeste) se aburre una osamenta. ¿Color? Blanquiceleste, que da al corral de ovejas catadura de osario.

Es una estrofa de un verso del personaje Carlos Argentino Daneri, en "El Aleph". Kamatari se sienta, satisfecho.

—¿Aprendió el castellano? —le pregunto a Aroma, asombrado. Ella asiente con la cabeza, igualmente atónita.

—Sabía ese trozo de poema —sigue Kamatari, siempre en castellano— y lo repetía sólo por fonética, sin conocer su significado. Ahora puedo entender. Es maravillosa la dimensión de la palabra "osamenta".

Aroma, ante la aprobación silenciosa de Kamatari, me cuenta que el semiólogo japonés ha sabido llevar su entusiasmo por la obra de Borges al terreno práctico.

—Diseñó en el fondo de su casa, en Sapporo —me explica casi conmovida—, un jardín de los senderos que se bifurcan. Respetando, no obstante, la estética de los tradicionales jardines japoneses, amplios rectángulos circundados por listones de madera, que encierran planos de arena perfectamente rastrillados. Y piedras negras, diseminadas estratégicamente. Cada rastro múltiple del rastrillo significa algo. Cada piedra indica una idea.

—Tuve que dejarlo —farfulla Kamatari, grave de pronto. Lo miro, inquisitivo—. El gato. Ensuciaba en la arena. Usted sabe que tienen esa costumbre. ¿En Argentina también ocurre?

Asentimos.

—Bella palabra —modula Kamatari—. Rastrillo.

—Me asombra —le confieso— la rapidez con que aprendió nuestro idioma.

—Es notable la velocidad con que aprende las lenguas romances —dice Kamatari— la persona que ha estudiado latín.

—¿Usted aprendió latín?

—No. Por eso demoré tanto en aprender el castellano. Mi maestro Togukawa Mitsui sabía latín y aprendió el castellano en tres horas. A mí me tomó más de un día.

—¿Hablaba bien el español su maestro?

—En Sapporo lo llamaban "El Gallego".

Escruto a Kamatari. En su rostro imperturbable no se advierte ni el más mínimo rasgo de sorna.

—Era mi maestro de canto —agrega Kamatari. Y se pone otra vez de pie. Y canta. Con voz profunda —entrecerrando aun más sus ojos mínimos, mirando a ningún lado, una mano sobre el estómago y la otra adelante, como señalando algo—; canta, enjundioso. Aroma y yo no podemos eludir la incomodidad del momento. Turistas, ejecutivos, y miembros de un Congreso Médico que deambulan por el *lobby*, miran hacia nosotros con una mezcla de curiosidad, molestia y sorpresa. No sé dónde meterme, me revuelvo en mi sillón, igual que Aroma, pero por suerte, de pronto, Kamatari deja de cantar y se sienta.

—Temo que a Borges le ocurra como a Mishima —ladra, de repente. Lo observo, inquisidor—. Que se suicide como lo hizo Yukio. Aunque para mí será siempre Kimitake. Sabrán que el verdadero nombre de Mishima era Kimitake Hiraoka. Temo que Borges se haga el harakiri como también lo intentó mi padre, por dos veces, agobiado por la irrupción del cepillo dental a batería. La compulsión por el rito del valor, del duelo, el culto por el arma blanca suelen llevar a eso.

Frunzo el entrecejo.

—Usted sabrá, Kamatari —me inclino hacia él por sobre la mesita ratona—, que Borges murió y está enterrado en Ginebra.

Kamatari me contempla, hierático, largamente. Sospecho, me cuesta creerlo, que no sabe que Borges ha muerto. Se mantiene así, tieso, los puños cerrados. De pronto, una lágrima, increíble, se desprende del lagrimal de su ladeado ojo derecho. Es, como corresponde, una lágrima oriental, finita, estrecha, oblonga y plateada que resbala hasta la curva superior de su fosa nasal y allí se detiene, tras dejar sobre la mejilla oscura un rastro plateado, fino como un hilo de seda, como podría haberlo dejado el paso de una babosa sobre la superficie estriada de un jardín con senderos que se bifurcan.

Para nuestra inquietud, Kamatari vuelve a ponerse de pie y, con energía, torna al canto. Esta vez lo suyo suena a canto fúnebre, reverencial, austero. De golpe calla y se sienta.

—Mishima siempre me decía —anuncia, y desgrana una larga frase en japonés. Lo miro, interrogante. Aroma va a traducir pero Kamatari la contiene, con un gesto.

—Eran cosas entre Mishima y yo —advierte—. Era una persona difícil. Fui su editor. Quiso integrarme a su ejército personal. Admito que yo también siento nostalgia por el Japón del emperador Meiji Tenno.

Los siguientes días no supe nada de Yoshio Kamatari. Pensé incluso que se había marchado y experimenté, lo reconozco con cierta vergüenza, una rara sensación de alivio. Yo ya había publicado un corto reportaje y, pese que allí terminaba mi función, había asumido, antojadizamente, cierto compromiso personal con el entrevistado, tal vez a partir de la simple curiosidad. Sin embargo, una semana después sonó el teléfono en la redacción y era él.

—Estoy a punto de contactarme con un sobrino nieto de Beatriz Viterbo —escuché que decía del otro lado de la línea. Bajé la cabeza, agobiado ante la desmesura del informe. Se me antojaba, al escuchar a Kamatari, estar oyendo en la radio a La Rosa de Tokio, aquella locutora insidiosa que procuraba desmoralizar a los soldados aliados con mensajes falsos y alocuciones desalentadoras.

—Beatriz Viterbo es tan sólo un personaje de ficción, Yoshio —contesté, cansado.

—Mañana debo encontrarme con él —prosiguió, como si no me hubiese oído—. Es portero de un edificio céntrico. ¿Puede usted acompañarme?

Le dije que no podía. Y era cierto. Tenía que cubrir la presentación de un libro de Juan Martini. Kamatari me liberó del compromiso. Dijo que entonces se haría acompañar por Aroma. Cortó. Me resultó tranquilizante que no fuera solo. Un turista suele encontrarse muy inerme en Buenos Aires. Kamatari me había contado, sin percatarse de lo que me contaba, que días atrás un taxi lo había llevado desde el Sheraton hasta Balvanera en casi dos horas, siendo un trayecto que no puede insumir más de quince minutos.

—Vi vacas, Arturo —narró, ufano. Con Aroma no podrían estafarlo tan fácilmente. De una forma u otra, advertí que me había hecho cargo de él, me responsabilizaba por su suerte, pese a la particular incomodidad que experimentaba cuando lo tenía frente a mí, pese a esa personalidad tan ajena, extraña y hermética, ante esa molesta sensación de que a cada rato me estaba agarrando para la joda, si me disculpan el término.

—Mi teoría es, Arturo, que Borges tenía alucinaciones —me confió esa noche, Kamatari, mientras tomábamos algo en una confitería equívoca de Cerrito entre Paraguay y avenida Córdoba, poblada por señoritas de la calle.

—Alucinaciones —repetí yo, como un idiota.

—Veía cosas. Alucinaba. Deliraba.

Yo lo observaba con fijeza no exenta de severidad.

—Es la base de mi próximo ensayo —continuó— sobre la personalidad de Borges. Ya escribí uno sobre Mishima, "El escritor que cayó de la gracia del mar"... —aprobé con la cabeza. Yo había leído *El marinero que cayó de la gracia del mar* hacía mucho. Me alegré levemente, recuerdo, cuando supe que Mishima se había matado.

—Tengo la sospecha, Arturo... —Kamatari se inclinó hacia mí por sobre la mesa, conspirativo—... de que Borges se drogaba...

Apreté las mandíbulas.

—Yo le aconsejaría, Yoshio —me permití decirle— que no escribiese sobre Borges en ese tono, en esa cuerda. Elaborar una teoría sobre un Borges drogadicto sin tener datos ciertos, o aun teniéndolos, no sería una actitud bien recibida en nuestro país, se lo aseguro.

Kamatari me escudriñaba con sus ojos entrecerrados, reducidos entonces a dos rayitas. Serio.

—Vea —proseguí—, yo no podría arriesgar que Borges sea un ídolo popular como Gardel, o como Fangio, uno de esos ídolos amados por el pueblo. Es más, le diría que Borges siempre ha sido cuestionado por las clases más humildes, con justicia o no, por reaccionario, o antiperonista, por presuntamente oligarca, por no compartir la afición general por el fútbol...

—No he leído nada de Fangio...

—... pero toda esa gente que lo denosta, incluso los críticos de izquierda, se pondrían de su lado, del lado de Borges, si aparece un extranjero atacándolo, calificándolo de adicto a las drogas.

—No digo drogas... pesadas —Kamatari movía sus manos pequeñas en el aire—... digo láudano, opiáceos, hongos narcotizantes.

Negué enérgicamente.

—... y sólo para escribir —procuró contemporizar, Kamatari—. No digo en su vida de relación...

—Los argentinos somos muy jodidos en eso, Yoshio —le enrostré—. Parecemos poco nacionalistas o poco defensores de lo nuestro, pero saltamos si alguien de afuera toca a alguno de nuestros íconos. Por otra parte, le digo, nadie acá, ni los mayores biógrafos de Borges han insinuado, ni remotamente, una teoría similar a la suya...

Kamatari sostenía entre sus dedos cortos y regordetes la pequeñísima copa de sake. Y me miraba. Había pedido sake en aquel lugar de alternadoras, y el mozo, tras una inicial vacilación, aceptó el pedido. Lo seguí con la mirada cuando sacaba un bidón plástico pequeño y con asa, semivacío, y vertía en un dedal el líquido espeso y transparente. No pude confirmar si se trataba, en realidad, de líquido para frenos, pero ya Kamatari lo apuraba a tragos cortos, de gato, complacido, al parecer.

—Es que no puede ser de otra forma —me porfiaba, una vez en la calle, mientras lo acompañaba hasta su hotel, esa noche de llovizna fina—, sólo una persona bajo el efecto de alucinógenos puede describir algo como el Aleph, Arturo. Sólo alguien delirante logra imaginar un punto de luz donde pueden verse, al mismo tiempo, todos los puntos del universo, lo grande, lo pequeño, lo pasado, lo inmediato, los desiertos, los mares, el espacio... En un punto así chiquito —ejemplificó con los dedos— flotando bajo una escalera en la oscuridad de un sótano, Arturo.

Se detuvo en su marcha, los brazos algo abiertos, hacia adelante las palmas de las manos, mirándome a mí que había seguido la marcha unos pasos, buscando mi aprobación, casi enojado.

—Es ficción, Yoshio —lo insté a seguir caminando—, es ficción —temía que se pusiera a cantar. Lo había hecho, días atrás, cuando me acompañó a comprar pilas para mi grabador, parado frente a una katana, esos sables ceremoniales japoneses. El negocio vendía chucherías para turistas, como muñequitos con un tirabuzón por pito, mantillas españolas, mates de ónix, gardeles de plástico a los que uno les apretaba el sombrero y desgranaban las primeras frases de "El día que me quieras" desde una grabación rasposa, y katanas. Frente a una de éstas se detuvo Kamatari y empezó a cantar, transido. Nadie se atrevió a decirle nada. Pero el tendero me regaló las pilas. Cuando por fin ya dejaba a Kamatari en la puerta del Sheraton, me dijo:

—El sobrino nieto de Beatriz Viterbo ya localizó la casa de la calle Garay.

Lo miré, absorto. La casa de la calle Garay, aquella casa en cuyo sótano, en el cuento de Borges, flotaba el Aleph, ese punto mágico y maravilloso donde podían verse todas, pero absolutamente todas las venturas y desventuras del Universo.

—Yoshio —exhalé—. En el cuento decía que esa casa había sido demolida. Y era en el año 1921. Se imagina que, hoy por hoy, algo deben haber construido en ese sitio.

—Arturo —pareció condescender Kamatari—, debajo de la actual Troya hay seis Troyas enterradas ¿Lo sabía? —dije que sí—. Y debajo de la ciudad imperial de Heian-kyo, en Japón, hay otra ciudad, y debajo un pueblo, y debajo un villorrio, y debajo un caserío, y debajo una pagoda y debajo una cueva. Lo que ratifica la evolución edilicia del *homo sapiens*. Lo descubrió el explorador Oliverio Furcatt en 1302, un día que escarbaba buscando lombrices para ir a pescar.

Mantuve el silencio, abrumado por el documentado regaño de Kamatari.

—Algo habrán construido allí, es cierto —concluyó Yoshio—. Pero si es otra casa, o un edificio, o un ministerio, o un templo, también tendrá un sótano, o cisterna, o baulera, o catacumba. Ya lo veremos. Hasta mañana.

—Kamatari —llamé, trémulo. Kamatari se volvió hacia mí en medio de las escaleras que trepaba—. Déjeme acompañarlo.

Frunció la cara. Pensó.

—Nada más que el sobrino nieto de Beatriz y yo —me dijo—. Lo siento.

Me quedé solo bajo la llovizna, que arreciaba. Vi cómo Kamatari, antes de perderse tras las enormes puertas de vidrio del hotel se detenía curioso, frente al joven portero uniformado con capote y charreteras militares.

—¿Guadalcanal? —preguntó—. ¿1945? —y sin esperar respuesta se metió adentro.

Yoshio Kamatari está sentado en el mismo sillón de siempre del *lobby* del Sheraton. A su lado, Aroma. Frente a él, al otro lado de la mesita ratona con las tazas de té y los bols de nueces y pistachos, yo, Arturo Agrelo.

—Arturo —dijo por fin Kamatari, solemne—, lo que yo sospechaba ha resultado cierto.

Se hizo tenso un silencio.

—Mis investigaciones en la calle Garay —continuó— y, fundamentalmente, lo que me contó el sobrino nieto de Beatriz Viterbo, así lo confirman: lo que vio Borges era un televisor.

Percibí como una cachetada en la frente que me echó la cabeza hacia atrás.

—Un televisor, Arturo —Kamatari me miró—. Un televisor, Aroma —miró a Aroma, girando casi todo el cuerpo por esa dificultad suya de girar la cabeza—, no hay duda alguna. Un Hitachi 122 de media pulgada, blanco y negro. Portátil, obviamente. Hitachi exportó ese año sólo dos aparatos a Sudamérica. Uno quedó confiscado en la aduana de Río de Janeiro. Y el otro fue adquirido por Carlos Argentino Daneri, el primo hermano de Beatriz Viterbo. Acá tengo el remito. Pero luego él abandonó ese televisor en el sótano porque a Beatriz la molestaba, decía que no los dejaba conversar, que destruía el diálogo en la familia. Carlos Argentino, hombre de poco carácter, para evitar problemas, lo dejó en el sótano, con otros trastos. Y allí fue que lo vio Borges, recuerde: no es casualidad que Borges mismo se incluya como personaje en ese cuento. Usted puede imaginarlo, Arturo. Borges, con su vista en extremo debilitada, no podía ver, en la oscuridad de un sótano, si aquello era un televisor, o un Aleph, o un candelabro.

—¿Había televisión ya, en esa época? —yo me resistía aún a creerle.

—Estaba en pañales. El ingeniero norteamericano de origen ruso, Vladimir Kosma Zworykin, ya había obtenido algunos progresos con lo que él llamó iconoscopio. También Peter Carl Golmark, empleando un disco rotativo tricolor. En Japón la Hitachi lanzó esos aparatos minúsculos, pero decidieron experimentar con ellos en otros países subdesarrollados porque albergaban el temor de que las radiaciones de rayos catódicos afectaran los cerebros de los televidentes. Luego vino la guerra con China y la Hitachi abandonó el proyecto de la televisión para fabricar telémetros militares y cestillas de mimbre para guardar grillos. Hoy por hoy envasan pato laqueado para Venezuela.

Estuve a punto de ponerme de pie e irme.

–Una última pregunta, Kamatari –me contuve–. ¿Cómo sabe usted tanto sobre esos televisores?

–Trabajo para la Hitachi –me dijo, profesional y sobrio–, soy Gerente de Desarrollo Industrial en el área de Kawasaki-Yokohama. Necesitábamos saber qué había pasado con ese modelo, el 122. Los japoneses reducimos mucho las dimensiones. Pero aquello fue demasiado. Esos televisores se perdían en los bolsillos. La misma causa determinó el fracaso de la naftalina.

Esta vez sí me puse de pie.

–Otra última pregunta, Yoshio –le dije. Me observó, alerta–. ¿A qué altura de la calle Garay quedaba esa casa, la del cuento de Borges?

Kamatari arrugó la frente, como si le costara recordar. Y, de pronto, rompió a cantar. Me fui apresuradamente. Ni siquiera me di vuelta para saber si Aroma había hecho lo mismo.

EL REY DE LA MILONGA

Créame doctor, no hay nada mejor que ser el Rey de la Milonga. Usted pensará que exagero pero acá en la Argentina —no sé en otros países—, acá, acá, no hay nada más importante que ser el Rey de la Milonga. Arquero de River, tal vez, puede ser, a veces lo pienso, especialmente cuando me acuerdo del Gran Amadeo. Usted lo veía entrar a la cancha a Amadeo Carrizo y se le caían las medias, dígame si no era así, no sé si a usted le gusta mucho el fútbol pero habrá escuchado hablar de Carrizo. Esa pinta, ese porte, esa prestancia, un tipo hermoso le juro. Y arquero de River además, que no es pavada. Así, ¡así!, las minas detrás de él. ¿Qué puede ser más importante que eso? ¿Qué otro puesto puede ser más atractivo para las minas cuando uno les hace el verso? ¿Qué otro puesto las puede impresionar más? ¿Ministro de Economía? ¿Cantante?

Tal vez cantante. Pienso en Alberto Morán sin ir más lejos, que las minas se meaban apenas arrancaba con "Pasional". "Ya no sabrás, nunca sabrás, lo que es morir de amor y enloquecer"... Pero cuando a uno le preguntan... "¿Y usted de qué trabaja?" o "¿De qué trabajás?", porque ahora las pendejas lo tratan de "Che" a cualquiera aunque uno les lleve cuarenta años... "¿De qué trabaja?" "Arquero de River". ¡Mamita querida! Se caen de culo, doctor... ¿O no? ¿O no? Arquero de River y con esa pinta y ese lomo. Qué fenómeno, Amadeo.

Pero... le digo doctor... No se compara con ser el Rey de la Milonga ¿Sabe por qué? Porque la vida del futbolista es muy corta, muy corta. A los treinta, treinta y cinco ya se terminó. Y estiremos a treinta y cinco por ser un arquero. En cambio, en la milonga, véame a mí. Entero...

¿Cómo te va, Turquito? ¿Cómo andás, querido? Gusto verte. Esa corbata no te la conocía, Turco... El doctor Celoria, un amigazo. Te veo, querido. Eh... ¡Turco! Lopecito consiguió, consiguió de la buena. Un fenómeno, Lopecito. Después te cuento...

Es como le decía, doctor... Yo tengo una sobrina, por ejemplo, la Vicky: salió Reina de la Ordeñadora Mecánica en El Trébol. Muy bien, todo bárbaro, las luces, los reportajes. Y a los tres meses ya nadie se acordaba de la pobre piba. Mi hermana, Susana, creyó que eso iba a ser el comienzo de una carrera de actriz para la nena. De El Trébol al estrellato, y a los seis meses la piba estaba de nuevo laburando de telefonista en el hotel del pueblo... ¡Por favor!... La milonga es otra cosa. Este muchacho que le presenté, el Turquito Josami, usted no sabe cómo baila. Viene medio averiado por una operación de próstata que le hicieron pero ya está de nuevo cero kilómetro. Un fenómeno el Turco. Cero kilómetro físicamente pero está en la lona, en la lona total. Lo mató el escolazo. La timba. Es un jugador compulsivo. Se la pasa mirando números, patentes de autos para jugarlos a la quiniela, le robaba guita a la madre para irse al Casino de Paraná. Se fue a dedo al de Río Hondo. Pero usted lo ve así ahora y se lo ve bien, bien empilchado, zapatitos de charol bien brillosos. Algo raído el saco, es cierto, medio despeluchado el cuello de la camisa, una camisita Grafa que ya tiene sus campañas, es cierto, pero resiste. Y en cualquier otro lugar el Turco no tiene dónde caerse muerto, pero acá, acá, él entra y todos lo saludan, lo aprecian, lo abrazan. ¿O no? ¿O no, doctor? Ya no es el mismo en las pistas, es verdad, pero, después de todo, eso no es tan importante. Le jode un poco la cicatriz de la operación para la sentada, me dijo. ¿Puede ser, doctor? ¿Se puede dar una cosa así, que la fibrilización de la herida joda para la sentada, o en la quebrada cuando uno tiene que apoyarse la mina sobre la rodilla?

Bueno, al menos eso dice él, pobre Turco. Y todos le creen. Acá hay una jerarquía de milonguero, doctor, que no se da en ningún otro país, en ningún otro. No sé, yo no he salido nunca de la Argentina, ni a Uruguay le digo. No sé, no se dio la oportunidad, y a mí me da como una cosa, una resistencia estúpida a eso de irme, estar en otras tierras. Qué sé yo... Me dicen que en Finlandia el tango... ¡Qué hacés, preciosa! ¿Cómo andás? Nos fallaste la otra noche cuando el cumpleaños de la Marisa. Estuvo lindo. Hasta las siete nos quedamos. Te queda bárbaro ese peinado. Chau, linda, después reservame una pieza...

Qué mujer era ésa hace cuarenta años, doctor. Una muñeca. Todavía se defiende, pero hace cuarenta años me tenía loco. Yo estaba haciendo la colimba en Zárate y el teniente me mandaba a comprarle permanganato de sodio para pulir las monturas a una farmacia de Campana. Y la rusa atendía ahí. Una locura, con esos ojos...

Le decía, doctor... que parece que en Finlandia el tango es furor. ¿No leyó? ¿Puede creer?... Un pueblo tan distinto. Pero, claro, el tango le gusta a cualquiera. Si usted tiene corazón, tiene sentimiento, lo escucha y algo le tiene que motivar, a menos que usted sea un pescado frío. ¿O no? ¿O no, doctor?

Hasta en Japón gusta. Una vez me querían llevar a bailar allá, con Victoria de pareja, una correntina que bailaba una barbaridad, hoy está en silla de ruedas pobrecita, "Victoria y Ricardo", a Japón, ya estaba toda preparada la gira. Osaka, Tokio, Hiroshima... Créame, doctor, Hiroshima. Porque esa pobre gente necesitaba distraerse. Yo iba en reemplazo de Virulazo, que andaba con una hernia de disco, tenía sobrepeso Virulazo, ése fue siempre su problema. La gente decía: "Qué sobrio Virulazo para bailar, qué contenido", y era que el gordo andaba fajado con cuatro vueltas de cinta plástica.

No voy a ser yo el que hable mal de Virulazo porque para mí fue un genio de la danza, al nivel de Nureyev, mire lo que le digo, pero se movía poco por la hernia de disco. ¿Eso se opera, doctor? Porque uno por ahí queda peor. Mire si resulta que Gardel era finlandés, doctor. Mire si era finlandés. Ni uruguayo ni francés... finlandés. ¿Por qué no? Ya hay algunos que lo sostienen, para provocar nomás, como los que escriben libros diciendo que era homosexual. Qué golpe sería para el sentir nacional, doctor. El Mudo finlandés. Al final no fui a Japón. Nos íbamos con Leopoldo Federico que era del barrio. No sé. Mi vieja estaba enferma, jodida de los pulmones. Le agarraba como una alergia, se le cerraba el pecho. Tosía. El polvillo ese que se levanta de la tolva, cuando cargan cereal en el puerto. ¿Vio? Hay mucha gente a la que le jode eso. Nosotros vivíamos en el centro y estábamos cerca del puerto. Me dio no sé qué pirarme, irme a un país tan lejano como Japón con la vieja así.

Para colmo ella ya estaba de punta conmigo porque decía que yo no laburaba. "Tenés cuarenta y dos años y seguís sin trabajar", me decía entre los ataques de tos, todo el santo día con eso, con que no laburaba y que me levantaba a las tres de la tarde. Yo vivía en la casa de mis viejos todavía, más que nada para acompañarla. Mi hermana se había recibido y se había ido a El Trébol y el viejo, ahora le cuento del viejo, trabajaba todo el día en su despacho de abogado y aportaba poco. La vieja se quedaba bastante sola, pobrecita. Y me hinchaba las bolas con todo eso. Con que yo había abandonado la Secundaria en primer año, con que no conseguía trabajo... Y el viejo ni le digo. No me hablaba. Ahora le cuento...

Irme a Japón así, no sé, no me parecía correcto. Y era la oportunidad, la oportunidad. No sé. Creo que no me animé. Si yo ni salí de la provincia, doctor, eso es lo cierto. Ni salí. Además, tenía que cambiar bastante mis costumbres. Para ir a Japón tenía que cambiarlas. El productor, un tal Herminio Zapata, era un nazi: quería hacerme ensayar todos los días desde las ocho de la matina. ¡Desde las ocho! Y yo me acostaba a las siete, doctor. Creo que la única vez que me levanté a las once para hacer algo fue justamente para ir a ver al gran Amadeo

Carrizo una vez que vino River a jugar con Central y a mí me consiguió una platea un amigo que era de la Directiva. La única vez. Nunca digirió demasiado bien mi vieja eso de la milonga. Nunca. Ella pertenecía a otro mundo, de jugar a la canasta uruguaya con otras señoras en el Club Español y organizar tés de beneficencia... ¡Qué hacés, Pelusa! Un beso, querido. ¿Cómo andás? ¿Bien? Me alegro. ¿No te excediste un poco en el *make up*? En joda, en joda te digo, Pelu, en joda, Pelusa... El doctor Celoria, un fenómeno el doctor, es el que me acuchilló a traición. ¿Te fue el electricista, Pelusa? Te lo mandé, un tipo bárbaro, muy serio... Nos vemos, quiero comentarte lo de lo tuyo con el PAMI, te lo consigo, te lo consigo... Ah, Pelusa... Lopecito consiguió, consiguió de la buena, si querés avisame. Pero avisame, eh... No hagas como la otra vez.

Un fenómeno Pelusa... Lástima la bebida: pisa un corcho y se mama. Ya no aguanta. Parece que tiene el hígado fosilizado. ¿Una persona puede tener el hígado fosilizado, doctor? Como una piedra pómez lo tiene, me dijo. Le hicieron una ecografía.

Y es un tipo fenómeno, ¿eh? Sigue siendo pintón el hombre. Usted va a ver cómo, cuando sale a bailar, las minas hacen cola para bailar con él. Qué fenómeno. Pero de ahí no pasa porque cuando toma dos tragos se empeda y hay que llevarlo alzado hasta la casa. Hay veces que lo dejan dormir aquí, en uno de los sillones del fondo. Éste también estaba anoche, cuando vino mi viejo.

Eso es lo que le quería contar, doctor, porque explica bien lo que significa ser el Rey de la Milonga. Es más importante, no le miento, que ser arquero de River... ¿Qué hacés, Flaquita? ¿Cómo andás? Esta noche te voy a enseñar un paso nuevo, pero cuando se haya ido Jorge, que después me copia. Me copia, Jorge... Después te busco...

Sigue estando buena la flaca... Y eso que ya es veterana, pero está fuerte. Si quiere se la presento, doctor, pero es media rebeldona, media difícil. Bailando, quiere llevar ella. ¿Puede creer? Quiere llevar ella. Usted sabe que el hombre, en el tango, siempre lleva a la mujer con la sola presión de los dedos en la espalda... Para acá, para allá, para atrás, para el costado. La flaca no, se retoba. Yo siempre dije que el feminismo va a matar las parejas de tango. Así terminaron Eladia y Gustavo, la pareja que bailó mil años en el Caracol. Ella empezó a leer a Marguerite Duras y empezó con el reviro. Quería llevar ella. Hasta que Gustavo le partió un botellazo en la cabeza, una vez después de bailar "El once".

Y anoche vino mi viejo, doctor, usted no me lo va a creer. Después de catorce años sin dirigirme la palabra. Catorce años, enculado porque yo no estudiaba, ni trabajaba, dormía hasta la tarde y seguía, de cierta forma, siendo mantenido por ellos. Lo que es mentira pero es muy largo de explicar. Vino mi viejo. Yo estaba bailando "Bahía Blanca" a pista vacía, porque cuando yo salgo me hacen espacio, se abren todos. Estaba bailando con una grandota nueva que baila bastante bien pero es muy pesada y escora hacia la derecha. Se ve que jugaba al voley la chica, se jodió una rodilla y se quedó así, combada la pierna hacia fuera. Costaba llevarla porque se escoraba la grandota... Y me vienen a buscar, el Haroldo me agarra del brazo en medio de la pista y me dice al oído: "Está tu viejo".

No me dio tiempo ni a asustarme, porque tiene que haber una razón muy importante para que me interrumpan mientras estoy bailando. La última vez que me interrumpieron fue hace poco, cuando murió mi vieja, y antes, antes, cuando se mató con el auto Julio Sosa. Voy hasta la puerta y ahí estaba mi viejo, acompañado de una señora. "¿Qué tal, Marcos?" Me dijo, creo que emocionado. Yo no lo podía creer. Catorce años sin escucharle la voz, casi no lo reconozco. Elegante el viejo, bien trajeado. Bah... Como siempre, trajes de seda italiana, corbatas finas. Algo más achacado físicamente pero erguido todavía. Alto, canoso, por supuesto. Me abrazó y le juro, doctor, que casi lloro, casi lloro. "Te acordás de Lolita", me dijo. Y ahí la reconocí a Lolita. Íntima amiga de mi vieja, mi vieja que murió hace apenas dos meses, pobrecita. Claro, en esta semipenumbra no me fue fácil reconocerla. Porque ése es uno de los secretos de estos boliches de veteranos, doctor: la penumbra. Acá usted no ve ni arrugas, ni papadas, ni patas de gallo. La oscuridad oculta todo, es la mejor de las cosméticas. Pero apenas habló Lolita la reconocí. Esa misma voz de pito penetrante: "¿Cómo estás, Marquitos? ¿Cómo estás?". "Marquitos", me dice, claro, si me conoce desde que yo era así. Pero media contenida, controlada, como en falta. Claro, si mi vieja, su mejor amiga, había muerto hacía nada más que dos meses y ella se aparecía con mi viejo.

–Me hicieron el vacío, Marcos –me contó mi viejo después, cuando ya nos habíamos sentado en una de las mesas de allá, lejos de la pista–. Me hicieron el vacío. Los amigos, ésos que vos conocés: Polo, el doctor Iñíguez, Medrano, el Rubio; no me hablan, me esquivan el bulto.

–¿Por qué? –le pregunté yo.

–Por Lolita –mi viejo señaló a su compañera–. No ven bien que yo me vea con ella a tan poco tiempo de la muerte de tu madre. Ada dice que es un escándalo. Bueno, Ada y todas las mujeres. Las mujeres no quieren ni escuchar hablar de mí, Marcos.

Lolita aprobaba con la cabeza, así, parecía un perrito de taxi, doctor.

–Pero viejo, no les des bola –le dije yo.

–No me invitaron a la fiesta del Golf, Marcos. ¿Adónde iba a ir, adónde iba a ir?

Por eso vino acá, doctor, por eso vino acá con la Lolita, porque hacía dos meses que no tenían dónde meterse. Querían salir a algún lado y sabían que si los veían les iban a arrancar la piel a tiras, doctor. Imagínese. A cualquiera de nosotros, por ahí, una situación así nos hubiera chupado un huevo. Al día siguiente que yo rompí con Gladys, me fui a la milonga del Club Almafuerte con la Negra Villa, y tan campante. Yo salía al mismo tiempo con dos mellizas, las mellizas Zalewski, doctor, durante tres años, y no se me movía un pelo. Pero mi viejo, mi viejo, dentro de ese círculo de culorrotos caretones, hecho a ese ambiente, para él es un drama. Rechazado por su círculo de amistades. Pero ¿sabe qué me dijo? "Es que me queda poco tiempo, Marcos. Me queda poco tiempo". Y no es que esté enfermo ni nada, doctor, porque el viejo es un roble, pero ocurre que ya tiene setenta y nueve años, setenta y nueve años el viejo. ¿Qué le parece? "Nos queda poco tiempo. Nos queda poco", agregó Lolita en una de sus contadas intervenciones, porque ella hablaba por ahí también. Y claro. ¿Qué van a andar esperando? ¿A cumplir cien años para formalizar? Eso, eso les dijo el Valija, uno de mis amigos, ese chiquito que está ahí, doctor. Se había sumado a la mesa, así nomás, sin pedir permiso. Vino con su vaso y se sentó. "¿Qué vas a estar esperando, Adolfo?", le dijo a mi viejo, y lo agarró así del brazo: "Metele para adelante, Adolfito. Y que se vayan todos a la reputísima madre que los parió ¿Qué querés tomar, querida?", le preguntó a Lolita. A Lolita que todavía estaba medio sobresaltada por la puteada.

Mi viejo no dice jamás una mala palabra. Y después se acercaron Marino, el negro Airasca, Florencio, Mendocita, y todos a hablar con mi viejo, cuando se enteraron de que era mi viejo. Vinieron a conocerlo y, cuando se enteraron de la situación, a confortarlo. Hasta tuvieron la delicadeza de no mencionar a mi vieja, y menos a darle el pésame por su muerte. "¡La vida continúa, Adolfito!", le pegó una palmada en la espalda el Oso, el cocinero, que vino especialmente a traerle a Lolita un miga de queso. Casi lo parte en dos a mi viejo, que estaba feliz, feliz estaba porque nadie lo juzgaba ni lo cuestionaba... ¡Guillermo querido! ¡Qué alegría verte, negrazo! A ver si esta noche me enseñás ese giro que hiciste anoche... ¿Trajiste? ¿La trajiste?... Después, después me la das en el baño... El Rulo también quiere... Un fenómeno este Guillermo, Guillermo López, Lopecito, doctor. Es un artista. Es pintor. Hace retratos. Usted tendría que verlos. Una maravilla. Los hace igualitos, igualitos. Hizo uno de aquél, de Maisonave, que es increíble. Porque no es sólo el parecido, es la expresión, el espíritu. Eso es lo que logra un verdadero artista, cuando capta algo más que el parecido. ¿O no? ¿O no, doctor? Pero él es, en realidad, peluquero, porque con los retratos no se mantiene, le encargan uno a las cansadas. Y ahora consiguió algo fundamental, fundamental para todos nosotros, que le permite ganarse sus buenos mangos.

A usted se lo puedo decir, porque con usted no puedo tener secretos, doctor. ¿Cómo tener secretos con un hombre que lo ha operado a uno de almorranas? Si usted ya ha vulnerado esa máxima intimidad mía yo le puedo confiar que me tiño el pelo, doctor. Me tiño el pelo. Pero es muy difícil, muy difícil conseguir una buena tintura. Le dejan el pelo rojizo o destiñen con la transpiración. La otra noche a Mendocita, pobrecito, le entraron a caer por la frente unos gotones amarronados así de grandes desde la sabiola, porque se había dado un botellazo con una tintura infame, brasileña, que no servía para un carajo. Pero Lopecito es peluquero, y a él no lo van a engañar. Y parece que consiguió de la buena, de la que vale...

Cuando se iba, doctor, cuando mi viejo se iba, en la puerta, porque lo acompañé hasta la puerta, me abrazó de nuevo y me dijo otra vez al oído: "Me equivoqué, Marquitos. Vos no le erraste a la carrera. Vos no le erraste". Porque todos los de acá, que se acercaron a apoyarlo, a reconfortarlo, a apuntalarlo, lo hicieron, y creo que no me equivoco, doctor, porque era mi viejo, y porque me quieren. Porque me quieren a mí. ¿Me entiende? ¿O no? ¿O no, doctor? Y esta noche por ahí vuelve de nuevo mi viejo, con la Lolita. Y hasta en una de ésas los hago bailar y todo. Si el tango se puede bailar hasta cualquier edad. No es el *breakdance*. ¿O no? ¿O no, doctor? No es el *breakdance*.

UN HOMBRE DE CARÁCTER

Siempre me asombró que a tío Julio no lo hubieran cagado a trompadas muchas más veces. Lo digo porque, si bien yo nunca vi que lo fajaran, él me contó que de joven le habían pegado en varias oportunidades. Posiblemente, el hecho de que le perdonaran la vida y no le rompieran la cara durante el tiempo en que nos tocó estar más tiempo juntos, respondía a que ya tío Julio era un hombre grande, de unos setenta años: técnicamente viejo. Y eso lo salvaba, quizás, de que no lo cagaran a puñetes.

Lo cierto es que las veces que lo vi calentarse podía decirse que tenía razón, se calentaba con fundamento, pero era algo desmesurado y, si se quiere, injusto.

—Tiene el termostato alterado —me explicó una vez mi Viejo, refiriéndose a su hermano mayor—, tiene el termostato alterado y levanta temperatura con facilidad.

Sin embargo, viéndolo a Julio, era difícil suponer que pudiera pasarle eso. Era un tipo más que agradable, ameno, divertido, conversador, culto: lo que solían definir las mujeres como "un encanto". Muy activo, además, siempre dinámico, culoinquieto, aunque ya estaba jubilado. Sin cantar, sin bailar arriba de las mesas, sin contar chistes verdes, yo lo había visto siempre constituirse en el animador de las fiestas familiares. Un poco por eso creo que mi Viejo no lo soportaba demasiado. Por envidia. Mi Viejo era más callado, más seco, menos sociable y siempre quedaba opacado por la figura del tío Julio.

A mí, debo reconocerlo, Julio me parecía algo pelotudo, meloso, un tanto sensiblero.

—¿Es medio bobalicón, no es cierto? —me lo definía mi Vieja en secreto, incómoda a veces por la excesiva facilidad con que Julio se emocionaba por cualquier cosa. Aparecía una prima con un bebito nuevo y a Julio se le llenaban los ojos de lágrimas, hablaba del hambre en algunas naciones africanas y se le cortaba la voz, veía pasar una bandada de pájaros volando hacia la isla y corría a llamarnos a nosotros para que la admiráramos.

Yo había intuido ya, sin embargo, que en algún pliegue de su personalidad palpitaba un verdadero monstruo.

—Cuando no le agarra la viaraza es un buen tipo... —le escuché decir alguna vez a tía Adelfa, haciendo un giro con los dedos de su mano derecha junto a la sien.

—Ahora... cuando se saca... —había aportado en otra ocasión mi prima Dora dejando entrever el costado oscuro del tío Julio.

Además Julio hablaba, era una máquina de hablar que no paraba nunca. Flaco, alto, de bigotito ya cano, andaba siempre de camisa y corbata y con unos pantalones bastante por encima de la línea de la cintura.

—Dejalo que venga conmigo, Enrique —le propuso a mi Viejo una mañana en que había venido a casa a buscar una aspiradora. Mi Viejo se encogió de hombros. Yo tenía dieciséis años, había dejado la escuela secundaria, y estaba completamente al pedo. Tío Julio no sé qué trámites hacía con el auto, trayendo y llevando papeles del negocio de artefactos eléctricos que ahora manejaba casi íntegramente Ricardo, su hijo mayor, mi primo.

—Me lo llevo y por ahí aprende lo del negocio —agregó tío Julio—. Además, así tengo con quien conversar, che.

Y había que estar allí, en el auto, escuchándolo por horas al tío Julio. Era un hombre torrencial, incontenible, que cuando no tenía algo para decir leía los carteles de publicidad en voz alta.

—La Catalana, La Virginia, San Ignacio —recitaba, como si

yo no supiera leer. Pero, en ese lapso durante el cual fui su acompañante, aprendí a quererlo. Era enormemente generoso conmigo, cálido, respetuoso, y cuando nos bajábamos a hablar con los clientes todos lo recibían con enorme afecto. Julio transmitía una franca cordialidad y bonhomía. Se reía fácil, además, con las bromas y comentarios de los demás.

La primera vez que tuvo una reacción extemporánea, sobre las que tanto me habían alertado, fue en la calle, mientras yo lo acompañaba en el auto una mañana de sol de verano, en el centro de Rosario. Nos habíamos detenido en un semáforo y Julio me estaba contando, apasionado, cómo el deporte es vital para los jóvenes y recordaba que una vez había acompañado a una delegación de Gimnasia y Esgrima para una competencia de atletismo en Mendoza.

Justo cuando el semáforo nos dio el verde, a una vieja pelotuda que había estado dudando durante toda la luz roja si cruzar o no cruzar, se le ocurrió hacerlo. Iba con dos pibitos que debían ser sus nietos y nos hacía señas con las manos como pidiendo disculpas. Fue entonces cuando sonaron dos bocinazos imperativos desde atrás. Julio clavó la mirada en el espejito retrovisor y se aferró con las manos al volante como si quisiera partirlo. Vi claramente que se le hinchaba una vena del cuello y otra en la sien. Para colmo, de inmediato, otro bocinazo.

Julio salió disparado del auto, saltó como lanzado por un asiento eyector de ésos que tienen los aviones de combate.

—¿Qué querés que haga, pelotudo? —se plantó frente al conductor de atrás—. ¿Qué querés que haga, que los pise, eso querés que haga, imbécil?

El otro era un tipo de unos 35 años, que sin duda estaba de mal humor, y no había visto ni a la vieja ni a los chicos.

—¿No ves a la señora, pelotudo? ¿No la ves? ¿Qué mierda tenés en los ojos, boludazo?

El otro optó por quedarse en el molde. A su lado estaba una mujer que, sin duda, desaprobaba los bocinazos de su marido tanto como tío Julio.

—No la vi, no la vi —admitió por fin el tipo de atrás.

—¿No la viste? Claro, vas hablando al pedo con la turra que tenés al lado y no ves nada, pelotudo...

Ahí el conductor amagó bajarse y yo comencé a barajar la posibilidad de hacerlo también antes de que el quilombo pasara a mayores.

—Dejalo, Héctor, dejalo —oí que decía la mina. Tío Julio resoplaba, los puños cerrados. Se quedó un instante perforando al tipo con la mirada, como desafiándolo a bajar. Ya se había juntado bastante gente en la esquina y se había formado un matete de autos detenidos. Por fin, tío Julio, lavado su honor al menos, decidió volver a nuestro auto, que había quedado con la puerta abierta. Pero dio apenas dos pasos y volvió casi saltando a clavarse frente al coche de atrás como atacado de nuevo por otro repentino e incontrolable impulso criminal.

—¡Y bajate infeliz, bajate! —desafió, iniciando el antiguo y ridículo gesto de arremangarse los puños de la camisa y ponerse en guardia—. ¡Bajate, hijo de mil putas, y vas a ver cómo te recontracago a trompadas, basura! ¡Teneme el reloj, Alfredito! —me llamó, pero el tipo de atrás ya maniobraba su coche como para zafar del bloqueo al que lo sometía el coche nuestro y seguir su marcha. Pero los paragolpes estaban demasiado cercanos y se le hacía difícil.

—¡Cagón, cagoneta! —aullaba Julio—. ¡Para atropellar mujeres y niños sí sos valiente, basura, pero no te bancás bajarte a pelear, marica!

—Andá, andá, sacá el auto —pidió, contenido y con cara de culo, el tipo de atrás. Cuando Julio advirtió que no habría pelea bajó la guardia, pero se quedó junto a la ventanilla del otro, como para que todos esos curiosos supiesen de la humillación que había sufrido el imprudente. Fue cuando se oyó la otra voz, áspera.

—¡Vamos, viejo, que tenemos que laburar!

Y ahí lo vi: detrás del coche del tipo que le tocaba la bocina a Julio había un taxi y, adentro del taxi, un chofer descomunal al punto que parecía no caber dentro del auto. Yo alcanzaba a verle, encuadrado por la ventanilla, un mentón inmenso con sombra de barba, un escarbadientes en la boca, y unas patillas peludas y enruladas. Pero lo que más me impactó fue el brazo izquierdo que el taxista sacaba por la ventanilla apoyándolo sobre la puerta amarilla. Un segmento de boa constrictor, un cacho de cilindro oscuro y tenso, lleno de protuberancias y músculos que se adivinaban bajo una piel del color de los caballos alazanes.

Fue como si a Julio le pegaran una cachetada. Se volvió hacia el nuevo enemigo.

—¿Y vos qué te metés, tachero hijo de puta? —aulló—. ¿Quién carajo te dio vela en este entierro, sorete, tachero sucio, villero?

Temí lo peor. Supe que si el taxista se bajaba, yo, al menos simbólicamente, también iba a tener que bajarme a respaldar a mi tío. Por suerte, todos los otros autos —ya eran como mil— empezaron a tocar sus bocinas reclamando paso. Y por otra parte el taxista había considerado sin duda poco deportiva una pelea con tío Julio, a quien podía partir en cuatro pedazos tan sólo con un revés de una de sus manos que parecían dos tortugas de las Galápagos.

—¡Tachero tenías que ser para ser sorete! —siguió Julio, mientras el público ya lo abucheaba—. ¡Ladrón, tachero choro, que tocás el reloj para robarle a las viejas, delincuente!

Se vino para el auto y se metió adentro dando un portazo. Puso el motor en marcha.

—Delincuente —siguió diciendo—, delincuente de mierda. Te meten un cómplice en el auto y te despluman estos hijos de puta... Disculpá, disculpá, Alfredito. Me caliento. Al pedo me caliento. Pero me enfurecen las injusticias, che, me pongo loco. Me saco, me saco... ¿Adónde teníamos que ir? Leeme el próximo remito.

Cinco minutos después yo seguía con taquicardia y tío Julio canturreaba, feliz, un trozo de "Violetas imperiales".

La segunda oportunidad fue en un ambiente más recoleto, más circunspecto, que no hacía pensar que podía convertirse en el entorno adecuado para originar un despelote. Por la circunstancia, además.

—Acompañame al médico, Alfredito —me pidió tío Julio unos veinte días después del episodio del semáforo.

—¿Andás jodido? —atiné a preguntar.

—No. Es por Ana. No sé bien qué tiene. Quiero hablar con el médico para que me cuente, sin estar Ana presente. Le pedí turno.

Se lo veía preocupado. El tiempo le iba a dar la razón para estarlo.

El médico nos atendió tras media hora de espera.

—Él es mi sobrino —me presentó Julio—. Una maravillosa persona, de mi más plena confianza. Por eso me tomé el atrevimiento de traerlo.

El médico me ignoró. Yo, pese a los conceptos de Julio, me sentía un intruso.

—¿Es serio, doctor? —preguntó Julio, luego de que el médico, con una fría cordialidad, le explicara algo referido al mal funcionamiento de los riñones de Ana.

—Es serio. Es serio.

—¿Es curable?

—Es curable. Es curable.

El doctor decía todo dos veces por si no se entendía.

—¿Hay un tratamiento para eso? —preguntó Julio. Ansioso, estaba casi apoyando el pecho contra el escritorio del médico y jugueteaba con su mano derecha con uno de esos entretenimientos plásticos que regalan los laboratorios.

—Hay un tratamiento. Hay un tratamiento.

—¿Y es efectivo?

—A veces sí. A veces no.

Julio se quedó estático, como una víbora observando su presa, y detuvo el jugueteo con el regalo del laboratorio. Intuí que dentro de él estaba creciendo, trepando, subiendo, efervescente e incontenible como la lava a punto de saltar en erupción, una bronca negra y reconcentrada.

—Usted me dice... Usted me dice... —advertí que procuraba calmarse, Julio—, usted me dice que el tratamiento a veces da resultado y a veces no da resultado...

—Es así. No hay enfermedades, hay enfermos.

—Eso es como si yo le preguntara a usted... —Julio no quitaba los ojos de los ojos del médico y podía decirse que sonreía— si un perro es amaestrado y usted me dijera que sí. Entonces yo le preguntara si muerde y usted me dijera: "A veces sí y a veces no".

El médico frunció el ceño, algo confuso.

—Lo que quiere decir, doctor —Julio empezó a levantar gradualmente la voz—, que ese perro, ese perro no está amaestrado un carajo. Porque si a veces se le cantan las pelotas de morder y a veces no se le cantan las pelotas, no está amaestrado un carajo, doctor: ¡ese perro hace lo que se le canta el culo!

—Escúcheme, Rodríguez —intentó apaciguarlo el médico, algo alarmado.

—¡Usted me dice que es una enfermedad controlable —siguió Julio, ya completamente fuera de sí—, pero que el tratamiento a veces es efectivo y que a veces no tiene el más puto dominio de la enfermedad!

—Rodríguez, Rodríguez... La medicina...

—¡La medicina un carajo, mi viejo! ¡Lo que pasa es que ustedes son una banda de hijos de mil putas que no saben un soberano carajo de estas cosas! ¡No saben una mierda y no quieren admitirlo! ¡Terribles hijos de puta que lo único que quieren es afanarle la guita a la gente! ¡Ladrones! ¡Mercachifles de la ciencia!

Se había parado y yo le tironeaba vanamente del saco para que se calmara. El médico también se puso de pie, pálido, tomando prudente distancia.

—¡Soltame, carajo! —me ordenó—. ¡Yo vengo a preguntar sobre lo más sagrado que tengo —clamaba Julio— que es mi señora, y tengo que oír a este hijo de remilputas engañándome con que tienen un tratamiento para curarla pero que a veces da resultado y a veces no, lo que me confirma que no tiene la más puta idea de lo que habla, matarife repugnante!

Se abrió la puerta de golpe y apareció allí otro médico alto, joven y robusto, mirando hacia adentro con gesto torvo e inquisitivo. Había escuchado los gritos de Julio, por supuesto, como debían haberlo oído todos los seres humanos en dos cuadras a la redonda.

—¡Acá los tenés! —Julio, sin achicarse, me señaló al aparecido, triunfante—. ¡Acá los tenés, protegiéndose unos a otros como los mafiosos, apenas se sienten atacados!

¡Chacales, lacras humanas, tapándose las cagadas unos a otros, ocultando las operaciones que hacen al pedo donde le sacan el hígado al tipo que fue por el apéndice y le operan una rodilla al que vino por el oído! ¡Estafadores hijos de mil putas, ladrones!

Tío Julio seguía gritando cuando lo sacaron a la calle entre cuatro enfermeros y dos enfermeras que trataban de calmarlo hablándole dulcemente, bajo la mirada despavorida de los pacientes que aguardaban en la sala de espera. Pude entrever en el tumulto, incluso, a una enfermera mostrándole una jeringa a un médico con mirada interrogante y recibiendo la negativa del médico con la cabeza. Ya afuera, en el auto, tío Julio tardó casi diez minutos en controlarse.

—Perdoname, Alfredito, perdoname —me dijo luego (debió haberme visto demudado)—, pero es la salud de Ana y yo no puedo permitir que me vengan con pavadas, con inventos, con fantasías... Prefiero que me digan: "No sabemos, señor, no tenemos ni la más pálida idea de lo que se trata". Pero... bueno... hacen lo que pueden... —y agregó, repentinamente tolerante—: Es buen médico este Carranza, serio, estudioso... Es buen médico...

La última vez fue en el aeropuerto de Rosario. Yo ya estaba temeroso de acompañarlo, por los episodios anteriores, pero me divertía salir con él en auto a recorrer la ciudad e incluso los pueblos de los alrededores.

Su esposa Ana se iba a Buenos Aires por unos días a ver a la hermana. Julio no había aceptado que Ana, en ese estado, se fuera en ómnibus, y le sacó un pasaje en avión. Si bien no se trataba de acompañar al tío en sus correrías de trabajo, yo ya me había constituido en un copiloto obligado, su compañero de ruta.

—Le van a venir bien unos días a Anita en Buenos Aires —me comentó Julio—. Se va a despejar un poco. Le trabaja todo el día la cabeza con el asunto de su enfermedad.

No volvió a hablar hasta que pasamos a buscar a Ana. Julio se había emocionado, como si llevara a su mujer a salir de viaje para Europa. En el aeropuerto de Fisherton había muchísima gente. Nos pusimos en la cola del mostrador de Aerolíneas. Julio llevaba en sus manos el pasaje de Anita, tomando el control de la situación, ahorrándole a su mujer las confusiones del embarque.

—La señora está en lista de espera —escuché que decía la empleada, fría y eficiente. Yo estaba algo alejado de la cola, distraído, en otra cosa, pero oí a la empleada y vislumbré el quilombo.

—¿Cómo? —a Julio se le congeló su perenne sonrisa—. ¿Cómo me dijo?

—El vuelo está sobrevendido. La señora está en lista de espera. Yo le hago el *check in*, ella pasa al embarque y espera a ver si la podemos ubicar... El siguiente, por favor...

—Si la podemos ubicar, la poronga... Si la podemos ubicar, la poronga... —Julio apoyó el pecho sobre el filo del mostrador, dejando en claro que no pensaba moverse de allí y silabeó esa frase masticando odio, en voz baja pero audible. La empleada simuló no haberlo escuchado, pero acusó el golpe.

—Córrase, señor, y déjeme atender a los demás —no tuvo mejor idea que decir.

—¿Que me corra? ¿Que me corra? —ahora sí ladró Julio alertando a todo el inmenso salón de embarque—. ¡Vos empezá a correr, turra hija de mil putas, vos empezá a correr porque te voy a romper el culo a patadas, pelotuda!

La asistente comenzó a tocar un timbre oculto bajo el mostrador.

—¡Este pasaje está okey —siguió Julio—, está aprobado, yo y mi señora hemos venido a la hora correcta, una hora antes del embarque como ustedes mismos lo exigieron, y ahora vos, conchuda hija de mil putas, me venís a decir que ella está en lista de espera, vos me lo venís a decir!

—Señor, señor... —otro asistente, pelado y de bigotitos apareció al lado de la empleada, intercediendo, con intención de tomar el mando de la situación—. Escúcheme, déjeme que le explique...

—¡A tu hermana le vas a explicar, sorete! ¡De qué la vas con ese bigotito de puto reventado, sorete! ¿Qué me vas a explicar maricón? ¿Te creés que porque aparecés con ese uniforme aputanado me vas ha hacer callar la boca, trolazo?

—Señor... señor... —aparecieron otros asistentes, y un oficial de la policía aeronáutica se había aproximado, cauto.

—¡El pasaje está emitido y aprobado, boludo, acá lo tenés! —enarbolaba el *ticket* el tío Julio—. ¡Te metés la lista de espera en el orto, caradura! ¿Qué culpa tengo yo si ustedes sobrevenden el vuelo, pelotudo? ¡Así viaja la gente después, apretujada como bosta de cojudo!

Todo era ya un griterío. La gente se amontonaba detrás nuestro.

—¡El hombre tiene razón! —vociferó alguien.

—Sí, pero no puede decirle eso a la chica —terció una señora—, la chica está trabajando.

Fue como si a Julio lo hubieran punzado con un estilete. Se volvió hacia la señora.

—¿Y yo no estoy trabajando, pelotuda? —le gritó en la cara—. ¿Yo no trabajo? ¿Quién me mantiene a mí? ¿Vos, vos y el cornudo de tu marido?

El marido de la señora, hombre grande, amagó abalanzarse, pero dos policías de la Aeronáutica se interpusieron.

—¡Vieja puta mal cogida, acostumbrada a que la mantengan, cree que nadie labura! —siguió Julio—. ¡Resulta que la única que labura ahora es la argolluda de esta azafata de mierda! —se volvió hacia el mostrador, casi encaramado en él, buscando a la empleada que, varios metros atrás, estaba blanca—. ¿Y a quién querés que le proteste, decime? —siguió Julio—. ¿A quién querés que lo putee? ¡Si este negocio puto de las aerolíneas es un negocio de intermediación! ¡Nadie da la cara! ¡Nadie es responsable! ¿A quién voy a ir a protestarle? ¿Al señor Aerolíneas, que me va a decir que él no tiene nada que ver porque es una decisión de Iberia, y si voy a Madrid me van a decir que ellos dependen de una oficina de Nueva York y que no tienen poder de decisión, eso van a decirme? Entonces, entonces... —Julio, desgañitado, ya se había sentado de un salto increíblemente ágil en el mostrador de Aerolíneas mirando hacia la multitud, arengando, en tanto Anita, estremecida, quería calmarlo abrazándose a sus rodillas—. ¡Entonces yo —siguió Julio— puteo a esta pelotuda que atiende acá, aunque ella no sea la culpable, porque a ella le pagan para eso, para que ponga la cara cuando la recontraputean cuando ocurren estas cosas! ¡No le pagan para que venda pasajes ni para que decida la ubicación de los asientos, le pagan para recibir todas las puteadas que los de más arriba se merecen! ¡Entonces, yo la puteo a ella, que es a la única a la que tengo acceso y que ella a su vez putee a su superior y su superior al otro, y el otro al otro hasta llegar al máximo hijo de remil putas que sobrevende los vuelos!

Ahí fue cuando una mano lo tomó de la nuca a Julio y lo hizo desaparecer detrás del mostrador. Lo último que vi fueron sus piernas en el aire y escuché los alaridos de Anita. Hubo algunos aplausos entre la gente y también abucheos.

—El hombre tiene razón —repitió alguien.

Casi una hora después tío Julio llegó al auto, donde yo me había refugiado a esperarlo, resignadamente.

—Perdoname, Alfredito —dijo, buscando el *ticket* de estacionamiento en sus bolsillos—. Pero me enfurecen estas cosas.

—¿Y la tía?

—Ya está en el avión. Le dieron un sedante. Pobre.

—Y a vos... ¿Te pegaron? ¿Te hicieron algo?

—¡Qué me van a pegar, Alfredito! —desechó la posibilidad, Julio, desafiante—. Los cago a patadas a todos... Además... Ellos hacen su trabajo... No hacen más que cumplir con su deber...

Y era así. Nunca lo fajaban.

Pero después de ese quilombo en el Aeropuerto ya no quise acompañarlo más. Había tenido demasiado. Sabía que, en cualquier momento, la iba a ligar yo también. Le dije que empezaba a estudiar Diseño y que no podía seguir siendo su copiloto. Lo entendió perfectamente. Hasta se ofreció a regalarme una mesa de dibujo, cuando ya habían pasado de moda con el asunto de las computadoras.

Cuando me dijeron que estaba mal, casi un año después, sí fui a verlo. Mi Viejo me explicó que Julio había decaído bastante con la muerte de Anita y que estaba internado, bastante jodido. Me fui hasta el sanatorio pero no pude visitarlo. El médico estaba en su habitación y yo no podía pasar. Sólo lo vi, fugazmente, cuando una de las enfermeras abrió la puerta. Julio tenía una cánula que le salía de la nariz y un barbijo de plástico le cubría la boca. Pero me vio. Y me hizo una seña rara, como señalando a la enfermera, un par de veces. No le entendí, y luego cerraron la puerta. Afuera me encontré con tía Adelfa.

—Va a mejorar —me contó—. Estuvo mal pero ya pasó lo peor. Sigue internado porque respira con dificultad, pero me dijo el doctor Brebbia que ya en unos días se va... Lo que lo mata es el carácter ese... Anoche tuvo un tole tole bravo y se agita, le sube la presión...

Me fui, me fui con la versión de la tía. Por eso me sorprendió cuando al día siguiente me dijeron que había muerto. Un paro cardíaco, un paro respiratorio, algo así. Amaneció muerto.

—Es raro —dijo mi Viejo, refregándose las cejas con los dedos, y menos consternado de lo que yo hubiera imaginado—. Estaba bien. Es como si alguien le hubiera desconectado el respirador.

—¿Y quién pudo haber hecho algo así? —pregunté.

—No sé. No sé. Digo que pudo haber pasado —dijo mi Viejo—. Se me ocurre. Vos sabés que Julio era bastante jodido cuando se enculaba... Bastante jodido...

Aprobé en silencio. Pero no me entraba en la cabeza que fuera para tanto.

SOPAPO Y MILANESA

al Crist

Recortes de artículos aparecidos en el periódico *El Eco del Sorgo* recuerdan que ya el año anterior, en Villa Ogando, había sucedido algo similar. Pero en aquella ocasión el que se había escapado del circo Grand Hungría era un mono. Un mono pequeño, de los llamados "capuchinos" en Brasil, y que representaba el 35% del elenco animal con que contaba el circo. El circo Grand Hungría fue siempre un circo muy pobre y, en aquella primera visita a Villa Ogando, sólo presentaba un oso, una gallina a la que hipnotizaba "Zhur, el ilusionista", y el mono en cuestión, el que decidió fugarse.

—Yo estaba en el bar de Pedro —rememora ahora Martín Otálora, ex empleado postal del lugar— cuando veo un mono pasar por la calle, rápido, casi corriendo, a los saltos. "¿Vos viste lo que yo vi?", le pregunté a Pedro, que estaba sentado conmigo. "Sí, un mono", me dijo Pedro. Nunca habíamos visto un mono en Villa Ogando: por eso nos sorprendió.

Según se cuenta —el tema se reflotó tras el asunto de Sopapo—, el mono alborotó al pueblo, sobretodo a los chicos y a los perros. Porque anduvo trepado a los árboles de calle San Martín, se trepó a paredes, se metió a casas particulares. E incluso una vecina llegó a decir —lo declaró a *El Eco del Sorgo*— que había mordido a su hermanastra, una señora muy pálida y flaca, medio lela, que vegetaba en el patio de la casa.

Los dueños del circo, una pareja paraguaya, pidieron a la población que no maltratara al mono —que se llamaba Galindo— por tratarse de un animal inofensivo y que constituía, además, uno de los pocos capitales vivientes de la compañía.

Pero fue en vano —certifica don Esteban Laguardia, profesor de equitación e historiador del pueblo, autor del libro *Villa Ogando: ciento cincuenta años de abstinencia*—. Se desató entre la gente un ansia asesina. Se organizaron piquetes de hombres, niños y perros, armados con palos, para encontrar el mono y terminar con él. Hasta antorchas llevaban algunos.

Para su fortuna, el mono nunca fue atrapado. Estuvo a punto de serlo, es cierto, y de tal aproximación resultó una víctima, Pablo Aranguren, que para ese entonces tenía sólo doce años e integraba la cuadrilla cazadora.

—Me tiró con una mandarina bergamota que había cortado de un árbol —vacila al contarlo, procurando no adoptar una pose heroica—. Acá me dio —señala la parte superior de su frente, hoy zona de inicio de su calvicie—. Yo me crucé frente al padre Augusto, porque el ataque del mono fue dirigido a él, al padre. Yo me zambullí para cubrirlo: tenga en cuenta que el padre Augusto no sólo me había bautizado sino que también con él había tomado mi Primera Comunión. No vacilé en hacerlo como no vacilaría en hacerlo hoy si fuera necesario. Ni siquiera vi al mono que nos atacó desde la cornisa de la casa de los Pedemonte. La bergamota, de este tamaño, me pegó acá y me dejó aturdido por un rato. Después querían condecorarme en el pueblo por haber salvado al padre Augusto. Un representante de la Iglesia mancillado de esa forma, imagínese usted.

Al parecer, el mismo Aranguren rechazó las distinciones. Era difícil incluso acertar con las palabras que hubieran tenido que grabarse en el reverso de una medalla para recordar el hecho. No es sencillo narrar para la posteridad el trance de haber sido alcanzado por el bergamotazo de un mono sin originar bromas tontas o comentarios peyorativos sobre la acción épica.

Del mono, nunca más se supo. Generó una leyenda, no obstante, que decía que se había ocultado en un monte de eucaliptos, muy cerrado, cercano al pueblo, y que allí se había desarrollado hasta alcanzar dimensiones tremendas. Que se alimentaba de cerdos salvajes y perros, se lo comparaba con King Kong. Se fantaseaba con que había atacado un ómnibus de la empresa Ablo y General Urquiza, al que le había comido los neumáticos. El padre Augusto lo mencionó en un par de ocasiones en sus sermones, como ejemplo de inconducta. Aconsejaba no entrar a ese monte.

—El padre decía eso como una recomendación a los ogandenses —interpreta hoy Elisa Castiglione, posterior víctima de Sopapo— pero, en realidad, creo que llevaba agua para su molino porque era un ferviente enemigo de la teoría de Darwin, y todo lo que proviniese de un mono lo ponía mal.

Pero lo que ocurrió después con el mismo circo fue peor. El 14 de febrero de 1993, lo que se escapó del Grand Hungría fue un payaso.

—Y un payaso hambriento —suma Adrián Sanitá, testigo de los hechos, meneando la cabeza para ambos lados como para que quede bien clara la gravedad del suceso—. Un payaso hambriento que se escapó del circo y se lanzó a asolar el pueblo en un raid de locura y espanto.

Ya el circo no contaba con animales. El oso anunciado como "oso pardo del Canadá", había sido siempre nada más que un oso hormiguero proveniente de Chajarí, Entre Ríos. Y cuando las agrupaciones de Defensa de la Vida Silvestre recrudecieron en sus presiones para que los circos dejaran de explotar animales en sus espectáculos, la ley exigió que el oso hormiguero cesara su *show*, no tanto por su salud sino por la de las hormigas, devoradas por miles frente a los ojos del público. La atracción principal de los espectadores entonces, y así consta en el aviso publicado en *El Eco del Sorgo* y en los carteles callejeros, era la pareja de payasos, de "fama mundial" según los anuncios, Sopapo y Milanesa.

—El que se escapó fue Sopapo —indica hoy el comisario José Luis D'Ambrosio—, y había que entender la situación. El Grand Hungría era un circo misérrimo, una villa miseria ambulante. Yo calculo que los pocos integrantes de la *troupe* pasaban reales necesidades. Se rumoreaba que se habían comido un canguro que habían recogido de un zoológico privado en convocatoria de acreedores. Esa gente, siete u ocho personas nada más, tenía verdadera hambre. Y el payaso se escapó y fue en busca de alimento. Cuando yo recibí la denuncia él ya se había metido en la granja de López, la de la esquina de Alcorta y 27 de Febrero, había tomado rehenes y se estaba comiendo una horma de queso parmesano que pesaba más de 75 kilos. Valen una fortuna esas hormas.

El comisario confiesa que él no se preocupó demasiado. Por el contrario, lo tomó como un hecho divertido, que venía a romper la monotonía de un pueblo que sólo había visto alterada su calma por la irrupción del mono un año antes y por la desgraciada circunstancia que vivió la señora del intendente Martínez la tarde en que una langosta saltona se le metió en el oído.

—¿Están seguros de que es un payaso? —fue lo primero que le preguntó el comisario a la gente que se había agolpado en la vereda frente a la granja—. No culpen al circo sin pruebas.

—Sí —contestó un muchachote.

—¿Por qué?

—Tiene un bonete, nariz roja, la cara blanca, una sonrisa pintada, bolsillos enormes, zapatos que miden más de medio metro cada uno.

El comisario arrugó el entrecejo.

—Es un payaso —concluyó—. ¿Cómo sabés todo eso? ¿Lo viste?

—Yo estaba adentro comprando fiambre —elevó la voz el muchacho, sintiéndose importante ante la atención inquieta de quienes lo rodeaban– y entró ese payaso a los alaridos. Fue muy impresionante, tiene un aspecto horrible. Nos amenazó. Yo pude escaparme.

–Está famélico –señaló alguien.

–Se está comiendo todo, me va a fundir –una señora desencajada, dueña de la granja, se acercó en ese momento, braceando para apartar a la gente que rodeaba al comisario–. ¡Se tiró sobre las galletitas de salvado, sobre los alfajores!

–¡Se está comiendo su queso, María! –se desgañitó otra mujer.

–¡Y eso no es nada, mi marido está allí adentro! ¡Y es insulinodependiente!

El comisario se acomodó el cinto, su cara tomó una expresión sombría. Desprendió el cierre de su pistolera.

–¿Quién más quedó allí? –preguntó.

–Está el hijo de la Tere, la chica de los Zelaya, el abuelo del Tato...

–¡Mi marido, que es insulinodependiente!

–Y está el cabo Arteaga –un hombre mayor, más calmo, tocó con la punta de su dedo índice la pechera del comisario D'Ambrosio, para llamar la atención.

–¿El cabo Arteaga? –se alarmó el comisario–. ¿Qué hace allí?

El informante se encogió de hombros.

–Está de franco –dijo el comisario. Pero él sabía para qué estaba el cabo en la granja. Había ido a solicitar gratis una prepizza.

–Carajo –masculló–. Este boludo puede ocasionar una masacre...

Fue cuando se oyó un estampido, sonoro como un pistoletazo. Hubo sobresaltos, gritos, corridas, entre los que estaban apiñados en la vereda.

–¡Al suelo! ¡Al suelo! –alertó el comisario ocultándose detrás de un auto y sacando el revólver. Varios lo imitaron, buscando escondite. En ese momento se vio salir de la granja al cabo Arteaga, vacilante, tomándose la cara con las manos. Dio dos o tres pasos torpes y en zigzag, estuvo a punto de caerse y cruzó la calle, casi a ciegas.

—¡Ayúdenlo! —bramó el comisario. Dos niños con ínfulas heroicas corrieron hasta el cabo y lo ayudaron a cruzar.

—Me pegó un cachetazo —balbuceó, aturdido el cabo—. Un cachetazo tremendo.

Cuando pudieron apartarle las manos de la cara, su mejilla derecha lucía como si le hubieran injertado un tomate. Lagrimeaba. Las mujeres gritaron al verlo así. Hubo vecinos que lo apantallaron con sus sombreros, le alcanzaron agua.

—¿Está armado? —preguntó el comisario.

El cabo, sentado en una silla que le habían acercado desde la peluquería, no contestó, aún confuso.

—¿Está armado, Miguel? —repitió, nervioso, el comisario.

—No —dijo, al fin, el cabo—. Pero usted sabe cómo son las cachetadas de payaso. Impresionantes.

Un estremecimiento recorrió lo que ya era, a esa altura de los acontecimientos, una multitud.

—Y éste se llama Sopapo —gritó alguien desde atrás.

El comisario se decidió.

—Voy a entrar —anunció, dramático—, que nadie cometa la estupidez de seguirme —constató la carga de su revólver—. ¡Anchieta! —localizó a uno de los vecinos—. Mientras llamá a Casilda a pedir refuerzos.

—¡Un momento! ¡Un momento! —se escuchó de repente un llamado angustiado. Un hombre pelado, bajo y regordete, venía corriendo hacia el tumulto, vestido de forma extraña. Lo dejaron pasar hasta el comisario.

—¿Quién es usted? —bramó D'Ambrosio.

—Soy el dueño del circo —jadeaba el hombre, agitado por la corrida.

—El dueño del circo... —repitió, molesto, el comisario—. Ésta es la segunda y última vez que me viene a romper la paciencia a este pueblo. La vez pasada fue con el mono. Ahora con este payaso salvaje que está allá enfrente haciendo desastres y tomando rehenes...

—¿Dónde está?

—En la granja...

—Comiéndose todo —aportó la señora de Torres.

—... por la irresponsabilidad suya —siguió el comisario, exasperado— que es incapaz de controlar a su gente. Pero le aseguro que ahora mismo voy, cruzo, y lo saco a ese payaso suyo a patadas en el culo, y después...

El dueño del circo interrumpió al comisario poniéndole una mano, casi fraternal, sobre el brazo. El comisario calló.

—No lo haga —recomendó el dueño del circo, grave—. No lo haga. Se lo aconsejo. Usted no sabe frente a quién se encuentra.

El comisario se escandalizó, ofendido.

—¿Usted piensa —gritó, rojo de bronca— que yo no puedo lidiar con un payaso?

—Ese hombre, comisario, no sólo es payaso. Es equilibrista, también. Contorsionista. Ha hecho de la cachetada su especialidad. ¿Por qué piensa que lo llaman Sopapo? No es un nombre artístico. Es un alias. Es famoso en el mundo del circo. Al célebre payaso inglés, Tommy Mathews, le quebró la mandíbula en ocho pedazos de un cachetazo. Mathews tuvo que alimentarse con un sorbete hasta el mes pasado. ¿Por qué cree que Sopapo está trabajando en un circo miserable como el mío? Porque lo echaron de la Unión Europea cuando le fisuró el coxis de una patada a Stanislaw Pietalsky, el *clown* ruso, considerado el mejor del mundo. Sopapo estaba en el Bolshoi.

—Yo... —vaciló el comisario— creía que se pegaban de mentira. Que simulaban hacerlo.

—No Sopapo. No Sopapo. Él porfía que no puede engañar a la gente ¿Por qué supone que no está acá Milanesa? —persistió el dueño del circo con sus preguntas desafiantes—. Porque en la última función, en Acebal, Sopapo le pegó un cachetazo que le rompió el tímpano. Eso le afectó el equilibrio: ayer se cayó siete veces de la bicicleta.

Se hizo un silencio tenso entre la gente.

—Escúcheme, señor...

—Boris.

—Boris —el comisario señaló hacia la granja—. Tengo gente de mi pueblo encerrada allí con un payaso loco. Niños y ancianos. No estoy dispuesto a...

—Déjelo comer —interrumpió Boris—, déjelo comer hasta hartarse. Lo ha hecho antes. Nos pasó en Florianópolis. Déjelo comer, que come y se duerme. Cuando se duerma me lo llevo.

—¿Y quién me paga lo que se comió? —prorrumpió en alaridos la dueña de la granja—. ¿Quién me lo paga? ¡Esa horma de queso vale millones!

—¡No se la va a comer toda, señora!

—¡No importa! ¡Si la ha tocado y baboseado esa bestia ya no puedo venderla, ya no puedo!

Una amiga solidaria abrazó a la señora.

—¿Usted se la va a pagar? —adelantó el mentón el comisario, hacia el dueño del circo. Éste frunció la nariz. Estaba en un aprieto.

—¿Aceptan cheques a fecha? —preguntó. Y en eso sonó el segundo estampido dentro de la granja. Nuevos gritos, nuevas corridas y se vio salir, prácticamente volando por la puerta de la granja, al abuelo del Tato. Cayó en medio de la calle, de cabeza, desvanecido: un grupo de vecinos lo fue a ayudar. Hubo voces de indignación.

—¡Qué bestia! ¡Pegarle a un viejo!

—¡Asesino! ¡Criminal!

—¡Esto es demasiado! —dijo el comisario amartillando el revólver—. ¡Voy a sacar a ese payaso de allí!

Boris se arrojó sobre él, conteniéndolo con ambos brazos.

—Espere —rogó—. ¡Se lo pido por favor! ¡Sopapo es la única atracción de mi circo! ¡Si usted lo mata, o lo encierra, deja a un montón de gente en la calle!

—¿Y qué quiere que haga? —tronó el comisario—. No puedo permitir que llegue la noche con ese criminal metido allí. Usted dice que es equilibrista. Podría escaparse por los cables del teléfono.

Alguien tomó al comisario por el hombro. Era el doctor Begué, desapercibido hasta entonces entre la muchedumbre.

–El abuelito de Tato –musitó–. Triple fractura de maxilar inferior derecho.

El comisario apretó los dientes.

–¿Pidieron refuerzos a Casilda? –gritó al aire.

–Sí –contestaron desde atrás–. Pero están todos en la carrera de TC.

El comisario tragó saliva.

–Comisario... Comisario... –dijo Boris–. ¿No tienen una escopeta que tire dardos con somníferos de las que se usan para adormecer a los animales salvajes? Nosotros la usábamos en el circo, con la gallina...

–¿Tenían una? ¿Y dónde está?

Boris bamboleó la cabeza, fastidiado.

–No sé, la vendimos... Qué sé yo... ¿No tienen una?

–¿Usted piensa que esto es Daktari? –se enardeció el comisario–. Acá hay una única veterinaria, la del rengo Elías, y el rengo adormece a los animales cantándoles. ¿Cómo piensa que vamos a tener de esos dardos con somníferos?

–¡Pero usted no puede entrar a la granja armado! –sollozó una mujer, mezclada en el grupo–. ¡Mi Carlitos está adentro! ¡Usted no puede provocar un tiroteo en la granja! ¡Hay muchos inocentes allí!

El comisario se quitó la gorra y se tocó la cabeza. Parecía abrumado.

–No puedo permitir que nos agarre la noche así –repitió.

Se oyó un estrépito de vidrios rotos. Nuevo sobresalto general y todas las miradas giraron hacia el local.

–Ése es Sopapo –anunció Boris.

–¡Oigan! –se oyó claramente una voz aguda y casi ridícula, impostada, llegando desde la granja–. ¡Oigan, amiguitos, yo soy Sopapo! ¡Quiero que antes de media hora me consigan un auto, una 4x4, mil pesos en efectivo, agua mineral sin gas, un digestivo y un pasaje de avión a Marruecos! ¡De lo contrario cada ocho minutos le pegaré un cachetazo a cada uno de los rehenes que tengo acá! ¡Y ya vieron lo que pasó con el tipo de la prepizza y el viejo ese que me empezó a joder con que no comiera con la boca abierta! ¡Media hora nada más!

Se hizo un silencio.

—¿Dónde conseguimos agua mineral sin gas? —dijo alguien.

—Busquemos al padre Augusto —propuso el peluquero—. Él puede convencer a esta bestia de que deponga su actitud.

—Además —se entusiasmó una señora— está eso de que si te pegan en una mejilla, pon la otra.

—Si Sopapo le pega en una mejilla, señora —dijo Boris, severo—, le aseguro que el padre no va a tener posibilidad de poner la otra.

Hubo sorpresivamente un repicar de campanas.

—¡El padre! —anunció alguien—. ¡El padre Augusto se enteró y echó a vuelo las campanas, llamando a la movilización general como cuando se escapó el mono!

—¡O como cuando mataron a Bonavena!

—Pero... no... —agudizó el oído el comisario—. Las campanas parecen acercarse.

Por la esquina de la plaza apareció veloz, derrapando, una camioneta roja, con una campanilla tañendo en el techo.

—La Estanciera de los Bomberos Voluntarios.

El cuerpo de Bomberos Voluntarios, informa *El Eco del Sorgo* del día posterior a los hechos, se reducía, en verdad, a un bombero llamado Agustín Gardella, argentino, 26 años, oriundo de Chovet. Ante la expectativa general, la camioneta paró al lado de la calle y bajó Gardella, deslumbrante en su uniforme azul con vivos rojos y el casco bruñido.

—Comisario —saludó—, estoy dispuesto a entrar en acción.

—¿Cómo? —preguntó entre curioso y molesto el comisario.

—Traigo la manguera. Un buen chorro de agua disparado a máxima presión termina con el forajido más rebelde. Tiene usted el ejemplo de los camiones Neptuno, que así disuelven las manifestaciones. Y nadie sale lastimado.

Estallaron aplausos, saltitos jubilosos de las vecinas, en quienes renacía la esperanza.

–¡Un momento! –se impuso el comisario–. Ésta no es su jurisdicción, Gardella. No se meta en algo que no es su responsabilidad. Yo estoy a cargo del caso –hubo abucheos.

–Era natural –señala hoy, el peluquero estilista Damián Fornaso, testigo presencial del suceso–. El comisario temía quedar desplazado, perder el protagonismo frente a ese pibe bombero que aparecía de pronto. Pese al peligro que significaba el payaso, era una oportunidad para ese policía de demostrar su valor, o que él servía para algo al menos, en un pueblo donde nunca sucedía nada. Por otro lado, para el pibe bombero también se daba la misma circunstancia. El último incendio en Villa Ogando había sido en 1937 cuando se quemó una parva y la única intervención de Gardella fue la vez en que el pibe menor de los Woelflin metió la cabeza en una lata de galletitas y no se la podían sacar. Pero la propuesta del bombero era más razonable que entrar en la granja a los balazos, y la gente ya había decidido.

–¡Déjelo a él, comisario! –gritaron todos–. ¡Déjelo a él!

–¡Hay criaturas allá adentro! –resistió ya más débilmente el comisario, guardando el arma.

–Es verano –lo palmeó el bombero–. Y para ellos será como en Carnaval.

De inmediato todos lo ayudaron a sacar la manguera de la Estanciera, a desplegarla y conectarla a la única bomba de incendio que hay en el pueblo, inaugurada por el presidente Illia en 1964.

Cauteloso pero firme como un *cowboy*, Gardella sostuvo el pico de bronce de la manguera, aventurándose solo por el medio de la calle hasta situarse al frente a la puerta de la ochava de la granja. Adentro del local no se observaba movimiento alguno, reinaba un expectante silencio pero era de suponer que desde atrás de las vidrieras repletas de frascos y botellas, varios pares de ojos, entre ellos los de Sopapo, estudiaban los movimientos felinos del bombero. Cuando Gardella consideró que ya estaba en posición, ordenó con un movimiento de su mano izquierda que abrieran la bomba. Y un chorro avasallador, impresionante, brotó como un rayo destructor de la boca de la manguera.

Media hora después todo había terminado. El comisario, seguido por Gardella, entró a la granja con pasos cuidadosos. Detrás de ellos, los demás curiosos y los anhelantes parientes de los rehenes. Ya algunos de éstos habían ganado la calle, tan alborotados como empapados, cuando el fulgurante chorro de la manguera comenzó a castigar el lugar precipitando un caos de cajas, cajones, muebles, paquetes y botellas que volaban por los aires y caían desde los estantes. Otros –una pareja mayor, por ejemplo– aún permanecían en el suelo anegado, boqueando y pestañeando semiahogados, casi sepultados por sillas y bolsas de fideos. El dueño de la granja, el insulinodependiente, fue encontrado en el sótano, donde había caído rodando por la escalera, empujado por la fuerza incontenible del agua. Y detrás del mostrador, flotando junto a docenas de latas de arvejas, se hallaba boca abajo, desvanecido, Sopapo.

Les costó reconocerlo. Determinar que era él no resultó tarea sencilla ni siquiera para quienes habían sido sus rehenes. El agua lo había despojado de las ropas de payaso, quitándole, incluso, la pintura de la cara. Ahora era el cuerpo magro de un hombre de unos 50 años, bajito, enjuto, pelado, de bigotitos y sombra de barba, que estaba vestido únicamente con un calzoncillo zurcido, una camiseta de tiras blanca y un solo zoquete gris ratón.

–Es más –aporta en la actualidad Edgardo Anchieta, ingeniero agrónomo, el hombre que solicitó la ayuda de Casilda– al principio pensamos que era uno de los rehenes, de nuestros vecinos, porque no había ningún indicio de que él era el payaso. Pero en un pueblo como el nuestro, donde todos nos conocemos, pronto dedujimos que se trataba de él. Y enseguida lo confirmó el dueño del circo, el tal Boris, que lo abrazaba, besaba y trataba de reanimarlo palmeándole las mejillas y hablándole al oído. Cuando se recuperó, Sopapo sólo pidió un digestivo. Es extraño, cuando se le saca toda la ropa, un payaso no se diferencia de la gente común.

Diez días después del hecho, *El Eco del Sorgo* informaba que una vecina había encontrado la nariz roja de plástico de Sopapo, aún con la gomita para sujetarla a la cabeza, dentro de una torta pascualina que compró para su familia. Que primero, declaró, la había confundido con un morrón.

Fue el último coletazo informativo que dejó un suceso que todavía hoy se comenta en Villa Ogando.

MI PRIMER MILAGRO

Ahora admito que estaba nervioso. Uno simula que está tranquilo pero, como se dice habitualmente, la procesión va por dentro. Se juntan dos cosas: primero, uno no sabe si la cosa se va a dar. Y segundo: uno no sabe si cuando la cosa se da, se da bien. Porque puede resultar un papelón también, un fracaso. Y hay que tener conciencia de que la gente pone enormes expectativas en eso. Especialmente el beneficiado, el que recibe las ventajas del milagro. Pero también la familia. A veces son más las expectativas de la familia que las del propio necesitado. A mí me vino a ver la hermana de este señor y estaba desesperada. Me rogó que hiciera algo.

—Señora —le dije—, yo nunca hice ningún milagro.

—Pero lo hará, Cacho, lo hará —lloraba esta mujer. Y me besaba las manos. Le aseguro que fue un momento casi incómodo para mí.

Es cierto que yo ya había vivido unos episodios de percepción especial, como intuir sucesos que iban a producirse, o transmitir cierta calma a personas muy angustiadas. Como ocurrió con la señora de la esquina cuando se le perdió la perrita.

—Ya va a aparecer, señora —le dije yo. Y, efectivamente, la perrita apareció al poco tiempo. Preñada, pero apareció.

—No sé qué voy a hacer con los cachorros —se me lamentaba la misma señora, después, cuando vino a darme la noticia de la

206

aparición de Bolita, como si yo hubiera sido el factor determinante de su regreso. Le dije que así lo había dispuesto el Señor y que los hijos eran una bendición del Cielo y que ella debía estar agradecida de que su perra hubiera vuelto.

—¿Usted no querría comprarme algunos de los cachorros, cuando nazcan? —me preguntó después. Y me molestó. Me molestó mucho. Esa cosa de mezclar lo divino, lo espiritual, con el negocio. Yo nunca he lucrado con eso, y mire que me ofrecen cosas. Ahora más, después del milagro. Y yo nunca acepto. Porque lo mío no implica esfuerzo alguno. Es algo natural, que me ha sido dado. Después me enteré de que esa misma señora, la de la perrita, ya había mostrado la hilacha en otra ocasión.

Resulta que la señora del quinto estuvo muy mal. Casi se muere. La operaron de un tumor en un pecho. Cuando vuelve a su casa, luego de un mes de internación, va a visitarla esta mujer, la de la Bolita. No se conocían mucho, no eran amigas. Sólo vecinas, de saludarse en el almacén.

—Yo recé mucho por usted —le dice la visita.

La otra mujer, la operada, conmovida, se lo agradece.

—Y entonces —dice la dueña de Bolita, muy suelta— creo que tal vez usted pueda retribuírmelo.

¡Le estaba pidiendo plata! Le estaba pidiendo plata por haber rezado por ella. Atribuía a sus ruegos la curación de esta pobre santa. La del quinto no lo podía creer.

—Señora —se enojó un poco la del tumor—, no fue usted sola la que rezó. Muchas amigas mías también rezaron.

—Pero yo recé mucho. Me pasé horas rezando. Y no en mi casa solamente. Me iba a la iglesia todos los días, con este frío, a pedir que usted se curara. Dejé de hacer cosas por rezar.

Y lo que hizo la señora del tumor fue ejemplar. Le pagó con cincuenta estampitas del Sagrado Corazón de Jesús, lindísimas, que tenía guardadas.

La distorsión en torno a lo espiritual es enorme hoy por hoy. Los chicos, los chicos. Están confundidos por el consumo. Ya que hablamos de estampitas, cuando yo le regalé una a mi sobrina Stella, me pidió que le consiguiera el álbum. Creía que eran figuritas para coleccionar.

—Me falta la del ángel —me insistía. Fue difícil explicarle.

El mismo padre Cattáneo me vino a hablar cuando supo que esa señora (la que me besaba las manos) me había rogado que curara a su hermano.

—Cuidado, Cacho —me dijo—. Hay mucha superchería en todo esto. Es un tema que se presta mucho a la chantada, a la fantasía. O a la exageración. Incluso sin mala intención. Hay gente que cree ver cosas que en realidad no ha visto.

Lo consideré un palo para mi gallinero, con todo lo que aprecio al padre Cattáneo.

Cuando yo, a los seis años, vi en la piecita del fondo la imagen del papa Pío XII estornudando, todos lo atribuyeron a la humedad. A la humedad de la pared, digo. Específicamente mi padre, que siempre fue un agnóstico y murió sin saber lo que significaba la palabra "agnóstico".

—En este barrio hay humedad de cimientos —me explicaba, paciente, palmeándome la espalda: yo estaba trémulo—. Humedad que viene de abajo, de los cimientos. Salitre. No es humedad de la lluvia. Y la humedad forma manchas. Y uno puede ver distintas figuras en esas manchas. Vos viste un Papa. Y yo veo un carro tirado por caballos y cargado de repollos. Pero por ahí tu madre ve otra cosa. Y tu hermana, otra.

Pero yo había visto claramente al papa Pío XII estornudando y nadie me va a decir lo contrario. El exceso de raciocinio también es malo. Limita lo espiritual. En el barrio hay una peña de hinchas de Rosario Central. Ellos calificaron un empate contra un equipo colombiano como un verdadero milagro. Un partido que estaba totalmente perdido y que se empató en el último segundo. "Un milagro", dijeron todos. Pero el año pasado solicitaron al Vaticano que mandara a un especialista para verificar si se había tratado de un milagro o simplemente de una casualidad deportiva. El Vaticano, que yo sepa, nunca les contestó, lo que habla bien del Vaticano, porque no puede prestarse a esos temas menores.

—Ese hombre está en silla de ruedas —me informó el padre Cattáneo—. ¿Pensás que podés ayudarlo?

Le respondí que sí. Entendía que estaba preparado para hacerlo, para intentar mi primer milagro. Ya había conseguido logros pequeños, pero que difundieron mis facultades en el barrio, y no sólo en el barrio. Algunos enfermos venían a mí. Yo les apoyaba la palma de mi mano derecha en la frente y ellos se iban distintos, mejor, curados. A un pibito le puse la mano en la frente y le dije a la madre: "Tiene fiebre". La madre lo llevó al médico y el médico le recetó un antitérmico. Santo remedio. Hay mucho de sugestión, de fe, de convencimiento. Yo no sé qué ocurre. No podría explicarlo. No es algo técnico, o científico. Es energía positiva, natural.

—No te olvides —me dijo el padre Cattáneo— de Villagra.

Villagra era un maestro de Parque Casas. Decía que oía voces, voces que lo llamaban, que le decían cosas, que lo aconsejaban. Dos años lo tuvieron con un psicólogo hasta que descubrieron que se dormía con los auriculares de la radio a transistores puestos. Dos años.

O la señora del farmacéutico de la calle Jujuy. Contaban que era milagrera. Trascendió que le había devuelto la vista a un anciano de casi ochenta años. Luego ella misma se encargó de aclararlo. Lo que le había devuelto eran los anteojos que el viejo se había olvidado en la farmacia cuando fue a comprar Ibupirac adultos. Eso era lo que le había devuelto, y el viejo pudo volver a leer.

Yo, devolver, lo que se dice devolver, antes de mi primer milagro, lo que había devuelto, cuando oficiaba de monaguillo en la parroquia del padre Cattáneo, fue la dentadura postiza de una pobre señora que estornudó cuando estaba esperando la hostia. La encontré al domingo siguiente debajo del altar mayor. A la hostia. Pero eso fue todo.

—Estos chicos me devolvieron la sonrisa —me acuerdo que dijo la señora, lloraba, refiriéndose a Álvaro y a mí.

Álvaro era el otro monaguillo. No tuvo mejor idea que lavar la dentadura con acetona antes de devolverla. En verdad, la dentadura estaba llena de telas de araña ahí abajo, y hay que considerar que es algo que uno se mete en la boca. No sé qué reacción alérgica le provocó la acetona a esta señora, que primero se le hincharon los ganglios y después se murió. Una desgracia realmente. Y todo por la buena voluntad de Alvarito, que quiso ayudar.

Por eso, hay que tener mucho, mucho cuidado. Es un tema muy delicado. No se puede jugar con la ilusión de la gente.

Ese domingo, repito, yo estaba tenso. Era mi debut, mi primer milagro. La primera vez que alguien, la hermana de este muchacho en silla de ruedas, me solicitaba formalmente, que hiciera algo por él. Ya no eran corazonadas casuales, premoniciones o impulsos afortunados que podían relacionarse, incluso, con la casualidad o con la buena suerte. Como aquella tarde que escuché voces desde lo alto. Voces que me llamaban. Y era una señora de un edificio de Pasco y Roca que se había quedado encerrada en la terraza del edificio, un edificio de cinco pisos. Se le había cerrado la puerta de acceso a la terraza adonde había ido a colgar ropa y no tenía la llave.

—Pruebe si no se abre para afuera —le grité. Probó y se abría. Yo creo que eso no puede considerarse un milagro. Es sentido común, nada más, pese a que la señora, después, quería tejerme una tricota.

Hice ejercicios esa mañana, la mañana del domingo. Relajación más que nada. Respiración, algunos ejercicios respiratorios que leí en una revista, en una nota sobre yoga. Elongación, también. Admito que estaba como en trance, imbuido de una sensación especial. Una calma tensa, digamos, si es que eso puede existir. Calma tensa. Mi vieja ni me hablaba. No quería distraerme, sacarme de mi concentración. Me sirvió el desayuno sin decir palabra, cosa rara en ella. Comí apenas: quería estar liviano, etéreo. A media mañana me llamó el padre Cattáneo, en una pausa de su sermón, desde su celular, para desearme suerte. No me veía en la misa y supuso que lo del hombre de la silla de ruedas se iba a concretar esa mañana.

Como a eso de las once me fui para la placita, donde había quedado en encontrarme con esta gente. Fue emocionante, porque los vecinos se asomaban a verme pasar, y me alentaban, me palmeaban, me decían "suerte", "gracias, Cacho" y esas cosas, lo que me comprometía aun más con el resultado del milagro. No los podía defraudar. La noticia había trascendido y había mucha, mucha más gente que los simples interesados directos que estaban pendientes de lo que yo podía hacer. Y yo me sentía bien, dispuesto, sensible. Tenía la sensibilidad a flor de piel. Tiritaba, créame, y era verano, una mañana calurosa.

En la placita había como treinta personas. Habían ido a presenciar el milagro. Había chicos, algunos perros, un vendedor de empanadas turcas, otro de churros, otro de pan con chicharrones. Era domingo, no se olvide y estábamos cerca del almuerzo. Pero todos respetuosos, incluso los chicos. En silencio. Hasta lo hicieron callar al de los churros cuando, desubicado, hizo sonar la cornetita esa, ridícula, que llevan siempre. El padre Catáneo no estaba. Es cierto que tenía su misa. Pero también, calculé que no quería poner en juego el prestigio de la Iglesia, respaldando a un tipo como yo que, en definitiva, soy un simple creyente.

Y ahí, en la primera fila de los que esperaban, estaba este hombre en silla de ruedas, con la hermana que me había venido a hablar y otros familiares que estaban más atrás. Se callaron todos, vecinos y curiosos, cuando me paré frente al enfermo, a unos diez pasos de él. La hermana, entonces, adelantó la silla de ruedas hasta dejarla a un metro de mí. El hombre era gordo, casi obeso, creo que encajaba con dificultad en la silla, corpulento, grandote, de unos setenta años, con la cara mofletuda medio tapada por un sombrero de fieltro. Tenía las piernas cubiertas con una frazada, pese al calor. La hermana dejó la silla con el hombre ahí adelante y, no sé, tímida o respetuosa, o considerando que estaba de más, volvió con los otros, con esa casi multitud que hacía semicírculo más atrás. El hombre me miró brevemente pero luego empezó a mirar a los lados, a los árboles, al césped, un poco ausente, como si no supiese muy bien qué hacía allí.

¡Y yo tampoco sabía qué hacía allí! O qué hacer allí. Fue un momento difícil, le juro. En ese instante me asaltó la duda, la inseguridad, el temor. Comprendí que no sabía cómo hablarle, qué decirle, no había pensado ni una frase, ni una palabra, ni un pequeño discurso, ni nada, al menos para comenzar. Me encomendé a Dios, recé. Y en eso —estaba nublado—, se corrieron las nubes y salió el sol. Fue mágico, increíble. Se corrieron las nubes y salió el sol. Entonces supe lo que tenía que hacer, lo supe como si lo hubiera sabido de toda la vida. Me incliné hacia este hombre, sufriente, y le dije: "Camina". Eso le dije. "Camina". Y el hombre, con esfuerzo, con dificultad, se tomó con sus dos manos de ambos apoyabrazos del sillón, y se puso de pie. Hubo un murmullo de admiración en la gente, yo temblaba, me castañeaban los dientes.

—¡Lo hizo! ¡Lo hizo! —gritó la hermana del hombre, las manos en la cara, llorando. Y el hombre, pesado, vacilante, empezó a caminar hacia su hermana, casi ignorándome ante la mirada expectante de todos, que parecían alentarlo, sostenerlo, asistirlo con su silencio, porque el más mínimo suspiro podía derrumbar su paso inestable, precario, lentísimo, casi como el de un bebé que comienza a andar. Por último, en un esfuerzo final, este hombre estiró sus brazos y dio los tres últimos pasos, echándose a los de su hermana con quien se abrazó, llorando. Permítame que afloje, deme un momento. Siempre me sensibilizo mucho cuando cuento esta parte... Perdone...

Y allí fue el delirio. La gente saltaba, cantaba, se abrazaba, se reía. Lo último que escuché fueron las trompetas de los vendedores de churros celebrando el suceso. Y allí me desmayé. No recuerdo más nada. "Milagro, milagro", fue lo último que escuché.

Cuando recobré el sentido estaba sentado en un sillón de mi casa, mi mamá me miraba con una taza de té de tilo en las manos y, frente a mí, estaba sentado el padre Cattáneo. Me puso una mano en la rodilla cuando estuvo seguro de que yo podía oírlo.

—Dios te bendiga —me dijo, aumentando la presión de sus dedos sobre la rodilla. Tardé en contestar, aún estaba confuso. Tomé un par de sorbos de té de tilo.

—No lo puedo creer —dije, al fin—. Le devolví la movilidad a un ser humano. Logré que volviera a caminar.

El padre Cattáneo no quitaba de mis ojos su mirada bondadosa.

—No le devolviste la posibilidad de caminar, Cacho —me dijo—. Le devolviste el oído. El hombre era sordo.

—¿Có...... cómo sordo? —titubeé.

—Sí. Era sordo.

—Pero... Estaba en silla de ruedas —dijo mi vieja, airada, y ahí comprendí que ella también había estado en la plaza.

—¡Estaba en silla de ruedas! —reforcé, ya totalmente lúcido.

—Porque es muy gordo —dijo el padre Cattáneo—. Es un hombre muy gordo y tiene dificultades para trasladarse. Tiene várices, flebitis. Cuando debe trasladarse a sitios lejanos, usa silla de ruedas. Es común en ciertos obesos.

Mi madre y yo mirábamos al padre, atónitos.

—Habrás visto —continuó él— que camina con mucha dificultad. Me contó gente que estuvo allí. A cada paso parece que se va a caer. Pero puede caminar. Su problema era la sordera y eso se lo curaste.

Yo seguía demudado, aferrado al sillón.

—¿Y... por qué se levantó así... —pregunté—... caminó y se abrazó llorando con su hermana?

—Porque... por primera vez en su vida, escuchó. Te escuchó a vos ordenándole "Camina". Y oyó atrás, a su hermana, gritando...

—"¡Lo hizo! ¡Lo hizo!" —aportó mi vieja—. Eso gritaba.

—Entonces marchó hacia su hermana y se abrazó con ella ¡Había oído, Cacho, la había oído por primera vez en su vida!

El padre volvió a palmearme la rodilla, eufórico.

—¡Pudo escuchar! —repitió, mientras aceptaba una copita de licor que le acercaba mi vieja—. ¡Gracias a vos, Cacho! ¡Escribiré al Vaticano!

Esa tarde dormí la siesta. Después miré un poco de televisión. Anocheciendo vinieron dos vecinas a felicitarme. Una me trajo una tarta de choclo y la otra una torta de chocolate. Estuve a punto de no aceptarlas por eso de no comercializar mis facultades. Pero me pareció que podían ofenderse. La torta de chocolate, más que nada, me cayó pesada. Bah... me empalagó, la de chocolate.

HANS, EL GIGANTE

La abuela de Seba fue la que trajo a Unión y Gloria a Hans, el gigante de los cuentos infantiles. Es gracioso cómo lo cuenta Rolo, el hijo de Pichirica.

–Yo estaba en el buffet –repite– parado frente al mostrador esperando que me trajeran una Coca-Cola. Y en eso, se oscureció todo. Pero todo todo, como si se hubiera nublado. Me di vuelta y no lo podía creer. González, el presidente, venía con un tipo que medía como tres metros. ¡Tres metros medía el tipo ese! Se paró al lado mío y yo le llegaba a la cintura, a la cintura le llegaba. Y las manos, no te miento, así eran las manos.

Hans, el gigante, no medía tres metros pero medía dos metros ochenta y dos. Lo dijo el doctor Baroni en la conferencia de prensa de presentación. Y lo dijo él porque Hans no hablaba castellano. Bah, no hablaba castellano ni ningún idioma medianamente identificable. No abría la boca, era muy tímido, y las veces en que quería expresarse arrancaba con una serie de palabras irreconocibles, en una voz muy baja, casi ridícula.

–Es una lengua nórdica –dijo Zampa, que se las daba de conocedor porque había viajado. Y todo era ridículo en Hans. Los chicos, y los grandes, y los perros, y los viejos, lo rodeaban como se rodea a una torre y lo miraban de arriba abajo, como si fuera un monstruo. Y era un monstruo, en realidad, con esa altura. Pero también impresionaba su sombrerito chiquito y verde, con una pluma amarilla –"tirolés" lo definió el mismo Zampa–, el chalequito corto, los pantalones amplios que apenas le cubrían las rodillas y esas botas amarillas con el borde superior volcado, como las de los piratas.

–Ahora van a ver los del Recreativo Federal –decían todos, frotándose las manos, felices e ilusionados de contar con semejante carta ganadora frente al eterno rival del barrio.

–Que venga ahora el Buby Lerotich –se pavoneaba Boglione, el Técnico del equipo de básquet de Unión y Gloria. Porque la desesperación por conseguir un jugador alto comenzó cuando, en el último clásico, Recreativo Federal le había ganado a Unión y Gloria por 142 a 38, en una paliza histórica, con una diferencia nunca registrada.

–¡Si los nuestros son todos enanos! –bramó en esa amarga ocasión la señora de Pujía, el almacenero, casi llorando cuando aquella noche salía del club.

–¡Y el Buby ese, que se burlaba, el asqueroso bastardo! –gesticulaba también la Machado, entre insulto e insulto a la Comisión Directiva.

Y era verdad. La comisión de Unión y Gloria no había estado atenta a los cambios de los tiempos. Cuando ya todos los equipos de la asociación tenían un "llave", un hombre alto que jugaba en la zona, bajo el tablero, para marcar dobles y defender, Unión y Gloria continuaba con su plantel de muchachos normales, que no superaban el metro setenta como era usual años atrás.

–¡No convertiremos el básquet –tronó una vez, justificando su política conservadora, González, el presidente del club– en un deporte para monstruos, donde sólo puedan jugar aquellos afectados de elefantiasis!

Pero entonces sobrevinieron las goleadas en contra, porque ya todos los equipos rivales contaban con basquetbolistas más altos y superaban con facilidad a los de Unión y Gloria.

–Los grandotes son pelotudos –también insistía en desmerecer a los altos el Nati Castro, un pelado veterano que había sabido ser un jugador estrella en épocas pasadas, abrazando al Pony Balsola, el joven armador del equipo que medía sólo un metro cuarenta y ocho–. Los lungos son una moda como la minifalda y el hula-hula.

Pero ya pocos podían sostener esa teoría. Para colmo llegó el desastre del 142 a 38 contra Federal y precipitó todo, la vergüenza, el escarnio, el reclamo tumultuoso.

–Lo que pasa es que no hay muchos tipos altos –explicó, casi asombrado por su comprobación, el señor Gómez, el tesorero, cuando se llamó urgente a reunión de directivos–. No hay. Y el único que había en el barrio era el Buby Lerotich. Y juega para ellos, para Federal.

–Juega para Federal –reprochó, duro, el padre del Nito– porque nosotros no lo aceptamos acá, lo echamos. Y era socio nuestro.

–¡Porque no es buena persona –se indignó González– y vos lo sabés, Luciano! ¡Acordate cuando le desaparecieron esas zapatillas al pibe Flores y todo el mundo decía que había sido el Buby!

–¡Nunca se probó!

–¡Había fundadas sospechas!

–¡Ochenta y tres tantos nos hizo el último partido! –agitó la mano con sus dedos extendidos Luciano como si cinco fuera igual a ochenta y tres.

–Está Ragusa –se escuchó, sibilante, la voz de Scola, que se había mantenido callado hasta ese instante, jugando con un paquete de cigarrillos. No le hicieron caso. Todos conocían su tendencia al cinismo y la mordacidad. Ragusa era un socio de unos setenta y dos años, que medía casi un metro noventa y tenía Parkinson–. O podemos esperar que el Pony crezca –agregó Scola, ante la escasa respuesta de su primer aporte–. ¿No está todavía en edad de desarrollo?

Lo cierto es que ya el desaliento se había apoderado de todos, a poco de iniciarse el nuevo torneo, cuando la abuela del Seba apareció con Hans, el gigante de los cuentos infantiles. La esperanza, e incluso la euforia, crecieron de inmediato, desmesuradamente. Ningún equipo en la asociación tenía un "llave" de la altura de Hans.

—¡No existe alguien así —se entusiasmó Luchessi, hombre usualmente cauto— no ya en los clubes, sino en la ciudad y en el mundo!

Y parecía cierto. En la biblioteca se buscó el Libro Guinness de los Récords para averiguar sobre otros gigantes de la historia, pero ninguno equiparaba a la nueva incorporación del club.

—¿Y sabrá jugar al básquet? —se preguntó una integrante de la Comisión de Damas mientras confeccionaba un pantalón para Hans con el telón del Grupo de Teatro.

—¡Y qué importa si sabe jugar, querida! —cacareó la esposa del bufetero—. Con que agarre la pelota y la meta ya me doy por conforme. Si en vez de saltar tiene que agacharse para meterla. ¡No puede marcar menos de cien tantos por partido!

Y era verdad. En las prácticas, donde se reunían multitudes para verlo, Hans no convertía nunca menos de cien tantos. Se estacionaba frente al aro rival, levantaba su mano derecha pidiendo la pelota, la recibía y bajando la mano, la metía dentro del aro como quien mete un bollo de papel en un cesto apoyado en el suelo. Los rivales saltaban y se despatarraban en torno a él, procurando taparlo o intentando hacerle faltas, pero era inútil. El público de Unión y Gloria deliraba de gozo imaginando el partido contra Federal, el clásico del barrio, en la octava fecha, la esperada venganza.

Lo primero que llamó la atención fue la relación que Hans entabló con los animales. Comía en el club, sentado en las gradas de la tribuna, una cantidad enorme de sándwiches de salame y queso. Tal era su apetito que también allí, aun con el calor tórrido del verano al mediodía bajo el tinglado de chapa que cubría la cancha de básquet, se reunía gente para verlo.

—Si no aumentamos la cuota societaria antes incluso de que empiece el torneo —lloriqueaba Gómez, el tesorero—, nos va a fundir comiendo tanto el pibe este.

Pero los que más se reunían a su alrededor eran los perros y los gatos del barrio. Primero fue sólo el Negro, un perro atorrante que dormía en la piecita del utilero, y también un gato barcino que andaba por el buffet refregándose entre las piernas de los que se sentaban a tomar vermut a la tardecita. Pero poco a poco todos los perros del barrio se juntaban a la hora del almuerzo de Hans para mirarlo. Dejaban allí cualquier animosidad de unos contra otros y sólo lo miraban, ni siquiera le pedían comida. Hans, a veces, les hablaba en voz baja en su lengua extraña y los gatos ronroneaban y los perros movían la cola. Olvidamos decir que Hans era muy rubio, de mejillas muy rojas, con pecas, y que sus ojos eran muy azules. Mantenía siempre una calma absoluta e irradiaba una paz llamativa, pese a su tamaño inquietante,.

—No lo veo para los partidos difíciles —dudaba el señor Cornaglia, que había sido recio *fullback* en los tiempos aquellos cuando, en el básquet, tras cada tanto, se sacaba del medio—. Cuando le empiecen a meter codazos, pisotones, cuando lo arañen...

—Cuando le toquen el culo —añadió Scola, el cínico.

El siguiente dato curioso fue, a una semana del comienzo del campeonato, la aparición en la cancha de básquet de un montón de conejos, que saltaban detrás de Hans como resortes.

—Se habrán escapado de un criadero —imaginó la señora de González—. ¿No había un criadero por acá cerca?

Nadie supo contestarle, entre el revuelo de los chicos que corrían tras los animalitos que a su vez, corrían a Hans.

—Agarrémoslos y se los llevamos a Pablo, el bufetero, para que esta noche los haga a la cazadora —propuso alguien con cierta lógica. Pero allí se escuchó un gruñido del gigante. Parecía mentira, pero pese al barullo y desde lejos, Hans había escuchado esa frase. Por primera vez severo, se llevó su dedo índice al ojo derecho como diciendo "Cuidadito", y levantó cinco conejos en su mano, donde los alimentó dándoles zanahorias y repollos.

Al día siguiente aparecieron las ardillas. Eran muchísimas también y muy graciosas. Saltaban desde las vigas del tinglado hasta los pies de Hans, se trepaban por sus enormes zapatillas de básquet marca Flecha, rebotaban en su cintura y llegaban en un instante hasta los hombros. Allí Hans las alimentaba con bellotas, nueces y frutos del bosque.

–¿De dónde vienen? –se preguntó, entre el asombro y el deleite, una señora–. Nunca hubo ardillas en esta zona.

–De una lejana comarca –sólo dijo la abuela del Seba quien, como recordamos, había traído al gigante.

El día anterior al debut la que apareció fue Brunilda, el hada madrina. Al menos así se presentó en la reunión de Comisión de Damas. Era muy bajita, muy pequeñita, y con una voz chillona.

–Soy el hada madrina de Hans –dijo solamente. Pero más parecía una pordiosera, con su pelo hirsuto, su sacón raído y su pollera hasta los tobillos.

Enseguida pidió de comer porque venía desde muy lejos.

–Sé que mañana debuta Hans –explicó–, por eso vine.

–Es una vividora –murmuró la señora de Ibarra mientras le daba un plato de jamón con queso, aceitunas y una botella de Bidú.

–Ésta es una turra que se hace la protectora de Hans –agregó la gorda Ana–. ¿No ven que ni siquiera habla el idioma que habla el Hans?

Pero lo cierto es que el gigante, esa tarde, llegó al club haciendo temblar las paredes por el vigor de sus pasos, encontró al hada madrina y se alegró mucho de verla. Nadie, entonces, se animó a desconfiar de la recién llegada, si es que su presencia mejoraba el humor de Hans en vísperas del partido inaugural de la temporada, contra Juventud Unida.

Y a la noche siguiente fue el desborde. Comenzaba el partido y nunca, nunca, la cancha de Unión y Gloria estuvo tan llena. No faltaba nadie del barrio y había llegado incluso gente de afuera de Rosario a ver el fenómeno. Todo el periodismo deportivo daba a Unión y Gloria como candidato excluyente al título debido a la presencia de Hans. Y eso había hecho que cientos, miles de curiosos abarrotaran el estadio.

Los primeros cuatro minutos fueron apoteóticos. En ellos Hans, fiel a su estilo entre distante e ingenuo, convirtió cuarenta y siete tantos con el solo recurso de plantarse junto al tablero rival. El público adicto a Unión y Gloria deliraba, saltaba, cantaba y arrojaba al aire sombreros, pañuelos, banderas, vinchas y servilletas. Fue cuando apareció el dragón.

Difícil describirlo sólo con palabras. En un momento se oyó un crujido que sepultó el ulular de la tribuna y, la pared del fondo, la que da a la calle Agrelo, la que ahora reconstruyeron, se derrumbó hacia adentro como si fuera de cartón prensado. Se oyó un bramido espantoso y una lengua de fuego de casi veinticinco metros, como lanzada por un soplete formidable, atravesó la cancha de aro a aro.

—Thor —se escuchó balbucear a Hans, mirando hacia la pared pulverizada. Y de inmediato, ante el espanto, el horror y la estampida incontrolable de la gente, ese dragón verde y pavoroso, rugiente, llameante y descontrolado, metió una pata en el borde de la cancha. Se vieron volar las chapas de aluminio del tinglado, incandescentes algunas por el fuego, hubo un olor insoportable a azufre, y se cortó la luz.

Después, días después, en el buffet del club, decían que los árbitros, pese a todo, no debían haber suspendido el partido. Y temían algunos que a Unión y Gloria le quitaran los puntos.

—Habría que jugar los minutos que faltan —golpeó el presidente González sobre la mesa—. No puede ser que nos saquen los puntos.

—Sí —aventuró Scola, el cínico—. Pero sin el Hans el partido será otra cosa...

González se quedó callado, mordiéndose los labios.

—Sin Hans —murmuró, para sí mismo.

Es que el gigante había desaparecido en el tumulto. Había desaparecido Hans, y los conejos, y las ardillas y hasta el hada madrina llegada el día anterior al partido. Y también el dragón, por fortuna. Sólo quedaron, lamentablemente, las cenizas del quincho nuevo que había logrado terminar con esfuerzo y rifas varias la Comisión de Patín, devorado por el fuego.

Y el techo de la cancha, retorcido como si hubiera sufrido el embate de un tornado. Y parte de la baranda perimetral de la cancha, aplastada por la pata del dragón.

Buscaron a Hans varios días, por todas partes, infructuosamente. Y le preguntaron por último a la abuela del Seba, quien sostenía haberlo había traído desde una lejana comarca.

—Qué sé yo dónde estará —se encogió de hombros la señora—. Es difícil saber lo que piensa un gigante.

—Una cosa es la realidad... —pareció conformarse esa noche, el presidente González, moviendo la cabeza—... y otra la fantasía... Y me parece que nuestra ambición de ganar el campeonato era eso, nada más. Una fantasía.

VOLVIENDO AL MONO

Yo lo conocí al doctor Brambilla poco después de que él publicara ese libro sobre el niño criado por un televisor. Fue un caso famoso. Primero la noticia apareció en los diarios y, a los pocos meses, el doctor lanzó el libro con el desafortunado título de *El Tarzán electrónico*. Digo desafortunado porque nadie relacionaba en razón de ese título la experiencia increíble de aquel pibe de barrio Echesortu con la del Rey de la Selva.

—Sin embargo hay similitudes —me explicó, tiempo después, Brambilla, la primera vez que estuve en su casa—. Rubencito... —de allí en más, siempre que mencionara al chico en cuestión lo haría con el diminutivo—... también queda abandonado a su suerte, lejos de la protección de sus padres biológicos. En este caso, no en manos de los grandes monos sino bajo la influencia buena o mala de un televisor. Crece con ese aparato, aprende a hablar con ese aparato, aprende a conducirse bajo su estímulo. Es lo que quise ejemplificar con el título.

Al pequeño Rubén lo había abandonado su madre, apenas bebé, en un gran centro comercial de la zona justo el día en que éste cerraba sus puertas inesperadamente, por tiempo indeterminado, a causa de reclamos de su personal. El conflicto se prolongó indefinidamente, trabado por abogados y apelaciones.

—Nadie reparó —me siguió contando el doctor Brambilla aquella tarde de nuestro primer encuentro— en que el bebé había quedado abandonado detrás de unos equipos de música, en el departamento de electrónica, donde lo había ocultado su madre para deshacerse de él.

—¿Y cómo sobrevivió? —fue mi lógica pregunta. Brambilla frunció la cara casi hasta lo caricaturesco, gesto que, con el paso del tiempo, se me haría habitual.

—Nadie lo sabe a ciencia cierta —dijo—, pero había quedado encendido un televisor. Uno de ésos de pantalla gigante. El chico aprendió a hablar escuchando al aparato. Cuando pudo entenderlo perfectamente —es notable el nivel de asimilación de los chicos— comenzó a obedecer los mensajes publicitarios. Si las tandas comerciales recomendaban tal o cual comida, el chico se iba hasta el sector de alimentos y la buscaba. Reconocía los envases, identificaba los nombres. Algo maravilloso. Además, en esa especie de supermercado tenía a mano cuanto podía necesitar, desde ropa hasta juguetes con los que entretenerse.

—¿Y no le produjo ninguna tara o retraso mental esa situación?

—Por lo contrario —se exaltó Brambilla—, ha tenido una educación formidable, muy diversa, muy abarcativa. Primero, contaba con una suerte de madre o padre, electrónica, sustituta, que estaba siempre a su disposición, siempre encendida...

—Eso quería preguntarle... ¿Nunca se apagó ese televisor?

—Nunca. Siempre, a toda hora del día, el niño tenía esa especie de inmenso ojo multicolor frente a él, hablándole, aconsejándolo, informándolo, a su servicio si se quiere...

—Pero... ¿cuánto estuvo el chico metido allí adentro? Leí las notas pero no lo recuerdo. ¿Un año? ¿Un año y medio?

—Cuatro años... Cuatro años estuvo Rubencito allí... —Brambilla me miraba con fijeza algo demencial, elevando su mano derecha y haciendo oscilar frente a mis ojos cuatro dedos largos y delgados—. Y allí recibió una información que ningún niño de su edad hubiese podido acumular. Piense usted que se pasaba los días viendo Discovery Channel, National Geographic, Animal Planet... Si usted lo escucha hablar advertirá una mezcla de variantes del español, como así también un dominio admirable del italiano, que captó de mirar la RAI, e incluso del árabe merovingio, aprendido a través del canal sirio.

Me quedé absorto observando a Brambilla. Estábamos en la mesa del *living* de su casa, cubierta anticuadamente con un mantel de hule y también por una enorme cantidad de carpetas y papeles desordenados, producto de los estudios del doctor. Vivía en una casa chorizo, reacondicionada en parte, larga, de ambientes grandes y techos altos, con mucha luz que llegaba desde el patio. También llegaban desde afuera cantos disonantes de pájaros, que no parecían sólo canarios. Había chillidos ásperos, como de loros, y otros, ululantes, que no alcancé a reconocer.

—Cuatro años... —me quedé cavilando, en tanto miraba, a través de las cortinas caladas, el relumbrón verde de las plantas que había en el patio. Era una mañana luminosa, recuerdo.

—Cuatro años —aprobó con su cabezota, Brambilla, tratando de ordenar un poco el papelerío—. En esos cuatro años el niño desarrolló una relación muy fuerte de hijo-madre con el televisor, se imaginará usted.

Me quedé pensativo. Un par de veces estuve por hacer una pregunta, pero me contuve porque suele ocurrirme algo ante esa gente importante —como me ocurrió frente a Félix Luna— que me inhibo temiendo pasar por un imbécil. Recordé, sin embargo, aquello que me decía siempre mi padre: "Pregunta lo que no sabes y pasarás por ignorante un minuto. No lo preguntes y serás un ignorante toda la vida".

—¿Y cómo hacía para cambiar de canal? —me lancé. Brambilla no me miraba, seguía intentando acomodar los papeles, casi desesperadamente.

—Yo intuyo —frunció los labios— que el pequeño intentó en muchas ocasiones abrazar a su madre electrónica. O tocarla, es muy común que los niños investiguen los cuerpos de sus padres, con el tacto, con el olfato, con el gusto... Y no descarto que, sin querer, haya apretado los botones de cambio de canal. Que luego eso lo haya aprendido, incorporado a su conocimiento, y ya podía cambiar de canal a su gusto. Recuerde que, como dijo Russell, la costumbre de una generación es el instinto de la siguiente. Porque él no tenía un control remoto. O al menos no se encontró por allí uno. Y eso fue una suerte. Un control remoto le hubiese generado una pérdida de respeto hacia ese aparato-madre, porque la decisión de cambiar de canales hubiese sido de él y no del televisor. En cambio, apretar botones en el mismo cuerpo del aparato se entiende más como solicitar algo y que le sea concedido. Es como señalar el seno materno para reclamar leche. McBierhen lo explica muy bien en su tratado sobre la teta, publicado en Lieja.

Me quedé mirando a Brambilla, mientras él, abiertos los labios para mostrar sus dientes apretados, los lentes casi haciendo equilibrio sobre la punta de la nariz, intercalaba hojas y hojas dentro de un bibliorato. No lucía muy impresionante el doctor. Pese a toda su fama, pese a toda su notoriedad alcanzada a través de sus libros, entrevistas en televisión, charlas en diversas universidades y, muy especialmente, mediante su polémica mediática con el doctor Escardó sobre si la neurona motriz era química o filosófica, el aspecto que mostraba sentado frente a mí era irrelevante. Un pullovercito amarillo pálido lleno de pequeñas motas de lana apelotonada, abajo una camisa blanca abotonada hasta arriba, el pantalón de frisa y, más que nada, las pantuflas de franela a cuadritos marrones, no le conferían una estatura intelectual intimidatoria.

Su altura física sí, era elevada, mediría casi un metro ochenta, pese a que se lo veía un tanto encorvado. Tenía manos y pies grandes, cejas muy pobladas y se permitía una sombra de barba. Quizás conspiraba contra su fama, dentro de mí, aquello de que nadie que viva a la vuelta de mi casa puede ser importante. Y si bien el doctor no vivía a la vuelta de mi casa, estaba en el barrio. Y yo me había contactado con él mediante un sistema esencialmente barrial. Una semana antes de nuestro encuentro me había tomado el trabajo de distribuir volantes ofreciendo mis servicios de dactilógrafo por el almacén de la esquina, el kiosco de Marcela y la veterinaria del Colorado.

Yo era un brillante egresado de las Academias Pitman y había logrado en mis últimos controles, la asombrosa marca de 236 palabras por minuto. Mi profesor, Rustinelli, me había dicho que sólo en los Estados Unidos existía un dactilógrafo que podía alcanzar una marca superior. Pero era un muchacho autista de Mojave, que también podía recitar los nombres y apellidos de todos los habitantes de Chicago desde la fundación de la ciudad hasta nuestros días y que, por otra parte, estaba aguardando que lo ejecutaran con una inyección letal en la cárcel de Daytona, debido a un delito por el cual ni su condición de autista lo eximía del castigo.

Lo cierto es que al poco tiempo me llamó Brambilla por teléfono, lo que me llenó de emoción, dado que era el personaje del barrio y uno de los referentes intelectuales más sólidos de la ciudad. Y no sólo de la ciudad, porque yo estaba en su casa ese otro día en que lo llamó Gunther Grass por teléfono desde Bremen. También me sorprendió que ese primer llamado a mi casa lo hiciera él personalmente y no una secretaria o asistente. Pero no sería, por supuesto, la única sorpresa a la que me sometería Brambilla. Habrá otras a lo largo de esta historia.

–Soy muy lento escribiendo a máquina –me confesó en aquella primera ocasión, poco después de que publicara el libro sobre el niño criado por un televisor–. Y tan desprolijo cuando escribo a mano... –elevó una hoja de papel, escrutándola con los ojos entrecerrados como si la hubiera visto por primera vez en su vida–... que luego, cuando trato de pasar todo a máquina ni yo me entiendo... Tardé muchísimo en terminar el libro. Había acumulado una enorme información sobre el hecho.

—Eso es lo que noté en el libro —me apresuré a señalar, con cierta torpeza—. Digamos... no lo leí... pero vi que era muy gordo...

—Por ahí anda... —comenzó a otear entre los papeles, señalando con el mentón sobre la mesa, para luego pasar a los sillones y sillas vecinas—. ¡Dorita! —gritó de pronto en forma intempestiva, sobresaltándome—. ¿No viste dónde quedó el libro sobre Rubencito?

Una voz femenina, cascada, contestó desde arriba, concisa.

—No.

No sería la única vez que escucharía la voz de Dorita, pero nunca, nunca, a través de una relación que luego se hizo casi cotidiana, pude conocerla. Nunca apareció por el *living* de trabajo de Brambilla. Dorita siempre fue una voz desde lo alto, el roce de sus zapatos en una escalera lejana, el rumor de una conversación telefónica con una amiga allá al fondo, pero nunca una aparición corpórea.

—Reconozco que hojeé el libro pero no lo leí —dije, ya por decir algo—. ¿Recogió testimonios de otra gente o...?

—No —el doctor continuaba sin mirarme, abocado a ordenar sus textos—. No hubo testigos, salvo las personas que lo encontraron cuando, cuatro años después de su cierre, los nuevos dueños del centro comercial decidieron reabrirlo. Pero el chico se pasó todo ese tiempo solo. Los testimonios los recogí de su propia boca.

—¿De Rubén?

—De Rubencito.

—¿Y dónde está ese chico ahora? —me asaltó una repentina curiosidad porque, luego del lógico revuelo que desató el descubrimiento del pequeño a nivel incluso mundial, el tema había pasado a un segundo plano con la caída del Muro para diluirse por completo con la novedad de la lipoaspiración.

Entonces sí, en ese momento el doctor Brambilla bajó unos papeles que tenía ante sus ojos y me miró. Y sucedió como en las obras de teatro efectistas. A mis espaldas oí que alguien abría la puerta con cierta dificultad, era una de esas puertas altas, de madera, con picaportes de hierro y cubierto los vidrios por cortinas caladas.

—¿Qué querés, querido? —preguntó el doctor, mirando a mis espaldas. Oí que la puerta se cerraba y alguien, de paso leve, caminaba detrás de mí.

—Nada.

—Bueno. Andá para la cocina que ya debés estar por comer.

Escuché que los pasos acolchados, zapatillas seguramente, se alejaban hacia otra habitación. Miré casi de reojo y vi a un pibe caminar lentamente, como aburrido. Tendría unos doce años.

—Hablando de Roma... —sonrió el doctor. Me incliné hacia adelante, señalando a la figura que se había retirado.

—¿Ése es Rubén? —pregunté en voz baja. Brambilla asintió con la cabeza.

—Sí. Lo traje a vivir a casa.

Quedé pensativo.

—¿Lo adoptó?

—Podríamos decir eso... —Brambilla miró hacia la habitación contigua, desde donde se oían ruidos de cajones—. ¿Qué buscás? —gritó.

—Nada —contestó el pibe—. ¿No has visto la cajuela con los cromos?

Su voz tenía el tono del castellano neutro de las versiones hispanas de las series norteamericanas de televisión.

—No —dijo el doctor—. Preguntale a Dorita.

Brambilla también se inclinó luego hacia mí y bajó la voz.

—Resultó ser casi un sobrino mío —me dijo.

—¿No me diga?

—Haciendo averiguaciones, cuando recabé ciertos datos... Bueno... Usted sabe cómo se dan las relaciones en un barrio —el doctor hablaba con voz muy pero muy baja y sospeché que su mesura estaba más destinada a Dorita que a Rubencito.

—¿Y cómo tomó él... —señalé hacia atrás, retomando mi tono

normal de voz porque advertí que Rubén se había alejado–... su separación del aparato de televisión... digamos... madre? ¿O también lo tiene usted aquí?

–Fue duro... Hubo que mandarlo al service.

–¿Qué le pasó?

Brambilla oteó hacia las habitaciones vecinas. Y luego, echándose hacia atrás en su silla y en un ejercicio exagerado de mímica, moduló con sus labios, algo payasesco y casi sin sonido, lo que quería transmitirme sin que el niño se enterara.

–Se-le-que-mó-una-vál-vu-la.

–¿Y no se la puede cambiar? –pregunté, cauto.

–Están en eso –Brambilla retomó algo de sonido–. Pero ocurre que es un modelo muy viejo. Y ya no vienen repuestos. Rubencito no lo sabe. Le hemos dicho que lo están arreglando, que es un problema de luminosidad de la pantalla.

–Y, mientras tanto... ¿tiene otro televisor aquí?

–Sí... Pero no es lo mismo para él. Por eso anda un poco taciturno. Mustio...

Después fue cuando Brambilla me sorprendió de nuevo, al anunciarme cuál sería el tema de su nuevo libro, el que yo debería pasar a máquina.

–Es un tema que vengo estudiando desde hace unos quince años... –me dijo, a veces mirándome, a veces concentrado–. Una teoría mía que he presentado en Harvard el año pasado –de abajo de unas carpetas sacó un fajo voluminoso de hojas, unidas por ganchitos–. ¿Usted lee inglés? –negué con la cabeza–. Es una pena –dijo Brambilla–. Mi teoría consiste en que el hombre, el ser humano, está volviendo al mono, incluso ésa es la enunciación "Volviendo al mono", *Coming back to apes* como salió un adelanto en el *Times*, y allí desarrollo la idea, se lo explico a grandes rasgos, de que el hombre proviene del mono, tal como lo proclamara Darwin, y que, luego de un clímax de desarrollo que, como lo dijera Daniel Pizano, se dio en el Renacimiento, ahora está regresando precipitadamente al mono, estadio al que arribará en poco tiempo, si mis cálculos no me engañan.

Opté por no comentar nada. Simplemente preferí preguntarle cuándo empezaríamos el trabajo y arreglar el tema del dinero, que fue menos conflictivo de lo que había supuesto. Reconozco que estaba algo impactado. Pero el doctor Brambilla me tenía reservadas nuevas sorpresas.

Al principio comenzamos a trabajar empleando el sistema de que el doctor me entregaba sus manuscritos, yo me los llevaba a casa y los pasaba a máquina. Pero era tan ilegible la letra de Brambilla que, tras infinitas llamadas telefónicas para que me aclarara fragmentos de sus textos, decidimos de común acuerdo que yo me instalara por las tardes en su casa y allí, teniéndolo a él a mano, pudiera consultarlo sin tantas demoras. Confieso que comencé a interesarme por el tema del regreso al mono, más allá de mi mera colaboración profesional. Brambilla me aportó las primeras explicaciones aquel día en que llamó Gunther Grass.

Sonó el teléfono y Dora atendió arriba.

—¡Darío! —llamó luego, con desgano—. Gunther.

Brambilla resopló, se levantó de entre un mar de papeles y atendió el teléfono. Estuvo hablando en alemán casi media hora. Cuando colgó me dijo como al pasar que era Gunther Grass.

—¿Leyó algo de él? —me preguntó. Le dije que no, pero que sabía que había publicado el libro *Cabeza de turco*.

—Está al tanto de mi teoría —volvió a sentarse el doctor—, pero él piensa que se contrapone con la teoría de Darwin, mientras yo digo que no, que por el contrario, la complementa. Ahora me sale con que Desmond Morris piensa como él... ¿Qué carajo me importa a mí la opinión de Desmond Morris, digo yo? ¿Usted lee alemán? —me preguntó, amenazándome con un cuadernillo.

—No —le dije—. Pero... ¿cómo se le ocurrió a usted esta teoría?

—Hace un par de años, estudiando la conducta de unos pequeños monos, acá en el zoológico del Parque Independencia. La conducta de esos monos carayá me recordó mucho a la de mis hermanas Silvina y Teresa.

Lo miré para saber si me estaba tomando el pelo. Pero él continuaba, muy serio.

—Ciertos gestos, algunos parloteos, determinados rasgos... —se quedó pensando—. Pero lo que me impulsó a desarrollar más definitivamente mi tesis fueron dos cosas... —y levantó dos dedos en el aire, pero no los dedos índice y central, como haría cualquiera en una especie de "V" de la victoria. Él levantó el índice y el meñique, configurando los clásicos cuernitos, y los balanceó en el aire. Remarco el detalle porque tendrá importancia en el relato.

—Dos cosas —repitió—. Primero, unas escenas que vi por televisión sobre disturbios en una cancha de fútbol, hará dos años. Allí se veía un grupo de hinchas, absolutamente descontrolados, corriendo furiosamente por la tribuna, persiguiendo a otros hinchas para pegarles, para golpearlos, para matarlos. Y efectivamente, a algunos hinchas del equipo rival que lograban cazar, los molían a patadas y a palos. Después, cuando ya habían logrado hacer huir a los rivales y varios de ellos yacían sobre las gradas, desangrándose por la paliza, algunos de los vencedores saltaban y festejaban como locos con los puños en alto mientras otros arrancaban pedazos de mampostería o caños de los paraavalanchas y los arrojaban hacia abajo. Entonces me acordé, me acordé claramente, del final de la escena inicial de *2001, Odisea del Espacio*, la de Kubrick... ¿La vio? ¿La recuerda? ¿Vio la película?

Aprobé con la cabeza.

—La escena de los monos —puntualizó Brambilla— cuando luego de unas imágenes de convivencia y paz, sufren el ataque de otros monos y se matan unos a otros usando huesos como armas...

Brambilla se quedó en silencio. Sin duda, ambas escenas, la del estadio y la de 2001 se asemejaban.

—Y la otra cosa —arremetió Brambilla, asustándome, cuando ya yo me había olvidado de que había una segunda razón— es que lo pienso por experiencia propia... Yo mismo me estoy convirtiendo en mono...

Allí lo miré fijo. Y con prevención. Otra vez pensé que me estaba tomando para la broma. El doctor advirtió mi escepticismo y asintió con la cabeza.

—Mire por dónde me quedan las mangas de la camisa—me dijo, estirando ambos brazos hacia adelante, los puños cerrados. En efecto, las mangas se le ceñían, tensas, casi a la mitad del antebrazo, un par de centímetros debajo de los codos.

—Bueno... —sonreí—. Las camisas también pueden encoger, cuando se las lava...

—No, no... Éstas son del año pasado, y de buena calidad...

Pero, eso sí, yo había reparado en otra cosa que me sobrecogió, aparte del doméstico problema del largo de las mangas de la camisa: los brazos y el dorso de las manos del doctor eran peludísimos, con un vello oscuro y áspero, que conformaba islotes hirsutos sobre cada una de las falanges de los dedos, por ejemplo. Me asombré de no haberme dado cuenta antes de ese detalle.

—No es que se haya encogido la camisa... —insistió Brambilla, consternado—. Es que me están creciendo los brazos...

De allí en adelante, en los días siguientes, comencé a registrar, casi obsesivamente, más y más indicios inquietantes en el doctor.

Un día llegué a su casa y lo encontré revisando minuciosamente la cabeza del pequeño Rubén, su sobrino, apartando pelo a pelo, mechón a mechón. Estaban ambos de pie, muy serios, y el doctor debía encorvarse bastante para observar desde cerca el cuero cabelludo de su sobrino. Lo noté más cargado de hombros que nunca.

—Se ha llenado de piojos en la escuela —se quejó el doctor, la nariz fruncida–. Algún pibe le contagió las liendres. En una de ésas vamos a tener que raparlo.

–Cielos, tío Darío, no quiero que me rapen, no quiero ser un pelón –dijo Rubencito, con esa entonación monocorde de personaje de "La pequeña Lulú". Brambilla siguió espulgándolo con deleite pese a las protestas del chico, configurando un cuadro casi primitivo.

Otro día habíamos acordado que yo fuera a su casa temprano en la mañana. Rubencito me hizo pasar y me dijo que su tío no tardaría en venir, que recién se levantaba. Me quedé esperándolo en el *living*, escuchando los ruidos que hacía al cambiarse en la habitación de al lado. Había quedado la puerta abierta y, reflejada en el espejo de un viejo ropero, enorme, entreví la figura semidesnuda de Brambilla. Aparté la vista, alarmado ante la posibilidad de que el doctor descubriera que lo estaba espiando. Pero tuve que volver a mirar. La imagen de Brambilla, en calzoncillos y calcetines, impresionaba, porque su cuerpo estaba totalmente cubierto de pelo negrísimo al punto que parecía que tuviese puesto un pullover peludo. Y no únicamente el tórax y el abdomen: la espalda era una selva negra y el vello sólo desaparecía abruptamente en el comienzo del cuello, donde la piel lucía roja y granulienta como si hubiese sido afeitada para que no asomara bajo el cuello de la camisa.

Lógicamente, no comenté el asunto cuando Brambilla terminó de vestirse y vino hasta el *living*, pero quedé vivamente conmocionado. Cuando apareció, yo estaba de pie frente a un aparador fingiendo mirar, muy interesado, la foto que había en un portarretratos.

–Ésa es Camila –me dijo Brambilla mientras tiraba sobre la mesa con mantel de hule un montón de nuevos manuscritos. Ahí recién presté atención a lo que tenía ante mis ojos. Era la foto de un mono, o mona, mejor dicho, según el nombre que le adjudicaba Brambilla.

—La estaba mirando —mentí—. ¿Es uno de los monos que le hacían acordar a sus hermanas?

—Ojalá mis hermanas fueran como ella —suspiró el doctor—. Es una monita carayá, hermosa, a la que voy a ver con frecuencia.

Detecté en la voz del doctor un timbre de calidez que no había detectado ni cuando él hablaba con Rubén, el niño criado por un televisor.

—Está en una de las jaulas del Jardín de Niños —continuó.

—¿Aquí en Rosario?

—Sí.

—¿Es uno de los monos que usted estudia para su tesis?

—Al principio lo era. Ahora ya voy a verla sólo por amistad. Se acostumbró a que vaya a visitarla. Y me espera. Esta tarde, si usted quiere, puede acompañarme a verla, así se la muestro. Es más linda de cómo se ve en la foto. Pero usted tendrá que quedarse un tanto alejado. A Camila le molesta verme acompañado. Ya en una oportunidad cometí el error de ir con Rubencito y me hizo un escándalo.

—Celos.

—Supongo. Otra conducta equiparable a la humana —Brambilla bajó la voz y comenzó, una vez más, a modular con los labios casi sin emitir sonido, como quien desea hacerse entender desde atrás de un vidrio hermético—. Algo parecido a las escenas que me suele montar Dorita... —y señaló hacia arriba.

Ese mediodía lo llamó Erich Hochbawn desde Alejandría y estuvieron hablando más de veinte minutos en inglés. Y a la tarde, mientras íbamos en taxi hasta el Jardín de Niños, Brambilla me contó que Hochbawn sostenía que la teoría del retorno al mono contradecía el concepto de la entelequia, la idea de que todo tendía a la perfección.

—¿Qué más perfección que el mono? —pareció preguntarse a sí mismo Brambilla, antes de que nos bajáramos del coche—. ¿Usted ha visto el sentido del equilibrio del mono proboscidio, por ejemplo? ¿Su armonía cuando salta de rama en rama? Ningún atleta humano podría equipararlo, aunque fuese un campeón olímpico. ¿Y la organización social de los gorilas de montaña, bajo la tutela de los "espaldas plateadas", que supera largamente, en eficiencia y respeto al individuo, a la organización de los más evolucionados cantones suizos?

En el Jardín de Niños lo saludaron amigablemente todos, desde los porteros hasta los empleados que limpiaban las jaulas. Brambilla no se detuvo ni en la del oso polar –que languidecía en una piletita de agua minúscula–, ni frente a la jaula de los coatís, que a mí tanta gracia me causaban, con sus manitas de guantes negros, ni ante la del aguará-guazú. El doctor se encaminó decididamente hacia una de las jaulas centrales, pero a unos diez metros de ella me detuvo.

–Mírela desde acá –señaló, casi agachándose–. Después, si usted quiere, puede acercarse a mirarla, cuando yo ya la haya saludado. Es aquélla, la que está casi detrás de ese tronco, ahora la tapa el neumático colgado... ¿la ve?... La linda, de ojitos negros... ¿La ve?

–Sí –mentí.

–La que tiene un apio en la mano... Espere que voy a comprarle maní... Después nos encontramos aquí mismo...

Y se fue. Recuerdo que yo di unas vueltas por el zoológico, me estacioné un rato frente a la enorme jaula de las aves y volví luego a buscar al doctor, pero éste seguía contemplando a Camila, su nariz casi metida entre los barrotes de la jaula. Tuve tiempo de disfrutar largamente de los coatís, sentarme después a tomar una Coca-Cola y recién una hora después volví a buscar al doctor que se estaba despidiendo de Camila.

–Si Dorita pregunta –me dijo Brambilla algo incómodo, mientras volvíamos otra vez en taxi– voy a decirle que nos demoramos sacando fotocopias.

Asentí. Y lo observé. Estaba comiendo los maníes que le habían sobrado de la bolsa comprada para Camila. Y se pasaba la lengua por la juntura de los dientes sin abrir los labios, y estiraba los labios hacia adelante.

Al lunes siguiente volví a su casa. Habíamos adelantado bastante el trabajo de *Volviendo al mono*, pese a lo caótico de los manuscritos de Brambilla. El doctor había estado muy entusiasmado con los progresos logrados y me anticipaba duras polémicas con el Vaticano.

—Me habló monseñor Fosatti —me dijo, mientras ponía sobre la mesa otro fajo de papeles—. Hay malestar en la Iglesia.

—¿Acá, en Rosario?

—No. Me habló desde Roma. Fosatti es uno de los papables. Se imagina usted que si la Iglesia puso el grito en el cielo cuando Darwin dijo que proveníamos del mono, qué no irán a decir ahora cuando sostengo que estamos volviendo a él. Parece que Wojtyla está en llamas.

Esa tarde escuché una larga conversación telefónica entre Brambilla y el Dalai Lama. Por supuesto que no pude entender nada ya que el doctor hablaba en un idioma salpicado de interjecciones y ruiditos, pero supe quién era su interlocutor pues lo había anunciado Dorita desde las alturas, gritando simplemente: "¡Lama!".

El doctor, luego de la charla a la que calificó de "provechosa", estaba eufórico. Era notorio que disfrutaba con la controversia.

—¡He roto la espina dorsal de las tontas argumentaciones del narigón Cousteau! —me dijo—. Él suponía que el hombre proviene de los peces. Que en una época teníamos branquias y que, si volvíamos al contacto incesante con el agua, volveríamos a tenerlas. Estupideces, razonamientos insensatos... Tal vez hablaba movido por su propia evolución. Su físico tiende cada vez más hacia la contextura abisal, casi a las dos dimensiones. Cousteau, según el último documental en que lo vi, ya es prácticamente un perfil sin volumen, y se lo dije ayer mismo cuando me habló por teléfono para atacar mi teoría.

Brambilla calló y se quedó pensativo: yo lo miraba en silencio.

—Si me viera a mí cambiaría de opinión —concluyó complacido.

Dos días después, cuando regresé con otras cinco hojas pasadas en limpio, me encontré con otro Brambilla, abatido y desolado. No quise preguntar nada. Vino hasta el *living* caminando con dificultad y pensé que algún problema físico era la causa de su decaimiento. Tras controlar los nuevos escritos y formular algún comentario de compromiso se recostó contra el respaldo de la silla y se quedó ensimismado.

–Camila me cagó –dijo luego, con un grafismo patético pero poco romántico. Lo miré, esperando algún agregado.

–¿No le dio bola? –arriesgué, ante su mutismo–. ¿No le hizo caso? ¿No le aceptó los maníes?

–Me cagó, me cagó, en el más estricto sentido de la palabra. Estos monitos, los carayá, tienen esa costumbre... Se cagan en la mano y luego arrojan sus excrementos hacia el que consideran su enemigo, o al menos al que piensan que los está molestando...

No pude reprimir un gesto de asco. Dejé sobre el plato el último pedazo de una medialuna que me había traído Rubencito con el café.

–¿Y... le tiró... a usted?

Brambilla aprobó con la cabeza. Se señaló vagamente el pecho, las piernas.

–La camisa... el saco... los pantalones... todo.

–¿La cara también? –pregunté, cuidadoso.

–La cara también.

–¿Cuándo fue? ¿Ayer?

–Ayer. Domingo, y estaba lleno de gente, chicos, señoras... Tuve que bañarme cuando volví...

Hizo otro silencio, pesaroso.

–Dorita se dio cuenta –prosiguió–. Tuve que contarle...

–Y... –busqué cuidadosamente las palabras–. ¿Tiene alguna idea de por qué ocurrió eso?

Brambilla se puso de pie súbitamente, como recuperando su habitual energía.

—Tengo alguna idea —fue hasta el armario—. ¿Usted lee turco?

Comprendí que había dado por cerrado el capítulo Camila, al menos conmigo.

—No —le dije.

—Porque quisiera incluir en el libro, en el capítulo dedicado a la faceta imitativa de los humanos, algo que le escribí al filósofo Kemal Ataturk, sobrino del famoso Kemal, aquel que eliminó el sultanato y no sólo eso, prohibió el fez, ese sombrerito cónico rojo, tan gracioso.

—¿Le duele un pie? —señalé su dificultad para caminar, como para transmitirle que no le preguntaría más sobre Camila. El doctor volvió a sentarse frente a mí.

—¿Recuerda que le hablé en una ocasión de las dos razones que dispararon en mí esta teoría? —preguntó, volviendo a mostrarme esos dos dedos dispuestos poco convencionalmente en cuernitos—. Una, la observación de la conducta de algunas barrasbravas del fútbol... Y otra mi propia evolución... o involución...

Sin dejarme contestar se quitó una pantufla, y con otro rápido movimiento sacó también la media de su pie derecho. Después alzó el pie para que yo pudiera verlo. El dedo gordo casi no se veía, plegado sobre la planta del pie, como en los cuadrumanos. Aspiré hondo, impresionado. Con ese mismo pie, casi una mano, Brambilla recogió la media y la trasladó a su mano derecha.

—Por una parte me alegra la confirmación de mi teoría —resopló, mientras se calzaba—, pero por otra me alarma la deformidad de mi cuerpo.

Tres días después volví a su casa y me encontré con una de las últimas sorpresas: no había nadie. Toqué el timbre varias veces, esperé, repetí el llamado, volví a esperar, y ante la falta de respuesta pregunté en el kiosco de al lado. La kiosquera me dijo que el doctor y su familia se habían ido de viaje, sin anunciarlo a nadie. No sabía adónde se habían ido ni cuándo volverían.

Pasaron cinco años y no tuve más noticias de Brambilla. Recién el año pasado, mientras esperaba en una peluquería, leí de casualidad una nota sobre él en una revista del corazón. Hablaba de los romances entre los grandes mamíferos basándose en un informe del doctor Brambilla hecho en el zoológico de Barcelona tras un exhaustivo estudio del célebre gorila albino Copito de Nieve. No le di importancia. Ya había olvidado la plata que había quedado debiéndome −que no era tanta porque me pagaba por semana− y, por otra parte, mi vida había experimentado un cambio. Me había casado y no trabajaba más pasando textos a máquina porque había conseguido, por fin, el trabajo en el Banco.

Lo cierto es que, a principios de este año, viajamos con Sara, mi mujer, a Barcelona. Ella iba a un congreso de Acupuntura y yo decidí acompañarla. Antes de viajar, asaltado quizás por un ataque de nostalgia o curiosidad, averigüé algún dato sobre el doctor Brambilla. Lo conseguí en la Facultad de Filosofía, de un profesor que intercambiaba *mails* con él y me dio su teléfono. Ya en Barcelona lo llamé y me contestó, cuando no, la voz incorpórea, Dorita.

−Darío no está −me dijo, con dureza−. Está en el zoológico.

Y juro que me paralicé. Una corriente fría me recorrió la médula. Pensé en el destino irrevocable del doctor.

−Pero puedo darle el teléfono y llámelo −siguió Dorita, tranquilizándome. Me dio el teléfono y lo llamé. La voz de Brambilla sonó alegre y entusiasta.

−Veámonos mañana mismo en el zoológico −me invitó, tras los saludos alborozados del reencuentro−. A las cinco de la tarde, lo espero en la jaula de los chimpancés.

Otra vez me taladró una punzada helada.

−Nos encontramos allí enfrente −volvió a calmarme− porque es una de las jaulas más importantes. Sabrá que el zoológico de Barcelona es uno de los más grandes del mundo. Cuando se dirija a nuestro lugar de encuentro, no deje de ver a Copito de Nieve, es una experiencia imborrable.

Le prometí que así lo haría, pero me dio mala espina que no se ofreciera a acompañarme a conocer al gorila albino.

Al día siguiente, a las cinco de la tarde, estaba yo frente a la enorme jaula de los chimpancés, pero Brambilla no llegaba. Esperé diez minutos, inquieto. No había mucho público, ya que era un martes frío y ventoso. Empecé a observar a los monos. Eran cuatro o cinco de diferentes edades y tamaños. Estaban calmos y relajados y supuse que habían comido hacía poco. Me prestaban poca atención y limitaban sus movimientos a rascarse o a llevarse a la boca algunos maníes que aún quedaban en el suelo. De pronto advertí que había uno, al fondo de la jaula, oscuro, pequeño y torvo, que me miraba intensamente. Brillaba en sus ojos esa chispa de esclarecimiento que suelen tener algunos simios. Le mantuve la mirada y el mono, entonces, hizo algo que me paralizó el corazón. Levantó su mano derecha y me mostró dos dedos, dispuestos como cuernitos. Los mantuvo allí, mientras yo sentía que el espanto me invadía el cuerpo.

—¡Carelli! —escuché de pronto a mis espaldas. Giré y vi venir al doctor Brambilla, caminando con alguna dificultad, pero a grandes zancadas y sonriendo. Nos abrazamos como si hubiésemos sido amigos íntimos, con esa cercanía que dan los encuentros en tierra extraña. Luego de los saludos protocolares, yo, recobrando el aliento, le comenté lo del cómplice saludo del chimpancé desde el fondo de la jaula, con esos cuernitos convertidos casi en una contraseña.

—Pensé... pensé que era usted, doctor —le confesé, casi avergonzado.

—Por favor... por favor... —me palmeó Brambilla—. Entiendo que pueda haber pensado eso. Pero comprenda que mi teoría no podrá concretarse, en la práctica, con tanta premura. Tales cambios genéticos no se dan en una generación...

Empezamos a caminar, alejándonos lentamente de la jaula.

—Hasta encontré a ese mono —me reí, bromeando—, bastante parecido a usted...

—Pero, como verá, no era yo... No era yo... —y agregó luego, severo—: Es mi sobrino.

Me quedé estático, mientras Brambilla seguía caminando unos pasos.

—¿Ru... Rubencito?

El doctor aprobó con la cabeza, enérgico y sombrío.

—Rubencito —confirmó.

Y después me invitó a ver la jaula de Copito de Nieve. Yo seguí muy impresionado hasta la noche. Estábamos en la Rambla de los Pájaros, tomando algo con mi esposa después de cenar, y yo seguía pensando en eso. Recién se me pasó un poco la impresión al día siguiente, cuando visitamos el Museo Picasso.

BONFIGLIO. EL REGRESO

—Hoy cagué un sorete negro así de grande.

Créase o no, ésa fue una de las frases famosas del Calo Ca-lógero. Y la dijo para sí mismo, serio, pensativo, midiendo el es-pacio considerable, casi veinte centímetros, que había estable-cido entre sus dos dedos índice elevados frente a sus ojos.

—Así era... Así era... —repetía, como incrédulo.

Tenía esas cosas el Calo, digamos, escatológicas, lindantes con la repugnancia. No lo hacía muy a menudo pero ese rasgo de su personalidad no gustaba a algunos integrantes de la mesa. A Marcelo, por ejemplo, que ese día estaba leyendo el diario, al otro lado de la mesa pero de costado, bien estiradas las piernas, apoyado en el respaldo de su silla, ofreciendo su perfil derecho al Calo y a Ricardo. Marcelo que, cuando el Ca-lo dijo lo que dijo bajó un poco el diario, tensó la mandíbula, se alisó la corbata desde el esternón hasta el cinto y emitió so-lamente un ruido bronco, como un bramido interno, sin mirar-lo al Calo.

—Impresionante... —repetía el Calo—. Impresionante —la mandíbula inferior salida hacia adelante, el ceño apretado, transmitiendo su asombro ante lo que había vivido—. De este grosor, Ricardo —el Calo codeó a Ricardo y ahora graficó, con el pulgar y el índice de su mano derecha, un círculo de unos ocho, nueve centímetros de diámetro.

—¡No digás! —comentó Ricardo, casi aburrido, golpeteando suavemente con la cucharita de café sobre el nerolite.

—No te miento... —Calo siguió con la vista perdida en el infinito, como impactado por su propio relato—. Un reptil... Un reptil...

Marcelo bajó definitivamente el diario, lo depositó entre sus muslos y estalló.

—¿Por qué no la terminás, pelotudo? —dijo—. ¿Por qué no te dejás de romper las pelotas con eso?

—¿Qué te molesta? —pareció sorprenderse el Calo—. No estoy contando nada malo. Es una cosa natural, cotidiana. ¿No es cierto, Ricardo?

Ricardo no dijo nada, aprobando con su silencio. Él no era un tipo de anotarse en esa línea de humor abyecto, pero gozaba cuando alguien lo hacía enojar a Marcelo.

—Además —siguió Calo—, no estoy hablando con vos, le cuento a Ricardo, entonces vos seguí leyendo el diario y hacé tu vida, querido.

—También es mala educación lo tuyo —enfatizó el tono de broma Ricardo, dirigiéndose a Marcelo— poniéndote a leer en la mesa. Vos sos como Chiquito que llega y se pone a hablar por el celular.

—Y dale, dale —retó Marcelo a Ricardo—. Vos hacele gracias, festejale todas las pelotudeces que dice este imbécil...

Ricardo se encogió de hombros. Marcelo subió de nuevo el diario frente a su cara, casi como procurando aislarse. Ricardo retomó el golpeteo de la cucharita sobre el nerolite.

—Te juro que cuando vi eso ahí, en el inodoro —reincidió el Calo tras dos minutos de silencio— me emocioné. Te juro que me emocioné. Porque era... era... una anguila, yo no sé, una morena... ¿Viste ese pescado que se llama morena, y que es más malo que la mierda? Bueno, así era esto, impresionante, digno de Animal Planet...

Calo hizo un silencio. Marcelo volvió a emitir un bramido apagado, agradeciendo tal vez. Pero no estaba todo dicho.

—Me emocioné, Ricardo —siguió Calo— porque pensé: "Esto lo

hice yo, yo lo hice". Un sorete de ese tamaño. Y el color, Ricardo, el color... Un lingote de oro...

Cuando Calo dijo lo del lingote de oro, Marcelo se levantó y se fue. No dijo nada, ni siquiera pareció enojado, dejó el diario y se fue. Calógero lo señaló con el mentón, después con la lengua, riéndose sofocadamente y codeando a Ricardo.

—Se enoja. Se enoja —se reía.

—Pero aflojá, boludo —a Ricardo le preocupó la deserción de Marcelo—, un día no va a venir más.

—Mirá si no va a venir más... Pero la va de fino...

—Sí... Pero vos te pasás a veces...

—La va de finoli, que le escandalizan ciertos temas.

—Te bandeás un poco, Calo...

—Me encanta envenenarlo, porque se envenena, se envenena...

—Sí, pero ojo, que tiene muchos años en la mesa.

Y eso era cierto. Marcelo era de los socios fundadores y el Calo sólo hacía dos años que venía. Nadie se hacía cargo de haberlo traído, porque nunca había conseguido demasiado consenso entre los muchachos.

—¿No lo trajo el Galleta? —preguntó un día el Pitufo, cuando lo acusaron de haber sido el responsable.

—No, a mí me parece que vino con Pedro —aventuró alguien, tal vez el Chelo. Coincidían, eso sí, en que el desembarco del Calo había ocurrido hacía dos o tres años y que, cada tanto, era muy divertido.

—Es muy zarpado —torció la boca Hernán—. Se le va la mano a veces.

—Es un inimputable —concluyó Pedro, cuando aún nadie imaginaba que la conducta de Calo originaría el alejamiento de Bonfiglio de la mesa de "El Cairo". De "El Cairo" viejo estamos hablando.

Bonfiglio, es cierto, nunca se constituyó en miembro estable de la mesa, como Marcelo por ejemplo, que sí lo era. A Bonfiglio lo trajo Belmondo y en las contadas veces que se acercó al grupo le aportó, digamos, un toque de distinción. Sorprendió al principio por su elegancia, por su buena ropa, por su don de gentes, por su educación.

—Es diplomático —afirmó oportunamente Belmondo ante la curiosidad de algunos.

—Ah, no sabía —admitió el Turco.

—Claro... ¿No viste que estuvo hablando de Perú, de Panamá, de México, lugares donde estuvo trabajando? —dijo Hernán—. No... Es muy bien el tipo.

Tenía Bonfiglio, es cierto, algo como demasiado formal, circunspecto y serio que, convengamos, no encajaba bien con el grupo. Y había otro detalle que podía llegar a marginarlo: no le gustaba el fútbol.

—Pero es piola, es piola —lo reivindicaba el Turco—, porque se banca lo del fútbol, participa cuando puede, nunca se lo ve molesto o aburrido.

Tanto se integró Bonfiglio a la tertulia que nadie vio mal que se lo invitara a las cenas mensuales. Una vez al mes la Mesa de los Galanes, como es sabido, se reúne a cenar en el Wembley. Y Bonfiglio fue un par de veces, deslumbrando con sus conocimientos generales, su trato respetuoso y, si se quiere, con un vocabulario florido que no incluía, ni de casualidad, las malas palabras. Mostraba a veces un costado casi infantil, ingenuo, cuando quedaba afuera de las bromas malintencionadas, o no interpretaba chistes de doble sentido. Cuando caía en la cuenta de su propio candor, callaba un momento, y luego se reía de sí mismo y del chiste, como un chico, desmintiendo sus casi cincuenta años.

—Es como un pibe —decía Ricardo luego de esas cenas.

—Tarda en caer —aportó Chelo.

—Es un pelotudo —dijo Calo. Hubo un "uuhhh" un tanto escandalizado, entre los demás.

—Pobre de vos —desestimó Chelo.

—Es un pelotudo, Chelo —persistió el Calo.

—Sí, seguro. Un tipo que hace treinta años que está en la di-

plomacia, siendo diplomático de carrera, es un boludo. Para vos
es un boludo...

—Es un pelotudo, Chelo —se puso serio Calo—, porque no tiene maldad.

—Seguro que el único piola sos vos.

—Porque no tiene maldad, y un tipo que no tiene maldad...

—Es muy buen tipo —se enojó Chelo.

—Un tipazo —se solidarizó el Turco.

—Pero es bueno por limitación, Chelo... —el Calo lo tomó al
Chelo, amistosa y cálidamente del brazo— porque no le da el
cuero para ser malo. Para ser malo hay que tener maldad, ma-
licia, picardía. Hay dos tipos de buenos —el Calo engoló la voz,
consciente de que todos estaban atentos a su teoría y que, quizás por primera vez, descubrían en él a un tipo profundo.

—El que es bueno por convicción —siguió— porque ha entendido que es más negocio ser bueno, que se duerme mejor y que se
está en paz con uno mismo; y el que es bueno por limitación porque no le da el cuero para joder a nadie, porque no se le ocurre
nada. El bueno por convicción tiene capacidad para hacer cagadas pero no las hace porque entiende que está mal. El otro no las
hace porque no le salen, ni se le ocurren. Éste, este Bonfiglio, es
bueno por limitación, porque es un boludo a cuerda que no le da
el cuero ni para mentir. No es un ingenuo, es un tarado.

—No es así. No es así —negó el Chelo—. Yo...

—¿No ves que no se lo puede integrar al grupo? —lo cortó el
Calo—. ¿Cuándo se integra un tipo a un grupo? Cuando se lo incluye en las bromas, en las jodas... ¿Vos te animás a hacerle
una joda a ese tipo? ¿Te animás?

—Eso es cierto —aseveró Pedro.

—Tocarle el culo, por ejemplo —propuso Ricardo.

—Hablarle de lo que cagaste hoy —terció Marcelo, que no había olvidado.

—Es un pelotudo —redondeó Calo, aun sabiendo que no había logrado consenso como, ciertamente, no lo lograría nunca.

—Lo que pasa —le dijo Pedro, doctoral— es que no podemos

medir a todos por nuestra propia medida, que es lamentable, o muy discutible al menos. Concluir que alguien que no putea, que no cuenta chistes escatológicos, al que no le gusta el fútbol, es un pelotudo, me parece de un apresuramiento y una torpeza bastante considerable. Me parece.

—Yo no necesito agarrarlo para la joda a un tipo para integrarlo —dijo el Chelo, algo solemne.

—Andá a cagar —dijo el Calo. Y se quedó mirando hacia la calle como si ya se hubiera ido de la mesa y de la conversación.

Lo cierto es que justo al otro día apareció Bonfiglio. En la mesa estaban Ricardo, Pedro, Pitu, el Peruano y el Negro. Bonfiglio llegó de traje como siempre, afable, sonriente, con un hermoso abrigo marrón doblado sobre el brazo. Saludó a todos con afecto.

—Te andaba buscando Arteaga —le dijo el Calo, serio, mientras Bonfiglio se sentaba. Bonfiglio entrecerró los ojos, rebuscando en la memoria.

—¿Qué Arteaga? —preguntó.

—El que te coge y no te paga —soltó Calo, sin anestesia. Bonfiglio no dijo nada, pero sintió el impacto en el pecho y palideció. Tampoco los muchachos dijeron nada, impactados quizás por la barbaridad del Calo. Sólo Ricardo masticó una risa nerviosa, posiblemente sin saber qué hacer. Pedro y el Pitu lo miraron a Calo como para fulminarlo. El Negro enseguida le preguntó algo a Bonfiglio sobre la política exterior panameña, tratando de capear el momento. Bonfiglio le respondió con monosílabos, aún impactado.

—Entró como un caballo —soltó una risotada el Calo, echándose hacia atrás en la silla, y dándole una palmada en el antebrazo al Pitu. Pero el Pitu se limitó a comerse una uña. Poco después, súbitamente apurado, Bonfiglio se levantó y se fue. Y no volvió a aparecer por "El Cairo" viejo.

Pasó mucho tiempo. Años. La Mesa, ante la triste decadencia de "El Cairo", inició una peregrinación doliente por diferentes boliches hasta que se asentó en "La Sede".

Allí alguien preguntó por la vida de Bonfiglio y Belmondo dijo que estaba trabajando en la embajada argentina en Polonia. Que por eso lógicamente no caía por el boliche. Pero que él, Belmondo, se había comunicado con Bonfiglio un par de veces por Internet y que Bonfiglio preguntaba sobre la Mesa, se lamentaba del cierre de "El Cairo", y no parecía guardar rencor alguno por el trato que había recibido de parte de Calo la última ocasión en que se dejó ver.

Por su parte Calógero también desapareció por un tiempo. El Turco informó que había empezado a viajar vendiendo camiones y que por eso no aportaba. El Pitu imaginó que el Calo había percibido el malestar ocasionado por su conducta y, previendo que Belmondo, el principal disgustado por el episodio, se lo iba a echar en cara, prefería eludirlo.

Mucho después reabrió "El Cairo". Más grande, más lindo, más luminoso. Se convirtió enseguida en un éxito de convocatoria, retomando con creces su función de punto de encuentro obligado en la zona céntrica. Al punto de que muchos desaparecidos, alejados, olvidados y marginados volvieron a esa esquina. Entre ellos Calógero. Se reintegró a la Mesa como si nada, muy efusivo con todos los que fue encontrando, cariñoso.

—Es buen tipo, después de todo —consideró el Turco, nostálgico.

—Y está cambiado —puntualizó el Negro—. Más tranquilo, más mesurado, menos desbordado...

—Los años —dijo Ricardo.

Fue entonces que el Peruano comentó que lo había visto a Bonfiglio por la calle. Que estaba de paso por la ciudad, tenía la vieja muy pero muy enferma, y por eso había vuelto.

—Pero me aclaró —agregó el Peruano— que era muy difícil que pasara por acá, con ese quilombo de la vieja.

—Y la vieja debe ser ya muy veterana —calculó Hernán, que estaba también esa tarde.

—Uh... —dijo el Peruano— siete cinco, siete seis, por lo menos.

—Por debajo de las patas.

—¡No! —dijo el Chelo—. Arriba de los ochenta. Si Bonfiglio debe andar casi por los sesenta.

—Lástima si no viene —se lamentó Pedro—. Me hubiera gustado verlo...

—Bueno... No está obligado —dijo Ricardo—. Nunca fue un integrante de fierro de la Mesa, del elenco estable.

—Ya sé, pero...

—Es diplomático —se rió el Turco—. Y un buen diplomático no olvida las relaciones públicas.

—Es diplomático —rieron todos.

Al día siguiente, apareció el hombre. Bastante más canoso, algo más delgado, igualmente elegante, amable, comedido. Los de la Mesa —esa tarde Pedrito, Gustavo, el Pitu, Calógero, el Negro, el Peruano, Ricardo— se pararon para abrazarlo.

—Sentate, sentate —le hicieron lugar entre las sillas.

—No. Me voy. Me voy —los frenó Bonfiglio, algo grave, tenso—. Ando con mi vieja, ¿vieron?

—Ah... —Ricardo adoptó un gesto severo, de ocasión—. ¿Cómo anda eso?

—Y... hay que esperar. Es muy viejita...

—Y... —intercaló Calógero, apesadumbrado— es la vida. Lo importante es que no sufra.

—No, no, por supuesto —suspiró largamente Bonfiglio—. Está tranquilita, inconsciente. No siente nada. Pero —se dirigió a todos, que ya habían vuelto a sentarse— estas cosas uno no sabe si pueden durar horas, días o meses.

—Llegado el caso... —preguntó Calógero, serio—. ¿Te podés quedar mucho tiempo?

—Y... —frunció la nariz, Bonfiglio— supongo que sí... Depende de lo que me pueda reemplazar en el Consejo el agregado ruso... ¿Vos leíste lo del ruso?

Calógero lo miró, confuso.

—¿Qué ruso? —preguntó.

Y allí, allí hubo como un silencio de vibración tensa y varios aún juran que, súbitamente, se la vieron venir.

Bonfiglio miró al Calo fijamente a los ojos. Se inclinó hacia él apuntándole al pecho con su dedo índice y musitó entre dientes, bajo pero clarito.

—El que te la puso.

Y se fue.

Al día siguiente —cuando todavía perduraba la sorpresa y la risa salvo, esta última lógicamente, en Calógero— llegó Belmondo. Se abalanzaron para contarle. Y Belmondo dijo que la madre de Bonfiglio había muerto hacía como diez años. Que no estaba seguro. Pero que podía averiguarlo.

FLORENCIO ARAUJO DE LA PEÑA, FILÓSOFO ESPAÑOL

En el verano de 1902 el filósofo y pensador reflexivista español Florencio Araujo De la Peña le escribe a su amigo y colega Francisco Pardo Valera: "Se rumorea que me darán el título de Doctor Honoris Causa en Alcalá de Henares. Lograr esa distinción sería para mí como tocar el cielo con las manos. Pero al mismo tiempo, la exposición pública a la que me vería sometido significaría la mayor de las desgracias".

El párrafo, que Pardo Valera adivina escrito con congoja, revela la contradicción profunda que signaría la vida del particular catedrático. A mediado de los años treinta, Araujo De la Peña ya había sometido a juicio de la Sorbona su tratado *El deseo bifronte: ansia no resuelta. Apuntes sobre la insatisfacción humana y animal*.

¿De dónde provenía tal desvelo en el filósofo de Jaén? ¿Qué lo empujó a sepultarse en vida prácticamente, durante casi veinticinco años, para estudiar las causas y los efectos de los anhelos ambivalentes, verdadero agobio para los miles de mortales que los padecen?

—Mi padre —escribe Araujo De la Peña en su autobiografía *Renacimiento de la decepción*— me transmitió, dolorosamente, la idea del Mito de Sínono, el titán que así como aprobaba, negaba, condenado a desear locamente aprender a jugar al ajedrez para, luego de siglos, al conseguirlo, descubrir que no le gustaba ese juego y volver a empezar.

El padre de Araujo De la Peña, Serafín, vive una vida desgarrada. Es, sucesivamente, ayudante de panadería, guarda cárcel, pastor de ovejas, pastor de cabras, pastor evangelista, albañil, yesero, fontanero, gerente de una estafeta postal, integrante de una tuna estudiantil, panadero, otra vez guarda cárcel, pescador de altura, recolector de percebes, tipógrafo, sepulturero y amo de llaves.

—Emprendía cada una de esas actividades —confiesa Florencio Araujo De la Peña a su admirado doctor Jung, de Viena— con un entusiasmo religioso, creyendo firmemente haber encontrado el menester que lo haría feliz. A poco de iniciar cada una de estas labores, se desengañaba, tropezaba con algún avatar propio del oficio que lo llenaba de desaliento. Cuando fue pastor de ovejas, por ejemplo, descubrió que la lana de estos animales le producía una alergia que lo llenaba de urticaria, forúnculos y protuberancias asimétricas.

El pequeño Florencio vivió entonces, junto a doña Bernarda Quinteros, su madre, el calvario de mudar de casa, tierra, hábitos y costumbres siguiendo el comportamiento errático del padre. En un año, 1908, el pequeño Florencio inició el primer año escolar cuatro veces, en Granada, Figueira da Foz (Portugal), Lérida y Tetuán (Marruecos), confundiendo compañeritos, maestras y canciones patrias. Quizás ese pasado trashumante lo llevó, ya catedrático, a encerrarse en el sobreático de la casa de la calle Jovellanos 27, Paseo de los Cacofónicos, en Guardalamurra la Vieja, durante una década, para escribir el *Tratado municipal sobre la histeria* con el que habría de acceder al reconocimiento de sus pares.

En su nutrida correspondencia con el doctor Jung, nunca correspondida, Araujo De la Peña va informando cómo son sus adelantos en su estudio sobre la histeria y la insatisfacción en los animales.

—He puesto —revela en una misiva fechada en el otoño de

1923– frente a un conejo pardo toledano una hoja de lechuga. Y metros más atrás, una roja zanahoria. El conejo no ha desviado su vista de la lechuga, la cual se ha comido sin hesitación ni pausa. Tras comerla ni prestó atención a la zanahoria. Muy distinta ha sido la conducta de una gallina doméstica de mis vecinos. El ave picoteó la lechuga, pasó de inmediato a la zanahoria, volvió a la lechuga: incluso tentó suerte con un queso gruyère que yo guardaba como oro y hasta se dio tiempo para tragarse un cordel rojo con el cual yo ceñía mi bolsa de tabaco, confundiéndolo sin duda con una lombriz de tierra.

De la Peña indagaba a Jung sobre la idiosincrasia de las gallinas, procurando diferenciar las que vegetaban sumisas y cautivas en un corral con las más indómitas gallinetas de monte. No hay constancias de que Jung respondiera alguna vez a su requisitoria. Por otra parte la demora de la Sorbona para aprobar o rechazar sus estudios sobre "Insatisfacción académica, orgánica y vegetativa" llegaría a atormentarlo.

—Estoy cansado de pegarme la cabeza contra la pared —escribe un día de 1925 a su esposa Bernarda—. Este permanente péndulo de indecisión al que me somete la Sorbona, el profesor Anatole d'Angers y hasta un funcionario de mínima relevancia como lo es el portero Jean-Pierre Chilperico –que es quien responde mi correspondencia– me saca de quicio y hay días en que me arrojaría por la ventana de esta torre para culminar mi vida sobre el empedrado de la calle Jovellanos.

Bernarda se sobresalta. Recibe cartas de él cada veinte días, a pesar de que viven en la misma casa. De la Peña no abandona su buhardilla por nada del mundo y sólo con cartas retribuye la abnegación de Bernarda, quien le desliza una escudilla de coles, judías, habas y habichuelas por debajo de la puerta de su estudio todos los días al promediar la tarde. Sabe también que aquella mortificada frase, "Estoy cansado de pegarme la cabeza contra la pared", no es otra cosa que un resabio, una secuela de las tantas que De la Peña heredara de su padre: Serafín De la Peña, entre sus variopintas actividades, había sido fervoroso animador de La Verbena del Testarazo, en Torrejón del Irún donde todos los años los bravos vascos compiten por determinar quién de ellos derriba más rápido una muralla a cabezazos. Cuatro veces obtuvo ese galardón el padre de Florencio, pero las consecuencias neuronales fueron severas.

Por fin, quien se expide no es la Sorbona sino el propio doctor Carlos Gustavo Jung, en una misiva que suena a los oídos de Florencio Araujo De la Peña como la más celestial de las melodías.

"Mostré al doctor Freud su última carta, donde usted se explaya sobre las fantasías mentales del ratón de panadería y sobre las profecías autocumplidas del gato casero. Sigmund me ha dicho que se trata de un aporte maravilloso y que usted ha redondeado una teoría que conmoverá a la cátedra. Le aseguro, además, que ya ha entendido perfectamente los altos objetivos de sus estudios, rogándole que no malgaste su tiempo en escribirnos más, empleándolo en cambio en seguir adelante con su cruzada. Por tanto, y esto es una observación mía y no del doctor Freud, sería abundar en consideraciones ya sabidas mandarme esos estudios sobre fibrilaciones histéricas en el sapo, que usted prometiera enviarme. Suyo, Jung".

La misiva oficia de impulsor definitivo para De la Peña y por fin, luego de una década de voluntario ostracismo, abandona su torre y, con el valioso respaldo de la esquela de Jung, consigue la publicación de su tratado definitivo: *Querer y no querer. Conductas ambivalentes. Síndrome del Boomerang. Contramarchas del hipotálamo.*

El ensayo, de 4.327 páginas con dos ilustraciones a cargo del maestro grabador semiólogo, seminarista y semianalfabeto Efraín Gorgonza, gana las estanterías de las librerías especializadas en el frío invierno de 1931. Florencio Araujo De la Peña alcanza, por fin, un remanso de paz y descanso tras su labor incansable de diez años.

—He dejado un legado para la posteridad —se sincera emocionado, una noche en el café La Cochambre, de Jerez de la

Frontera, a su amigo Dámaso Laín Rivera–. Ahora, el pueblo, ese pueblo de a pie, del cual he estado alejado por voluntad propia durante tanto tiempo, sabrá cómo manejarse ante la insatisfacción permanente que tanto deteriora a las personas, que tanto desasosiego produce. Ahora, el mesero que nos atiende, la fregona que pasa el lampazo en la mansión elegante, la manicura que esculpe las uñas de la cupletista de moda y la propia cupletista de moda, como así también el gran señor que se ufana de sus modos y habladurías, tendrán una guía, una herramienta a la cual acudir cuando el permanente deseo mal cumplido los invada con su insoportable sensación de vacío.

El éxito, o sea, alcanzar la publicación de sus reflexiones, permite al filósofo gozar un poco de la vida en familia. Tiene ya un hijo, Calixtito, de doce años, a quien conoce cuando baja finalmente de la buhardilla. Ocupa su tiempo en tertulias con colegas o en paseos por la ciudad, adquiriendo un aire urbano y social que lo hace desempeñarse con cierta desenvoltura en todas partes.

Pero una tarde del otoño de 1933, ocurre algo que cambiará su vida. Visitando el Mercado de la Vaquería, en Salamandra de Peñarroya, asiste a la discusión entre una mujer madura y una vendedora de hortalizas. La vendedora se exaspera ante las cambiantes elecciones de la mujer. Ésta creía encontrar a cada momento la butifarra de sus sueños para luego descartarla por hallarle algún defecto irrelevante.

Florencio Araujo De la Peña se acercó a la mujer preguntándole, cortésmente: "Mi gentil señora... ¿Sabe usted quién soy yo?". La mujer lo miró con extrañeza y fastidio, negando luego con la cabeza. La sorpresa del filósofo fue grande, pero fue más grande aún cuando comprobó, con dolor, que tampoco la vendedora lo conocía. Lo mismo ocurría con la vendedora del puesto de al lado y todas las vendedoras de los demás puestos. Araujo De la Peña, abismado, al borde de la exasperación, comenzó a preguntarles a todos y a cada uno de los concurrentes a la feria —era domingo por la mañana y había una multitud–

si lo conocían a él, si habían comprado su libro, si al menos habían escuchado hablar sobre su teoría abordando el deseo y/o la Insatisfacción. Nadie pudo contestarle afirmativamente.

El pensador cayó en un profundo pozo depresivo, del cual no podría salir durante los siguientes cuatro años.

—Me siento —se sinceró con su amigo Xavier Martorell, de Barcelona— como el pajarillo al cual lo sepulta una enorme masa negra de hollín y polvo de carbón.

Alarmado por el estado de ánimo de su padre que pasaba semanas enteras en la cama, su hijo Calixtito, ya un adolescente de buen porte, decide arrancarlo de su desidia. Y lo invita a presenciar un espectáculo de payasos callejeros.

De la Peña, perspicaz, advierte que la *troupe* de saltimbanquis, con sus cabriolas, retruécanos previsibles y estúpidos chascarrillos, concita la atención de un público numeroso y alegre.

Es eso, quizás, lo que genera el gran cambio que se dará en la vida y la personalidad del filósofo.

En el año 1934, en el teatro La Recova del Paseo del Pez, en Albarracín de Albufera, se presenta el espectáculo unipersonal, sólo recomendable para el público adulto, titulado *La gata Flora*. En la marquesina del teatro, una gran pintura muestra el retrato de una señora muy ligera de ropa, grandes pechos y boca pintada. La bullente peluca rubia no logra disimular la identidad de don Florencio Araujo De la Peña, en su versión travestida. Bajo el título del espectáculo campea una frase que anticipa el tenor bufo de la obra y que quedaría instalada por siempre en el conocimiento y en la picaresca popular: "Cuando se la ponen, grita. Cuando se la sacan, llora".

La pieza logra un éxito monumental. De la Peña trabaja a sala llena durante doce años. El concepto que desea transmitir el pensador sobre el desasosiego de la eterna disconformidad e insatisfacción, se transmite en el boca a boca, masiva y popularmente, como nunca lo había logrado con sus libros. Al punto que el término "gataflorismo" refleja hoy por hoy, al menos en el mundo de habla hispana, la conducta de la persona que nunca está conforme, que siempre está insatisfecha con lo que logra.

En marzo de 1938 Florencio Araujo De la Peña recibe una carta del doctor Jung: "Hemos comentado con Sigmund —dice la esquela— la difusión asombrosa que ha obtenido su exacta definición de la histeria. El doctor quiere saber cuándo traerá *La gata Flora* a Viena y si estaría usted dispuesto a presentarla en el Círculo de Psicólogos que él preside".

Florencio Araujo De la Peña, por primera vez, se siente pleno. Pero en lo profundo de su corazón y de su intelecto, sabe bien que le hubiera complacido más, por cierto, otro tipo de celebridad.

UNA INTERESANTE OBSERVACIÓN SOBRE LAS NARIGONAS

–¿Viste que todas las narigonas son tetonas? –preguntó el Pitufo cuando el Flaco Damián ya había encarado con el tema del tejido social.

–No me jodás –dudó Pedro.

–Fijate, fijate y vas a ver que tengo razón. Todas las narigonas son tetonas.

–Andá a cagar –se rió el Chelo, pegando con la palma de la mano sobre la mesa–. Che –alertó a los demás–, mirá con la pelotudez que sale éste. Que todas las narigonas son tetonas.

–Mi prima Antonia es narigona y es tetona –corroboró el Peruano que, sin embargo, era uno de los pocos que le había prestado atención al Flaco Damián.

Porque un poco antes el Flaco había sido presentado a la mesa por el Negro, y le habían dado una bola relativa, como era habitual, salvo Pedro, que le extendió la mano, y el Peruano que le dijo que se acercara una silla. El Flaco, ruliento, de lentes, algo narigón, de saco y corbata pero con *jeans*, se ubicó en un ángulo. Era viernes y en la mesa de "La Sede" estaban casi todos.

–¿Cuál es el tema? –preguntó el Negro tras la presentación, acomodándose y procurando integrarse.

–Chiquito pregunta si se puede mezclar el Viagra con el mate cocido.

Chiquito asintió con la cabeza.

—Me hace el efecto inverso —admitió.

—¿No es un poco temprano para Viagra? —trató el Flaco de meterse en la conversación.

—No, son las ocho —dijo Ricardo—, yo en un rato me tengo que poner en funcionamiento.

—No, digo si no es demasiado temprano, por la edad de todos.

—Vos tenés que conseguir cuerno de rinoceronte, Chiquito, para que se te pare —Pedro se restregó las manos.

—Dicen que es afrodisíaco, ¿no?

—Sí —apuntó el Chelo—. Te lo metés en el orto y te vuelve loco.

—No, pelotudo. Lo rallan y parece que el polvo es afrodisíaco; por eso los cazan tanto a los rinocerontes.

—Un polvo siempre es afrodisíaco.

—Lo rallan y lo usan para cubrir las milanesas como te las hace tu jermu —ejemplificó Ricardo mostrando la mano para arriba y para abajo—. Para que engordés, gordo.

—Le da resultado, te cuento —dijo Belmondo.

—Mierda, qué éxito tuvo ese plato.

—Lo vi el otro día en Discovery Channel, Chiquito —insistió Pedro—. Buscate a alguien que tenga un rinoceronte y...

—A éste ya no hay nada que le dé resultado. Está usando el Gimonte como bronceador.

—Otro que mira el Discovery Channel —rezongó Ricardo, señalando a Pedro—. ¿Por qué no mirás, mejor, la guerra entre las vedettes, boludo, que se dicen de todo en Mar del Plata? Se cagan a cachetazos, se tiran de los pelos...

—Eso es lo que mirás vos, pelotudo, que tenés una teta en el cerebro.

—Mirando siempre esas pelotudeces de los animalitos, los rinocerontes y todas esas chiquilinadas... No sé por qué no les dejan de romper las bolas a esos bichos, que los filman mientras están comiendo, están cagando, están cogiendo... Esas cosas mirás vos...

—Chupame la pija, nabo —dijo Pedro. El Negro lo chistó,

riéndose. Con la cabeza le señaló la mesa de al lado, llena de señoras grandes.

—Más despacio Pedro —se unió el Chelo.

—A ver si alguna me oye y se viene para la mesa —Pedro también se reía.

—Y te hace un pete.

—¿Cuánto le puedo cobrar una tirada de goma?

—Che... —pidió atención el Negro. Lo miraron. Hubo que esperar que Belmondo, en la otra punta, terminara de cuchichear con el Turco—. Che... —repitió el Negro, conseguido el silencio—... acá el Flaco quería comentarles algo. Por eso vino a la mesa.

—¿Sabés cuáles minas están siempre buenas? —Belmondo señaló al Pitufo—. Perdoname un momento Flaco... Las que van cruzadas de brazos, así...

—Buenísimas —brincó el Pitufo—. Interesante observación. Como si tuvieran frío, como si caminaran con frío.

—Pero no van así por el frío —aclaró Belmondo—. Van así para sostenerse las tetas. Las que caminan así son tetonas. Fijate y vas a ver...

—Che... che... —repitió el Negro—. ¿Podrá hablar este muchacho?

—Perdoná, Flaco —se echó hacia atrás Belmondo, dando por terminada su intervención—. Perdoná, quería hacer ese aporte nada más.

—La inseguridad. La inseguridad ha hecho también otra contribución notable —intervino el Colorado, que recién llegaba de una mesa vecina—. Las minas que se cruzan la correa de la cartera desde el hombro derecho, por ejemplo, a la cadera izquierda, para que no se la afanen, y la correa les pasa por acá, por entre las gomas, y eso les remarca bien el volumen. Las hace más...

—¿Podrá ser? ¿Podrá ser? —rogó el Negro—. Dale, Flaco. Largá.

—Bueno... —carraspeó el Flaco—... la cosa es así.

El Chelo tomó por el borde una de las mesas —eran dos juntas— interrumpiendo.

—Ricardo —pidió—. ¿La podés terminar con la Singer?

—Sí, terminala —dijo el Peru—. Se mueve todo.

—Este boludo se la pasa moviendo la pierna debajo de la mesa. Y como seguro está apoyado en una de las patas, tiembla todo —le explicó el Pitu al Flaco.

—Parece que estuviera cosiendo a máquina.

—Es el Parkinson, Pitu —dijo Belmondo.

—Tiemblan todos los pocillos, pelotudo —reprochó el Chelo—, parece una de esas películas donde se acerca Godzilla.

—¿Y cuando vos te acercás —contraatacó Ricardo— que ya desde enfrente, antes de cruzar, se sacuden los vidrios?

—Chupame un huevo.

—Este gordo me dice a mí...

—Seguí, Flaco. Y perdoná, pero... —intercedió el Turco.

El Flaco Damián sonrió, restándole importancia a la cosa.

—Yo estoy en un grupo de Estudios Sociales —arrancó— relacionado con Humanidades. Es un grupo independiente, de reflexión más que nada. Lo conduce Marcela Adorno. Y estamos estudiando todo este asunto de la ruptura del tejido social que se ha dado por la crisis económica, el quiebre de la comunicación a nivel medio...

—No de comunicación mediática...

—No. No. Lo nuestro es más modesto, o más inmediato. Nos interesa estudiar el fenómeno de la comunicación humana, urbana, a través de lo que ocurre en las oficinas, en los talleres, en las fábricas. Digamos que estamos estudiando la recomposición del diálogo, incluso entre grupos e individuos aparentemente de diferentes niveles...

—Como acá —señaló Ricardo.

—Eso. Como acá —aseveró, contento, el Flaco.

—Que yo no sé cómo les doy bola a estos fracasados.

—Como acá, como acá —procuró no perder la manija el Flaco—. Por eso vengo, porque, según me contaba el Negro, esta mesa es...

—O al peruca este —siguió Ricardo—. Indocumentado, que

vino de Lima a matarse el hambre y ahora critica a San Martín...

—Te sale con que al dulce de leche lo inventaron los incas.

—Esta mesa —reafirmó el Flaco— es un buen ejemplo de individuos que provienen de diversos estratos, de diversas ocupaciones.

—Postiglione, por ejemplo —se irguió el Pitufo—, es pechofrío y, sin embargo...

—Lo respetamos como se respeta a las minorías silenciosas.

—Yo he nacido de una familia patricia de Salta, descendientes de Güemes —dijo Chiquito—. Y no me explico cómo me junto con estos canallones verduleros, peronistas, cabecitas negras. El aluvión zoológico.

—A eso iba, a eso iba... —el Flaco advirtió que perdía consenso—. Entonces, creo que sería muy piola un acercamiento, una intervención de ustedes en los talleres, por ejemplo, de Marcela Adorno...

—¿Está buena? —preguntó Belmondo.

—¿Cuál es Marcela Adorno? ¿La profesora?

—Profesora de Letras —dijo el Flaco.

—¿La narigona, esposa de David Verasio?

—Sí.

Fue entonces que el Pitufo salió con lo de que todas las narigonas son tetonas.

—Es una teoría científica —se exaltó el Pitufo—. Se ve que hay alguna ley física que lo marca así. Del mismo modo que en las costas marinas, a grandes elevaciones, grandes profundidades. Donde hay montañas sobre la playa la profundidad del mar es más grande.

—Porque cae así... —el Turco trazó una línea descendente con el filo de la mano— como acá, en la barranca de Granadero Baigorria.

—¡Mirá con lo que sale éste! —se paró el Pitufo—. Con la barranca de Granadero Baigorria.

—¿No está el remanso Valerio ahí, pelotudo?

—Yo le hablo de Río, de la Costa Azul, de los fiordos noruegos, de Cadaqués...

—Sabés cuántos se cagaron muriendo ahí...

—... y éste me sale con eso, con Granadero Baigorria. Es de cuarta.

—Puede ser que haya un orden anatómico —dudó Pedro—, ergonómico, que indica que la mujer con nariz grande es tetona.

—¡Y éste le cree! —se sacudió el Chelo—. ¡Qué boludo, se prende en cualquier barrabasada!

—¿En el hombre no se da?

—No. En ese caso son pijudos.

—Bueno... Se ve que no es tu caso. En tu barrio te decían el Ñato, ¿no?

—Yo me operé, nabo.

—¿Te hiciste la cirugía de nariz?

—No, me corté ocho centímetros de poronga. Los doné a los Estados Unidos para que estudiaran cómo es el macho argentino.

—Lo tienen en formol en la Nasa.

—Pero... —reflexionó el Turco— hay una cuestión de equilibrio, boludo. Una mujer de nariz grande y tetas grandes se cae de jeta.

—Se cae para adelante.

—Debe ser —se metió Belmondo— que la naturaleza, en su sabiduría, le da a la narigona mucha teta para que los machos no le miren el naso y ella no se avergüence.

—Ojo que aquí, el quía... —Ricardo se echó hacia atrás en su silla, para que no lo viera el Flaco, y deslizó los dedos sobre la nariz, hacia la punta, como estirándola— también tiene lo suyo, vayan respirando por turno porque...

—Yo conozco una mina que es narigona y no tiene nada de tetas.

—Se habrá operado.

—¿Qué? ¿Se agregó nariz?

—No. Se sacó tetas, pelotudo.

—¿Se hacen eso las minas?

—Yo conozco una que se sacó como dos kilos.

—Algunas, para no andar sacándose un poco de cada lado, se sacan una sola, entera.

—Como las amazonas.

—O se las cambian de lugar, la derecha pasa a la izquierda y la izquierda a la derecha.

—Como la rotación de las ruedas de los autos.

—Uy, boludo —se tocó la frente el Turco—, me hiciste acordar de que tengo que hacer eso...

—Algunas porque tienen un bebé y les chupa siempre del mismo *wing*...

—Acá, el Chelo tomó la teta hasta el año pasado.

—A las de adelante ya se les borró el dibujo. Las de atrás todavía aguantan.

—Flaco —de repente Ricardo volvió a Damián, que había optado por mirar fijamente su carpeta, mordiendo la birome—. ¿Y hay algún mango en ese asunto, en el del grupo de reflexión, por participar?

El Flaco se rió.

—¿Si hay que pagar, preguntás vos? —siguió la broma. Se lo notaba un tanto resignado.

—Un *cachet* digo, una moneda, alguna colaboración... Algo acá, para los muchachos...

—De veras que éste es un caso interesante —arremetió Damián, jugando su última carta—, porque según me cuenta el Negro, se trata de una mesa aluvional, donde ustedes se han ido juntando un poco al azar, de pedo, porque uno es amigo de un amigo, otro...

—Otro era el novio del Pitufo.

—¿Podés creer? —resopló el Peruano—. El novio de mi hija le regaló un perro.

—No digás.

—Cachorro. Pero después se ponen enormes esos bichos. Un labrador para colmo.

—¿Y para qué querés un labrador? No tenés campo. Ni jardín tenés. Te hubiera traído un electricista.

—Y después el novio de tu hija se pira y te queda el perro rompiendo las bolas.

—Eso pasa siempre. A la mía una vez le regalaron un hamster. El noviecito duró una semana y el hamster tres años, bicho hijo de puta...

—A mí se me escapó el perro, ¿podés creer? —el Turco miraba al infinito.

—Y bueno... Si no le das de comer...

—Estás en pedo. ¿Sabés cómo comía? Mi pibe más chico está desconsolado...

—Che Flaco, perdoná —elevó la voz Pedro—, terminá con este asunto, redondiemos la idea porque, como nuestro nivel de atención es reducido... ¿Cómo sería el asunto? ¿Hay que ir a algún lado? ¿Hay que...?

El Flaco Damián tomó aire, se pegó con la base de la birome en los dientes y se aprestó a intentar de nuevo.

—Y hasta el perrito compañero... —canturreó Ricardo, riéndose.

—... que por tu ausencia no comía... —se unió el Chelo, también a las carcajadas.

—... al verme solo el otro día, también se fue —terminaron los dos al unísono.

—Ojo, ojo, ojo —casi se puso de pie el Pitufo—, que ese tango replantea muy seriamente la verosimilitud de lo que se dice de que los perros son tan fieles, el mejor amigo del hombre y todo eso.

—Perro hijo de mil putas, apenas lo vio solo a ese muchacho se fue a la mierda...

—Ah sí, viejo —se enojó el Chelo— si vos no le das de comer o lo cuidás, cómo querés que se quede con vos.

—¡Porque es tu amigo, querido —saltó Ricardo—, y te debe lealtad!

—Lealtad las pelotas —dijo Belmondo—. Seguro que ahí la que le daba de comer era la mina. Cuando se piró la mina el tipo ya se tiró al abandono y no le daba ni cinco de bola al perro ese.

—Porque ese tango es engañoso —agitó el dedo índice el Pitu—. Narra ese acontecimiento como al pasar, sin darle importancia, pero no es un dato menor que un perro argentino se raje de la casa porque el tipo se quedó solo.

—Era un dogo argentino que no reconoce al dueño.

—¡El perro —Ricardo golpeó con el puño contra la mesa— se tiene que quedar ahí con el dueño aunque el dueño sea un pelotudo al que lo cagó la mina, porque para eso es un perro de tango! ¡Si quiere comer bombones o canapés que labure en un bolero!

—Vos porque sos un negro esclavista que todavía creés en la servidumbre... ¡Hizo bien el perro en pirarse! ¡Mirá si lo va a tener que aguantar al amargo del dueño llorando por los rincones porque lo cagó la mina, que para amargo ya lo tenemos al pechofrío de Chiquito que no me deja mentir!

—Se tiene que quedar con el dueño —terció el Peruano— que le dio de comer durante años cuando estaba en la buena. Resulta que ahora que el tipo está en la mala el perro se raja.

Ricardo le dio la mano.

—Y te lo dice —señaló al Peruano— un hermano latinoamericano sojuzgado, que le ha besado las bolas a los españoles durante años y sabe lo que es obedecer y...

—Bien que a los faraones los enterraban con sus perros.

—Sí, pero hubo faraones que cuando se les murió el perro no se quisieron enterrar con él ni en pedo.

—Es el eterno tema del poder.

—Como Tutankamón, por ejemplo. Tutankamón, cuando le dijeron que se tenía que enterrar con su perro, los mandó a todos a la concha de su madre.

—Un chihuahua, para colmo.

—Claro, había chihuahuas en Egipto.

—Lógico, boludo. Aparecen en los dibujos que ellos hacían en las pirámides. De perfil aparecen. Lo que pasa es que aparecen chiquitos. Son chiquitos y aparecen más chiquitos todavía.

—Pensá que esos dibujos son reducidos.

—Son fotocopias. A esos dibujos arqueológicos, tan valiosos, no los van a poner en las paredes para que los turistas los escriban todos.

—"Pepe y María".

—"Chelo y Norberto". Eran egipcios pero no boludos. ¿Por qué pensás que Tutankamón duró hasta ahora embalsamado? Ni fecha de vencimiento tiene el cajón.

Ya afuera, en la esquina, el Negro la hizo corta, algo incómodo tal vez.

—Chau, Flaco... —saludó a su amigo, al que había acercado infructuosamente a la mesa— después te hablo —y se fue para calle Urquiza.

El Flaco amagó irse hacia Corrientes pero volvió, dubitativo.

—¿Adónde vas, Flaco? —le preguntó Pedro, que salía, las llaves del auto en la mano.

Ya en el auto, el Flaco se quedó en silencio, tironeando algunos pelos de su barba rala, mientras Pedro maniobraba con el volante para salir por San Lorenzo hacia Mitre.

—Es un grupo... algo... —dijo el Flaco.

—Disperso —se rió Pedro—. Muy disperso. Difícil que se pueda mantener un tema de conversación por mucho tiempo.

—Sí... pero... A veces uno supone que... no sé... podrían tocar temas un poco más...

—Profundos —rió Pedro.

—Profundos. O al menos, serios. Será por esa imagen popular de los tipos que intentan arreglar el mundo en una mesa de café, la filosofía de café.

—¿Vos conocés algún tipo que haya arreglado el mundo desde una mesa de café?

—No.

—Porque lo de Hitler fue desde una cervecería...

—No sé —insistió el Flaco—, al menos intentar responder a los interrogantes del ser humano.

—La vida, la muerte —enumeró Pedro—, la razón del Ser, la eternidad...

—Sin llegar a eso. Pero...

—¿Sabés qué pasa, Flaco? —Pedro se puso serio—. Nosotros ya pasamos por eso...

—¿Cómo... ya pasaron? —lo miró el Flaco.

—Claro. Ya pasamos por eso. Son temas que tenemos superados. Aunque te parezca una boludez, cuando uno alcanza un nivel de charla como el que vos oíste hoy, por ejemplo, es porque ya se ha superado un montón de incógnitas, de problemas, de contradicciones, de dudas. Y puede acceder entonces a lo trivial, a lo doméstico, a lo inmediato. Ya con tranquilidad, sin culpas. Es cuando uno ya está de vuelta, o sin expresarlo tan taxativamente, cuando se ha alcanzado cierta armonía.

El Flaco miraba ahora hacia adelante, aferrado a su carpeta.

—Tenés que andar muy bien, pero muy bien del bocho —siguió Pedro—, para poder acceder, para poder darte el lujo de hablar de todas estas cosas.

—En la esquina. Dejame ahí nomás —señaló el Flaco.

—Y algo más —Pedro no quiso dejar las cosas así—. Algo fundamental que nos convenció de alejarnos de los temas medulares... —paró el auto—. Vos habrás leído los aportes de Platón, Aristóteles, Sócrates, Demóstenes, los grandes pensadores...

—Sí.

—Mirá el mundo de mierda que nos dejaron. Mirá el mundo de mierda que nos dejaron. Mirá de qué carajo sirvió todo eso que se les ocurrió.

El Flaco se quedó mirando hacia afuera a través del parabrisas, tomado de la manija interna de la puerta.

—Chau —dijo. Se bajó en Maipú y San Lorenzo y encaró hacia Santa Fe, tras alguna vacilación.

El auto de Pedro se alejó con un bocinazo. El Flaco saludó, como al descuido.

ÍNDICE

Impreso en GRÁFICA GUADALUPE,
Av. San Martín 3773, B1847EZI Rafael Calzada
Provincia de Buenos Aires, Argentina,
en abril de 2006.